KB241059

대형설서린

대형 설서린 7

설봉 新무협 판타지 소설

초판 1쇄 찍은 날 § 2003년 12월 22일
초판 1쇄 펴낸 날 § 2003년 12월 30일

지은이 § 설봉
펴낸이 § 서경석

편집장 § 문혜영
편집 § 장상수 · 권민정 · 유경화
마케팅 § 정필 · 강양원 · 이선구 · 김규진 · 홍현경

펴낸곳 § 도서출판 청어람
등록번호 § 제1081-1-89호
등록일자 § 1999. 5. 31
어람번호 § 제2-0304호

주소 § 경기도 부천시 원미구 심곡1동 350-1 남성B/D 3F (우) 420-011
전화 § 032-656-4452 팩스 § 032-656-4453
http://www.chungeoram.com
E-mail § eoram99@chollian.net

ⓒ 설봉, 2003

값 8,000원

ISBN 89-5505-929-9 04810
ISBN 89-5505-684-2 (SET)

설봉 新무협 판타지 소설

댓형 셜서린

7

이탈편 (離脫篇)

도서출판
청어람

목
차

7 이탈편(離脫篇)

第四十三章

동토(凍土) 속에 숨은 씨앗

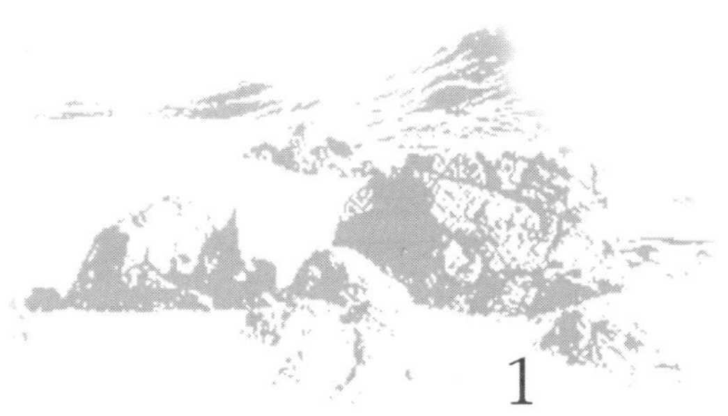

1

행동은 구름이 스쳐 가듯, 물이 흘러가듯 유유하게.

독사의 공격은 막대한 경력을 실었으나 몸의 움직임은 부드럽기 이를 데 없었다. 보법도 물 흐르듯 유연하여 무리함을 엿볼 수 없었다.

"음……!"

오공사수가 신음을 토해내며 뒤로 물러섰다.

독사는 싸울수록 강해졌다. 쌍겸을 사용할 때는 간단히 상대할 수 있는 자였으나, 병기를 놓고 난 다음에는 조금 힘을 들여야만 했다. 그리고 일격을 당하고 난 다음에는 신경을 곤두세우게 만들었다.

쉭쉭! 쉭쉭쉭!

오른발, 왼발…… 얼굴, 옆구리, 다리…….

창을 내찌르듯 찍어오는 발길, 대도로 후려치듯 맞으면 베일 것처럼 날카롭게 휘둘러 오는 발등.

독사는 주로 각법을 사용했으며, 노리는 부위는 일정치 않았다. 일정한 흐름에 근거한 초식 공격은 아니지만, 어느 초식보다도 정교하며 빨랐다.

다리에 깃든 힘은 손의 세 배, 그러나 각법을 조심해서 사용해야 하는 이유는 각법이 실패한 후에는 반드시라고 해도 좋을 만큼 몸의 중심이 흐트러지기 때문이다.

독사는 중심이 흐트러지지 않았다. 느닷없이 차올린 각법 뒤에 철저한 중심 유지와 방어가 도사렸다.

방어를 생각지 않고 막무가내로 이판사판 달려드는 자와는 성격이 전혀 다른데, 공격 형태를 보면 죽기로 작정하고 달려드는 자 같다.

오공사수는 신법으로만 피해낼 수 없어서, 급기야 손발을 놀려 막아냈다.

만무타배로 하여금 패배를 자인하게 만든다는 초수(招數), 십초는 넘어선 지 오래전이었다.

아니다. 만무타배였다면 벌써 패배를 자인했을 게다. 십 초를 넘기지 못하고. 독사도 그랬다. 십 초를 넘기지 못하고 일격을 당해 땅에 드러눕는 처지가 되었다.

다른 점이 있다면 만무타배는 물러섰으나, 독사는 뻔한 싸움인 줄 알면서도 달려들고 있다는 점.

뻔한 싸움이라고 할 수 없는가?

시간이 흐를수록 공격이 거세지고 있으니.

퍼억! 퍽! 빠악! 퍽!

둔탁한 소리가 연이어 터졌다.

독사의 발길은 오공사수의 옆구리를 걷어찼고, 오공사수의 우장(右

掌)은 독사의 가슴을 격타했다.

타격은 한 번으로 끝나지 않았다.

독사의 오른발은 장작을 패는 도끼처럼 순식간에 서너 번이나 옆구리를 들락거렸다. 조그만 손도끼로 난타라도 하는 듯 거칠게 후려 패는 각법이었다.

그러나 빠름이나 격타 횟수에서 볼 때 독사보다는 오공사수의 장법(掌法)이 한 수 위였다.

아무래도 발보다는 손이 빨랐다. 발로 찰 때는 무릎이 굽혀져야 하지만 장으로 가격할 때는 손바닥만 뒤집었다 내뻗으면 된다. 팔꿈치도 사용하지 않고 손목의 변화만으로 쳐낸 장법.

"크윽!"

독사가 신음을 토해내며 휘청거렸다.

가슴을 격타당할 때 가죽 북 두들기는 소리가 울렸으니 충격이 상당히 컸으리라.

독사는 두 다리에 힘이 쭉 빠져 서 있을 수도 없는 사람처럼 비틀비틀 물러서더니 기어이 엉덩방아를 찧고 말았다. 그러나 그것도 잠시, 곧 용수철처럼 퉁겨 일어섰다.

'맞을 만해.'

독사는 벌떡 일어나 엉덩이를 툭툭 털었다.

오공사수의 일장에 얼마만한 힘이 실려 있는지는 설명을 필요로 하지 않는다. 바위를 치면 바위가 깨지고, 나무를 치면 손자국이 파일 정도다.

독사라고 예외는 아니다.

일권이 복부에 틀어박힐 때는 오장육부가 뒤집히는 줄 알았고, 가슴을 격타당할 때는 맞아 죽는다는 생각은 들지 않고 숨이 막혀 질식해 죽는 줄 알았다.

그러나 맞을 만하다. 맷집이 강해서라고는 말할 수 없다. 한 번 맞을 때마다 뼛골이 욱신거리고, 뱃가죽이 터져 내장이 쏟아지는 느낌이 든다.

그래도 버틸 만하다. 오기가 강해서도 아니다. 오공사수의 장력은 의지나 오기로 버틸 수 있는 성질의 것이 아니다.

분명히 예전의 독사였다면 일장을 맞는 즉시 죽었을 게 틀림없다.

권력이 복부를 가격할 때도 그랬지만, 장력이 가슴을 두들길 때 확실히 알았다.

암혼사가 목숨을 구해주고 있다.

타격을 당하는 순간 전신을 휘도는 진기가 타격 부위로 집중되며 통점(痛點)을 마비시킨다. 내장과 뼈를 보호하며, 아픔을 감소시킨다. 힘줄은 인간의 힘줄이 아니라 만년사(萬年絲)로 꼬아놓은 것 같고, 내장 역시 쇠와 돌로 이뤄진 것 같다.

모두 암혼사가 경맥과 장기를 보호해 주기 때문에 가능한 일이다.

아직은 성취가 부족하다. 자연의 기운을 감지할 수 있었을 때, 독사 자신이 '이성의 경지'라고 생각했듯이 아직은 너무 부족하다. 지금 그를 절체절명의 위기에서 구해주고 있는 능력 또한 암혼사의 숨겨진 능력일진대.

조금 더 성취를 높여서 삼성(三成) 혹은 사성(四成)…… 아니다. 모르겠다. 몇 성의 경지가 되어야 현재 느끼고 있는 능력을 완벽하게 소화해 낼 수 있을지 모르겠지만, 그때가 되면 오공사수에게 타격을 당하고도 아픔조차 느끼지 못하는 경지가 되리라.

오공사수도 이런 경지에 들어선 것이 분명하다. 그의 옆구리를 가격할 때, 호두 껍데기로 감싸여 있는 듯한 단단함을 느꼈다.

자신은 그렇게까지 단단하지는 않다.

아니다! 여기도 다른 점이 있다. 호두 껍데기를 생각하니 새삼스럽게 느껴진 거지만 오공사수의 진기는 정말 단단하다. 반면에 자신의 진기는 혈맥에 꿀을 발라놓은 것처럼 끈끈하다.

단단한 외벽 대 끈끈한 진액이 발라져 있는 줄기.

지금은 그 정도가 아니라도 상관없다. 바위를 부술 만한 일장에 격중당하고도 죽지 않는 것이 어디인가. 만족한다. 만족뿐인가. 감지덕지할 노릇이지.

'적수공권(赤手空拳)…… 서로가 맨손이라면 해볼 만해.'

"타앗!"

독사는 거센 고함을 내지르며 달려들었다.

쭉 뻗어낸 발길이 오공사수의 허리를 노리고 파고들었다.

아! 허리가 아니다. 오공사수의 허리를 일 척 정도 남겨놓고, 곧장 내질러 가던 발길이 변화를 일으켰다. 무릎이 불가사의한 각도로 꺾여 위로 솟구치더니 둥근 호(弧)를 그리며 얼굴을 노렸다.

오공사수가 가볍게 머리를 뒤로 젖히며 발길질을 흘려보냈다. 그 순간, 독사가 허공으로 떠오르며 팽그르 몸을 회전시켰다. 왼발이 폭죽처럼 터져 나가며 턱을 노렸다.

퍼억!

오공사수는 왼손을 들어 올려 망치처럼 단단하고 묵직한 왼발 뒤꿈치를 쳐냈다.

독사와 오공사수의 일진일퇴는 눈에 보이지 않을 만큼 빨랐다.

두 번째 공격까지 무위로 끝난 독사가 재빨리 몸의 중심을 잡고 일어서려는 순간, 오공사수의 반격이 개시됐다.

탁탁! 탁탁탁탁……!

독사는 양손으로 귀싸대기를 후려치듯 숨 쉴 틈 없이 몰아치는 손 그림자를 막아내기에 급급했다.

사막에서 신기루를 보듯 희끄무레한 수영(手影)밖에 보이지 않으니 눈으로 보고 막는다는 것은 불가능에 가까웠다.

천수천안(千手千眼) 관세음보살(觀世音菩薩)은 천 개의 손과 천 개의 눈을 지녔다. 하지만 오공사수는 단 두 개의 손을 지녔을 뿐인데 변화가 얼마나 빠르고 난해한지 천수천안 관세음보살이 한꺼번에 손을 휘젓는 느낌과 같다.

퍽! 퍽퍽퍽……!

독사는 손 그림자를 다 따라잡지 못하고 몇 개를 놓쳤다. 그 결과는 당연히 둔탁한 격타음이 되어 터졌고…… 뒤뚱뒤뚱 세 걸음을 물러선 후에야 몸을 가눴다.

오공사수의 눈에 기광이 서렸다.

그의 수도(手刀)에는 소의 머리뼈를 박살 내는 힘이 담겨 있다. 관수(貫手)는 소가죽을 뚫고 들어갈 수 있으며, 권력(拳力)은 곰을 즉사시켰다.

독사는 이 모든 것을 맞고도 쓰러지지 않았다.

처음에는 땅바닥에 나뒹굴었다. 두 번째는 쓰러지자마자 일어섰고, 세 번째는 쓰러지지도 않았다.

'어떻게 이런 일이…… 이놈……! 하늘이 내린 전신(戰神)이란 말인가!'

오공사수는 기분이 묘했다.

문제는 쓰러지지 않는 데만 있는 게 아니다. 독사의 공격도 시간이 지날수록 강력해지고 있다. 그의 각력(脚力)은 이제 오공사수조차도 무시할 수 없는 지경이 되었다.

이것 역시 처음에는 어린아이의 몸부림에 불과했다. 진기로 감싸인 육신은 마신들의 권장까지도 웃으며 맞아줄 정도로 단단하다.

독사의 공격쯤은 대수롭지 않았다. 옆구리를 가격할 때는, 공격 기세는 매서웠지만 사실 충격은 솜방망이로 얻어맞은 정도밖에 되지 않았다.

그러던 것이 변했다. 이제는 피부를 스쳐 가는 바람에도 무겁고 매서운 기운이 쏠려 나온다. 그런 각력에 일격을 당한다면 오공사수조차도 장담할 수 없다.

'이건 말도 안 돼. 이런 놈이 세상에 존재할 수가. 환마수(幻魔手)를 십이 초나 받아내다니…… 음! 소수천라변…….'

독사가 현문 출신이기에 환마수를 받아낼 수 있었다. 소수천라변을 익히지 않았다면 환마수의 현란한 변화를 따라올 수 없다. 그러나…… 아무리 그렇다고 해도 십이 초나 사용하고도 쓰러뜨리지 못했다는 것은 자존심 상한다.

'어디 네놈의 내력이 어떤지나 보자.'

오공사수는 서둘지 않았다.

초식의 빠름이나 세기(細技)도 시간이 흐를수록 눈부시게 발전했다. 문일지십(聞一知十)의 신동을 이 자리에 데려다 놓고, 문(文) 대신 무(武)를 대입시키면 딱 알맞을 상황이었다.

퍽! 퍽퍽! 퍽……!

연이어 둔탁한 격타음이 터졌다.

이번에는 상황이 조금 전과 판이하게 달랐다.

방금 전까지는 누가 보더라도 오공사수가 우세했다. 독사의 공격은 매섭기는 했지만 세기가 부족하여 거친 면이 없지 않았다. 그에 반해 오공사수는 신법이나 초식 등 모든 면에서 독사를 압도했다.

실제로 격타를 당하고 물러선 쪽은 언제나 독사였고, 오공사수의 경우에는 격타를 당하더라도 정통으로 맞지 않은 듯 가볍게 흘려 버리곤 했다.

이번에는 달랐다. 독사와 오공사수가 서로 뒤바뀌기라도 한 듯 독사는 쉴 새 없이 공격을 퍼부었고, 오공사수는 쩔쩔매는 듯했다.

육신을 두들기는 격타음도 오공사수의 몸에서 터져 나왔다. 어쩌다 한 번이 아니라 십여 차례나 정확히 가격당했다.

독사는 빨랐고, 오공사수는 느렸다. 진기가 고갈되었거나 탈진한 사람들이 보여주는 둔한 몸놀림이다. 그런데,

쉬익!

어느 순간, 오공사수의 신형이 비조(飛鳥)처럼 표홀해진다 싶은 순간 두 사람은 몸을 바짝 밀착시킨 채 마주 서는 형국이 되었다.

장심과 장심은 서로 맞댔고, 몸과 몸도 바짝 붙었다.

한 사람이 손이나 몸을 물리지 않는 이상 공격할 틈이 전혀 없었다. 장법이나 수법은 전개할 수도 없는 상황이며, 무릎 공격이나 팔꿈치 공격도 엄두를 내지 못했다.

생명을 걸고 치열하게 싸우던 사람들이 연인이나 된 듯이 몸을 바짝 붙이는 경우도 흔히 볼 수 있는 풍경이 아니다.

독사는 농익어가던 빠름과 세기가 중간에서 끊긴 것 같아 아쉬웠다.

조금만 더 싸움을 계속한다면 무공이 무엇인지 조금은 알 수 있을 것 같았는데.

대화산에서 비무를 많이 해봤다. 멸혼촌에 들어온 다음에는 오직 요빙의 전낭을 회수하기 위해 사람을 죽였다. 그것 역시 비무라고 할 수 있다. 일방적인 암살이 아니라 정정당당하게 싸워서 죽였으니까.

참 많이도 싸웠고, 많이 죽였다.

하지만 그들과 오공사수는 격이 다르다. 그들과 백 번을 싸운다 한들 오공사수와 한 번 겨뤄보는 것보다 못할 것이다.

오공사수와의 싸움은 검신을 죽였을 때와 같이 몇십 년 수련을 단번에 단축시켜 주는 효과를 지녔다.

아쉽다. 그러나 아쉬운 감정에 젖어 있을 수만은 없다. 싸움은 끝난 것이 아니며, 당장 무지막지하게 밀어오는 거력에 항거해야 한다.

독사는 밀리지 않기 위해 전신 진기를 최고조로 이끌었다.

장과 장이 밀착되어 있으니 다행이다. 장법이라면 누구에게도 양보하지 않을 내공일초가 있다.

‘야아앗!’

거세게 휘도는 진기를 장심 노궁혈(勞宮穴)에 몰아넣고 힘껏 밀어냈다.

오공사수는 꿈쩍도 하지 않았다. 독사의 장심을 통해 밀려 나오는 거력을 고스란히 맞받아 밀어냈다. 그의 왼 어깨는 독사의 왼 어깨에 붙어 움직임을 저지했다. 무릎과 무릎도 종이 한 장 들어갈 틈이 없게 밀착되어 떨어지지 않았다.

“내력이 강하구나.”

“…….”

독사는 대답하지 못했다. 오공사수는 입을 벌려 말을 할 수 있지만,

독사는 오로지 정신을 모아 진기를 쏟아내는 데만 집중했다. 그러기에도 벅찼다.

"현문에서 파견한 놈은 뭐가 달라도 다르군. 묵천신공은 아닌 것 같고, 그렇다고 유화신공은 더 더욱 아니고…… 네 진기는 성질이 전혀 달라. 뭐냐? 암혼사냐, 단파(短波)냐?"

"……!"

독사는 처음으로 놀랐다.

무공이란 것을 배운 이후, 정확히 말해 암혼사를 수련한 이후 처음으로 타인의 입에서 암혼사라는 말을 들었다. 그러나 오공사수가 나중에 말한 '단파'라는 무공에 대해서는 금시초문이다. 한 번도 들어본 기억이 없다.

또…… 오공사수는 자신이 현문도인 줄 알고 있다.

그럼 묵천신공, 유화신공, 암혼사, 단파…… 이 모든 무공이 현문 무공이란 말인가.

지금은 그런 것 또한 생각할 여유가 없다.

'끄응……!'

독사의 이마에서 식은땀이 비 오듯 흘러내렸다.

내공일초를 전개했음에도 오공사수의 엄청난 내력을 막아내기에는 역부족이었다.

몸도 조금씩 뒤로 밀렸다.

맞대어 있는 무릎이 부들부들 떨리더니 조금씩 밀리고 시작했고, 몸도 따라서 흔들렸다.

이런 식이라면 승부는 시간문제다. 막강한 내공일초를 오히려 밀어내고 있는 오공사수의 진기가 기혈을 뒤틀어 버리거나, 거센 일장을 가장 짧은 거리에서 맞아야 한다.

'박치기!'

오공사수에게 대항할 방법은 오직 박치기뿐이다.

파락호 시절, 그를 독사라고 불리게 만들어준 가장 강력한 공격 방법. 칠 척 거한의 사내도, 무천문의 고수들도 박치기에는 형편없이 나가떨어졌다. 무인들과의 싸움에서도 종종 효과를 보곤 했다.

쉬익!

생각이 일자 행동은 바로 이어졌다.

어깨와 어깨가 바짝 붙어 있으니 정면으로 박을 수는 없고…… 옆머리로 오공사수의 옆얼굴을 가격했다.

하지만 그마저도 용이치 않았다. 성공을 했다고 해도 제대로 탄력을 받지 못한 박치기가 얼마나 효과를 거뒀을지 미지수지만, 오공사수가 독사의 의중을 알아채고 머리마저 밀착시키는 바람에 박치기마저도 무휴로 끝나 버렸다.

"이제 넌 죽는다."

"……."

"죽음이 무엇인 줄 아느냐?"

'알지. 너무나 많이 봤으니까. 너무나 많이 겪었고.'

"죽음이란 세상과의 이별이야. 잠자듯 정신을 놓아버리면 그것으로 끝이야. 네 시신으로 밥을 해 먹든 죽을 쒀 먹든 넌 알지 못해. 그것이 죽음이란다."

'타아앗!'

마지막으로 안간힘을 써봤다. 전신을 끊임없이 휘돌아 전혀 부족함이 없는 진기지만, 이럴 때는 한꺼번에 모두 모을 수 있었으면 좋겠다.

그런 연후, 진기가 고갈되어 탈진 상태가 된다고 해도 그랬으면 좋겠다.

독사가 뻗어낸 내공일초에는 전신 진기가 고스란히 내포되어 있었다. 진기는 일 점 집중으로 일시에 쏘아낸 후, 새로 생성되어 흐른다.

독사는 그런 진기마저도 모았으면 하고 바랄 만큼 절박했다.

"죽음을 천천히 느끼게 해주려고 했는데, 보아하니 틀린 것 같군. 승부에 초연한 자는 강하지. '맞으면 당한다'는 생각을 가지면 결정적인 기회만을 노리다가 지고. 넌 이런 이치만은 깨우친 놈이군. 이제 그만…… 가랏!"

오공사수의 말이 끝나기 무섭게 독사의 신형이 뒤로 확 젖혀졌다.

오공사수가 일시에 쏘아낸 거력은 지금까지 간신히 버텨왔던 미력(微力)마저도 갈가리 찢어버렸다. 그런데,

"엇!"

뜻밖에도 오공사수가 경악성을 토해냈다.

그가 밀착된 어깨를 밀어내고, 서로 맞닿아 있는 손바닥을 밀쳐 내고, 무릎까지 짓눌러 버리는 순간…… 독사의 신형이 기다리기라도 했다는 듯 뒤로 쑥 물러났다.

오공사수는 물러나는 자를 밀어낸 꼴이 되고 만 것이다.

실로 간발의 차.

조금이라도 빨리 물러났다면 팽팽하게 맞서고 있는 거력이 일시에 쏠려 전신을 난타당하게 된다. 조금이라도 늦게 물러섰다면, 밀어낸 다음에 물러서는 격이라서 처참하게 내동댕이쳐진다. 물론 그전에 치명타를 당할 것이고.

독사의 몸은 허공에 붕 띄워졌다. 물러서는 힘에 오공사수가 밀쳐 내기까지 했으니……

가랑잎처럼 떨어져 나가던 독사가 오른발을 쳐올렸고, 완전히 꺾여 위로 쳐들린 발바닥이 오공사수의 턱을 걸어찼다.

일격은 별반 효과를 보지 못했다.

오공사수는 정통으로 턱을 걸어채이고도 잠시 주춤했을 뿐, 크게 흔들리지 않았다.

그는 뒤쫓을 생각도 하지 않고 멍한 표정으로 독사를 쳐다봤다.

이상한 행동은 독사도 보였다.

뒤로 물러선 독사는 크게 심호흡을 하여 진기를 고른 후, 두 손을 늘어뜨렸다. 그런 행동으로 보아서는 싸울 뜻이 없어 보였다. 대신 입을 열어 말을 했다.

"이런 무공을 얻기까지 사 년 걸렸는데…… 당신은?"

어제저녁, 암혼사 한 구절의 오의를 깨달을 때부터 지금 이 순간을 생각했고 기회가 닿으면 하리라고 계획했던 말이다.

"……."

오공사수는 대답하지 않았다.

"현재 내 무공으로는 간신히 만무타배와 싸울 수 있을까? 당신 상대로는 역부족이지."

"……."

"자, 이제 싸울 만큼 싸웠으니 손을 쓰시오. 내가 죽으면 저들은 자진할 테고, 그 정도 힘을 덜어주는 것만으로도 비무를 청한 대가는 치렀으리라 생각하는데?"

"상대가 안 되는 줄 안다? 그런데도 싸웠다? 이게 싸움이 아니라 비무였다? 재미있는 말이군."

오공사수의 눈가가 파르르 떨렸다.

"후후후! 처음에는 결사를 생각했는데…… 싸우는 도중 생각이 바뀌었지. 어떻소? 이만하면 몇십 년 후, 절대무를 성취할 것 같지 않소? 당신들처럼 몽환소, 사활근맥단, 멸혼촌…… 다 나열하기도 힘든데…… 이런 잔수를 부리지 않고도 말이오."

"계속 말해 봐."

"절대무란 이렇게 만드는 것이오."

"계속해."

"됐소. 이제 당신들 마단은 날 영원히 잊지 못할 것이오. 오늘 나는 죽을지 몰라도 당신 마음속에는 살아 있을 거요. 진정한 절대무를 완성할 천하기재로."

"후후후! 하하하핫!"

조용히 말을 듣던 오공사수가 앙천광소를 터뜨렸다.

"오만이 지나치군. 좋아. 나와 이 정도 초수를 싸웠으니 그만한 오만을 지닐 만도 하지. 그런데…… 아직 내 말에 대답하지 않았지? 네놈이 익힌 무공…… 암혼사냐, 단파냐?"

독사도 이번에는 순순히 대답해 주었다.

"암혼사요."

"아, 암혼사!"

오공사수는 적지 않게 놀란 듯했다.

"만무타배도 눈이 삐었군. 암혼사를 몰라보다니. 하기는 세상에 드러난 적이 없는 무공이니…… 후후후! 그렇군. 암혼사가 드디어 임자를 만났군."

귀궁에서도 단지 몇 사람에게만 전수된다는 암혼사를 오공사수가 알고 있었다. 그리고 진정 뜻밖의 말을 했다.

"그래. 살려주마. 네놈 잔꾀가 통했다고는 생각하지 마라. 넌 주공께서 완성하신 절대무의 첫 희생자로 낙점된 거야. 죽음을 잠시 늦췄을 뿐 피한 건 아니지."

"……."

"이곳에서부터 이십 리를 주마. 이십 리. 그게 네 영역이다. 이십 리 안에서는 불을 지르든 목매달아 죽든 마음대로 해라. 이 순간부터 마단 문도에게 이곳은 금역(禁域)이다. 주공이나 너나 어느 한쪽에서 절대무를 완성하기 전까지 싸움은 벌어지지 않는다. 네놈이 영역을 벗어나지 않는 한. 네놈 말대로 네놈 혼자서 여기 있는 사람들 모두를 죽일 수 있다고 자부하면 언제든 탈출을 시도해라. 절대무를 얻었다고 확신하면."

"……."

"충고 하나 해줄까? 저들에게 너무 시간을 빼앗기지 마라. 어차피 저들은 허수아비에 불과해. 저들은 백 년을 고련(苦練)해도 절대무는 구경도 못 해볼 자들이야. 후후후! 암혼사라. 십인십색(十人十色)의 무공 암혼사. 네놈의 암혼사가 어떤 무공으로 성장할지 벌써부터 궁금해지는군."

오공사수가 강변에 있는 독사 패거리를 가리키며 말했다.

독사의 입가에 희미한 미소가 배였다.

구사일생(九死一生). 하늘이라도 두 번 다시 베풀 수 없는 천운이지만 독사는 별로 놀라는 기색도 달가워하는 기색도 보이지 않았다.

"커라. 네놈 말대로 네놈의 절대무를 완성해 봐라. 네놈은 누구보다도 강해질 소지가 있으니 살려주마. 암혼사라면 어느 정도 강해질 수 있지. 하하핫! 하하하! 하하하핫!"

마단 고수들은 누구도 오공사수의 결정에 누구도 이의를 달지 않고 조용히 사라져 갔다. 나타날 때와 똑같이.

강변에는 조용한 정적이 흘렀다.

독사는 산들바람에도 흔들릴 정도로 긴장이 풀렸다. 겉으로는 내색하지 않았지만 솜털까지 팽팽하게 곤두설 만큼 긴장했던 것이 일시에 풀어지며 노곤함이 찾아왔다.

'통했어. 절대무…… 절대 꺾이지 않는 무공. 내가 절대무를 가졌다면 세상에 두려울 사람이 없겠지. 절대무를 완성하려는 자가 적을 겁낸다는 것은 있을 수 없는 일. 통했어. 내 생각이.'

단신으로 오공사수를 죽이고, 마단 고수들을 모두 도륙한다는 말은 허언(虛言)에 불과했다.

그런 일은 있을 수 없다. 마단 고수들이 말한 대로 정말 절대무라도 익히고 있지 않는 한.

의기만 보여주면 된다고 생각했다. 사 년 동안 익힌 무공으로 오공사수에게 경각심만 일깨워 주면 된다고. '이놈은 후환이 두려운 놈이다' 라는 생각만 들게 만들면 활로(活路)가 열릴 것이라고 생각했다.

무공은 사람을 살상한다.

절대무를 지녀 초인이 된 자는 완성된 절대무를 증명하려 할 테고, 무림에서 조금이라도 명성이 난 사람이라면 혈해(血海)를 벗어나지 못하리라.

마단 고수들은 중원 무인들을 두려워하지 않는다. 천하제일인이 현존한다고 해도 두려워하지 않는다. 오히려 반길 게다. 완성될 절대무의 희생자로 그만한 사람은 없을 테니까.

마음만 먹으면 세상 누구라도 죽일 수 있는 절대무가 있는데 누구를 두려워할 것인가.

절대무를 시험할 가치가 있는 자라는 것을 증명만 하면 살 수 있는 기회가 생긴다고 생각했다. 그 점을 증명하기 위해서는 광인에 가까운 허풍도 필요하리라 생각했고…… 오공사수 앞에서 자신있게 이곳에 모인 사람들 모두를 죽이겠다고 호언했다.

그 생각이 맞았다.

그 생각뿐이 아니다. 독사 자신조차도 전혀 생각하지 못했던 변수가 간신히 잡은 기회를 활짝 열어주었다.

자신이 익힌 무공, 암혼사.

독사는 오공사수가 떠나기 전에 마지막으로 한 말을 떠올렸다.

"절대무란 일초 이상을 필요로 하지 않는다. 단 일 초에 생사가 갈린다. 절대무가 완성되면 나 역시도 단 일 초에 목숨을 잃는다. 현문의 묵천신공은 어린아이 장난. 그래도 강하다는 무공이 단파였으나 그건 미완성의 절대무조차도 상대하지 못했다. 주공께서 아직 겪어보지 않은 무공은 암혼사. 그래서 너를 살려주는 게다. 암혼사를 극성으로 깨우쳐라. 하하하!"

절대무는 완성되어서는 안 된다.

그런 무공이 있을 리도 없지만, 설혹 존재한다고 해도 절대 완성되어서는 안 된다. 상대가 사람을 골인으로 만드는 비인륜적인 행동마저 서슴지 않고 실행하는 인물이라면 더 더욱 완성되어서는 안 된다.

'크라고 했겠다. 커주지. 깜짝 놀랄 정도로 거인이 되어주지.'

독사는 아랫입술을 잘근 깨물었다.

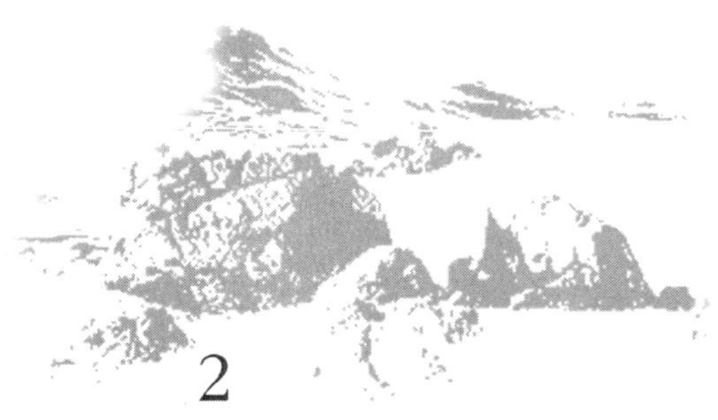

2

백산(白山)은 거대한 암석덩어리다.

천 년의 세월을 두고 깎이고 깎여 하얀 속살을 고스란히 드러낸 암석덩어리.

암석에도 나무는 자랐다.

키가 작아 허리춤에도 미치지 못하는 소나무들이 끈질긴 생명을 유지하며 듬성듬성 뿌리를 내리고 있다.

깎아지른 듯한 벼랑과 삭아서 푸석해진 바위모래, 칠 척 거한도 단숨에 날려 버릴 듯 거세게 부는 산정 바람은 인간의 발길을 거부하며 도도한 위용을 자랑했다.

너무도 세찬 바람이 분다.

땀이 나 훈훈하게 덥혀진 몸이 금방 섬뜩한 한기에 식혀졌다. 찢어진 깃발처럼 요란하게 펄럭이는 옷자락 소리에 사람 말소리가 묻혀 버린다.

동서남북 사방을 둘러봐도 보이는 것은 산뿐이다. 굽이굽이 주름진 산맥에 백설이 하얗게 덮여 있다. 동경(銅鏡)을 깔아놓은 듯 햇빛에 반짝이는 설광(雪光)이 눈부시게 빛난다.

그 사이로 꾸불꾸불 돌아 나가는 한줄기 강이 화석이 되어버린 백사(白蛇)처럼 붙박여 있다.

가슴이 탁 트였다. 불가(佛家)에서 말하는 백팔번뇌(百八煩惱)를 고스란히 짊어진 영혼이라도 이곳에 올라서면 단숨에 훌훌 털어버릴 수 있을 것 같았다.

"장관이군. 멋있는 풍경이야."

당호가 중얼거렸다.

죽음 속에서 빠져나와 바라보는 풍경이라 마음에 더 와 닿는지도.

"이곳까지 오는 데 너무 많은 죽음이 있었습니다. 많은 사람이 죽었죠. 영문도 모른 채 죽이니까 죽었죠."

신검서생은 강변에서의 일전이 있은 후, 점차 말이 없어졌다.

말이 없어진 사람은 그뿐이 아니다. 살아남은 사람들 거의 대부분이 말을 잊었다.

강변에서 백산까지 오는 데 거의 반나절이 걸렸다. 그동안 독사 패거리가 주고받은 말은 다섯 손가락으로 꼽을 정도에 불과했다.

지천도가 주름진 산맥을 내려다보며 말했다.

"영문을 몰랐다고는 할 수 없지. 백비에 발을 들여놓은 순간 영문이 생긴 거야. 천하제일 무공을 얻고자 하는 바람. 그게 영문인 게지. 세상에 공짜가 어디 있는가. 그만한 무공을 얻고자 했다면 그만한 대가도 생각했어야지."

"골인들은 그럴지 몰라도 저흰 아니죠. 현문…… 그들은 우리를 사지로 몰아넣었습니다. 영문도 알려주지 않은 채."

일수일살은 차게 굳은 얼굴빛을 풀지 않았다.

"허허! 그런가? 그렇군. 자네들의 경우는 좀 사정이 다르군. 허허! 그럼 말을 달리해야겠군. 검을 든 것이 영문인 게지. 무림에 뜻을 둔 순간 영문이 생긴 게지. 힘이 있는 자는 이용물이 되는 것이라네. 사람은 누구나 이용당할 수 있지만, 힘이 있는 자는 특히 그렇지. 무림인이라면 항상 눈을 크게 뜨고 있었어야지."

질책이 아니다. 조롱도 아니다. 자위도 아니다. 그렇다고 비관도 아니다.

푸념이다. 푸념일 뿐이다.

"머물 곳을 찾아야겠어. 이곳은 적합하지 않은 것 같고…… 저쪽이 괜찮을 것 같은데."

독사가 하얀 암석 아래를 가리켰다.

잎이 떨어져 앙상한 나뭇가지만 드러내 놓고 있는 갈색 숲. 그 위에도 백설은 쌓여 있었다.

뒤에 남겨진 사람들이 독사와 합류한 것은 그로부터 보름이 지난 후였다.

모두들 피곤에 지친 표정들이 역력했다. 먹지 못하고, 씻지도 못해 꾀죄죄한 몰골들. 긴장으로 잔뜩 굳어진 얼굴. 활력이라고는 찾아볼 수 없었다.

그들은 백산에 들어서서 독사 패거리를 만난 후에야 옅은 미소나마 지을 수 있었다.

마천옥은 모두 무사할 줄 알았다는 듯 태연했다. 그러다 몇 사람이 눈에 띄지 않자 미간을 찡그리며 물었다.

"무사들 하셨군요. 그런데…… 몇 사람이 보이질 않습니다?"

"강변에 주저앉았지. 움직이기 싫다면서."

냉설이 마른 헝겊으로 검을 닦으며 말했다.

단짝이었던 조가상을 잃은 냉설은 복수귀라도 된 듯 밤낮 검법을 수련했다. 검을 검집에 꽂는 날이 없었다. 밥을 먹을 때도 한 손에는 서슬 퍼런 장검을 꼬나 쥐고 먹었다. 잠을 잘 때도 한기가 뚝뚝 흐르는 장검을 베고 잤다. 그는 조금씩 검귀(劍鬼)가 되어갔다.

마천옥은 냉설을 한참 쳐다보다 다른 사람들에게 눈길을 돌렸다.

일수일살…… 그는 검(劍)이다. 냉설도 검이다.

그러나 두 사람의 기도는 묘하게도 조금 다르다. 냉설은 가까이 다가서기도 무서울 만큼 사나운 검인 반면 일수일살은 냉정함이 극에 치달은 정제된 검이다.

천리검의 초옥을 떠날 때만 해도 이렇지 않았다. 쾌검을 자랑하기는 했지만 따스한 인간미가 풍겼었다.

'변했어!'

신검서생은 말이 없다. 원래 그는 명문정파의 후예답게 밝고 싱싱한 모습이었는데, 지금은 말이 없는 무뚝뚝한 사내로 변했다.

지천도…… 그는 더욱 늙어 보인다. 천리검의 모옥에서만 해도 불철주야 유화신공 수련에 주력했는데, 이제는 그것마저 포기한 듯 보인다.

당문삼기에게는 눈길을 줄 필요도 없다.

엽수낭랑에게 '왔냐' 하고 간단하게 한마디 한 것으로 반가움을 표시할 정도라면 심신이 흔들렸어도 크게 흔들렸다는 것을 의미한다.

‘도대체 어떤 싸움이 있었기에…….’

마천옥은 독사를 찾았다.

“대형께서는 어디에……?”

“정상에. 열흘쯤 된 것 같은데, 한 번도 안 내려오시는군.”

냉설은 여전히 검에서 눈을 떼지 않았다.

“그럴 리가…… 그럴 리가…….”

마천옥은 같은 소리만 되풀이했다. 머리 속에는 믿을 수 없다는 생각이 가득 찼지만, 마음속 울림은 현실을 받아들이고 있었다.

섭혼살호, 도왕, 조가상……

그들은 자신이 죽였다.

충분히 예상할 수 있는 일을 예측하지 못했기에 그들이 죽었다. 싸운 자는 그들이고, 무공이 약해 죽는 게 누구를 원망할 일도 아니지만, 그들을 죽음으로 몰아넣은 사람은 바로 자신이다.

물로 추적로를 끊고, 불로 흔적마저 지워 버리면 끝날 줄 알았는데.

삼척동자도 생각해 낼 수 있는 가장 간단한 이치를 망각했다.

도주로, 도주로를…….

지리를 모르는 사람이 치달릴 곳은 뻔하다. 길도 모르는 산속을 헤매고 다닐 수는 없는 일, 강을 따라 달리게 되어 있다.

그런 간단한 이치를 망각했다니.

머리는 생각한다.

한 번의 계획, 두 번의 계획, 세 번의 계획…… 다지고 다진 계획을 훨씬 넘어선 곳에서 일어난 일이기에 미처 생각하지 못했다.

그러자 마음이 비웃었다.

이봐! 천장폭을 뛰어내리든, 불을 싸지르든 그런 건 마음대로 해도 좋은데…… 뭐 하러 그런 짓을 하는 거야? 결국 도망치자는 말이잖아? 안 그래? 빙충맞은 놈. 너 같으면 어떻게 하겠니? 지리를 환히 알고 있는데, 까막눈이 이리저리 헤집고 다니다가 감쪽같이 사라졌으면. 간단한 거야. 알았어? 바보야?

본말이 전도되었다.

과정이 아무리 화려한들 결과가 반대로 나온다면 실패한 거다. 과정이 너무 간단해서 실소를 터뜨릴지언정 결과가 생각과 같이 나오면 성공이다.

성공에 역점을 두고 계략을 짜는 것은 모사의 기본.

가장 간단하면서도 적이 예측하지 못한 계략을 생각해 내야 한다. 복잡한 계략, 현란한 계략을 짤 수도 있다. 계략이란 주변 환경이나 목적에 따라서 수천만 가지로 세분될 수 있다. 하지만 도주와 같이 행동을 위주로 하는 계략은 간단할수록 좋다.

그런데 바보같이 간단함을 저버리고 복잡함을 선택했다. 그런 계략을 짜도록 영향을 끼친 것은 마단의 가공할 무공, 그리고 많은 고수들. 결정적으로는 만무타배와 십이추시가 보여준 자폭.

'적을 과소평가해도 안 되겠지만 과대평가도 금물인 것을. 과대평가하는 우를 범하다니.'

마천옥은 이제 '그럴 리가……' 하는 말도 중얼거리지 않았다.

머리 속으로 아무리 자위를 해도 현실은 부인할 수 없다. 그리고 과거에 집착할 만큼 미련한 그도 아니다.

실패는 병가지상사(兵家之常事), 툭툭 털고 일어서야 한다.

살아남은 사람들이 놀랍기만 하다. 무림에서의 계략이란 극과 극을 치달리는 것이라서 성공하지 않으면 목숨이 위태롭게 된다. 무림의 계략은 누군가를 죽여야 한다는 전제가 늘 포함되어 있으니, 이쪽도 그에 상응하여 목숨을 걸어야 한다.

한마디로 죽을 사람들이 살아 돌아왔다.

세 명의 죽음은 안타깝기 이를 데 없지만, 그 정도로 그친 것이 천만다행이다.

'향나무를 찾아야겠군. 향이라도 피워줘야……'

마천옥은 오랜 침묵을 깨고 일어섰다.

'독사……'

독사를 발견한 엽수낭랑은 한달음에 달려가 품 안에 안기고 싶었다. 그동안 걱정한 생각을 하면 힘껏 껴안고 정말 무사한 건지, 다친 곳은 없는지 확인해 보고 싶었다. 그러나 그러지 못했다. 마음은 그의 곁에 가 있는데, 두 발은 암석에 붙박여 떨어지지 않았다.

무공 수련이나 운공조식쯤 하고 있을 줄 알았는데, 거센 바람을 고스란히 맞으며 우두커니 서 있다. 뒷짐을 지고, 머리카락이 바람에 흩날려도 아랑곳하지 않고 먼 곳만 쳐다보고 있다.

그 모습이 엽수낭랑에게는 무척 외로워 보였다.

정상에 올라선 지 십여 일이 됐다고 했다. 그럼 그동안 밥 한 끼 제대로 먹지 못하고 이러고 있었단 말인가.

엽수낭랑은 독사의 심적 충격이 생각보다 크다는 것을 깨달았다.

당문의 비전비기는 전수받지 못했지만 태어나면서부터 약 냄새 속에 묻혀서 살았다.

독사의 현재 상태쯤은 겉모습만 보고도 읽을 수 있다.

그의 말대로라면 '독사 패거리'의 대형으로서 동생들에게 심란한 마음을 드러내 놓을 수 없었으리라. 누구보다도 충격이 큰데 마음이 아프다는 말 한마디 꺼내지 못했으리라.

그런 마음을 삭이기 위해 이렇게 산 정상에서 거센 바람을 맞고 서 있다.

그가 보는 곳은 산야다. 하지만 그의 눈에는 아무것도 보이지 않으리라. 강풍이 옷자락을 펄럭이고 있지만 아무것도 느끼지 못할 것이다.

"올라가 봤자 실망만 할 텐데. 내려올 때까지 기다리지 그래."

당한 오라버니가 무심히 던진 말이 절절이 와 닿았다.

이런 상태에서는 누구도 위안이 되지 않는다. 혼자서 풀고 혼자서 정리해야 한다. 혹시…… 마음속에 깊게 틀어박혀 있는 여인, 요빙이 위안이라도 해주면 모를까.

'괜히…… 올라왔어. 난…… 도움이 안 돼. 언제까지…… 언제까지 이렇게 언저리에서만 돌아야 하는 건지. 휴우! 훌훌 떨쳐 버리고 내려와요. 따뜻한 밥…… 지어놓을게요.'

엽수낭랑은 소리없이 등을 돌렸다.

무관심과 냉담함은 빠르게 전염된다.

상대를 해주지 않으니 넋 빠진 사람처럼 혼자 실실거리며 이야기할 수도 없는 노릇. 혈전에 가담했던 사람과 나중에 합류한 사람들, 두 부류로 구분된 독사 패거리는 조용히 하루를 보냈다.

모두들 깊은 생각에 잠겼다.

혈전에 가담한 사람들은 물론이고, 나중에 합류한 사람들도 차디찬 침묵과 어울렸다.

독사 패거리 중 범인과 다름없이 평정심을 보이고 있는 사람은 오직 엽수낭랑뿐이었다.

그녀는 저녁을 먹은 지도 한참이나 지났건만 아직도 급조한 아궁이에 매달려 불씨를 꺼뜨리지 않았다.

너무 활활 타도 안 되고, 꺼져서도 안 된다. 방금 꺼져 불씨가 죽어버린 잿더미에서 피어나는 온기처럼 은은한 온기만 유지해야 한다.

그래야 밥이 타지 않는다.

그러나 그것도 밥이 탔다. 시간이 흘러흘러 삼경을 넘어서자 밥 타는 구수한 냄새가 허기를 자극했다.

"그냥 먹어버리는 게 어떻습니까? 배도 출출한데."

팔을 베고 누워 하늘을 올려다보던 신검서생이 말했다.

엽수낭랑의 대답은 선선했다.

"드세요."

그녀는 말뿐이 아니라 실제로 천리검의 초옥에서 가져온 무쇠 솥을 내려 신검서생 앞에 내려놓았다.

"손수 지은 밥을…… 대형에게 처음 먹일 생각…… 아니었소?"

엽수낭랑은 쓰게 웃었다.

"밥은 밥일 뿐인걸요. 새카맣게 타면 아무도 못 먹어요."

신검서생은 일어서지 않았다.

엽수낭랑이 죽을지 살지, 순탄한 길을 걸을지 아니면 험난한 싸움을 하게 될지, 앞날이 막막한 상황에서도 독사에게 따뜻한 밥을 먹여야 한다며 들고 온 무쇠 솥이다.

밥이 타고 있지만 먹을 수 없다. 새카맣게 타서 숯덩이가 된다고 해

도 먹을 수 없다. 독사를 대형으로 받들고 있어서가 아니라 엽수낭랑
의 마음을 헤아려서.

신검서생의 마음을 읽은 듯 지천도가 불쑥 나서서 무쇠 솥을 가로챘
다.

"모두들 오지 그래. 밥이 아주 잘 됐어. 출출한데 한술들 떠."

지천도의 말을 따르는 사람은 아무도 없었다.

엽수낭랑은 밥을 새로 지었다.

올 겨울은 유난히 추울 모양인지, 가을이 끝나기 무섭게 백설이 내
렸다. 날씨도 갑자기 추워져 한겨울을 방불케 했다.

찬물에 손을 담그고, 덕지덕지 붙어 있는 밥 알갱이를 깨끗이 씻어
냈다. 타서 까맣게 달라붙은 부분도 박박 밀어냈다.

쌀을 씻고, 밥을 하고…… 불씨를 죽여 온기만 흘러나오게 하고……
새벽이 되어 밥이 타자, 다시 새 밥을 지었다.

"저런 여인을 포기했으니…… 후회되지 않나? 상대가 대형이라고
해도 가슴이 뻥 뚫릴 것 같은데."

"……."

신검서생은 대답하지 않았다. 그는 잠이 깊이 든 듯 고른 숨소리를
흘려냈다.

아니다. 신검서생은 잠들지 못했다.

포기는 했지만, 이제 그만 잊어버리기로 작심했지만 아련하게 아파
오는 마음을 가누지 못했다.

엽수낭랑을 보기 전만 해도 오직 검도(劍道)만 추구하기로 작심했었
다.

그가 본 독사의 무공은, 오공사수의 무공은 자신과 격을 달리하는 고차원의 무공이었다. 그들 두 사람 앞에서 한없이 초라해지는 자신을 보았다.

엽수낭랑을 따라 백비를 찾을 때만 해도 일개 파락호가 무공을 배웠으면 얼마나 배웠겠냐는 생각을 했다. 멸혼촌에서 독사를 만난 후, 생각이 바뀌기는 했지만 독사라는 사내가 매력이 있기 때문이지 무공이 높아서라는 생각은 조금도 하지 않았다.

무공도 뛰어나다는 점은 안다. 뛰어나지 않았다면 내력을 잃고 사활근맥단에 목매는 골인들이라고 해도 그를 신으로 떠받들지는 않았으리라.

하지만 그것만은 인정하지 않았다. 원래 진기를 되찾기만 하면 독사와 능히 겨룰 수 있다고 생각했다.

모든 게 일장춘몽(一場春夢)이다.

독사는 무공도 뛰어났다. 보통 뛰어난 것이 아니라 당장 사천무림에 뛰쳐나가도 상대를 찾기 힘들 정도로 뛰어나다.

어떻게? 이제 겨우 사 년밖에 익히지 않은 무공이 그렇게 강할 수 있단 말인가.

신검서생의 마지막 자부심이 독사의 무공 진전만은 인정하지 않게 만들었다.

자신도 하면 된다. 침식을 잊고 오로지 검 한 자루에 매달리면 독사를 따라잡을 수 있다. 자신 역시 그만한 재질은 지녔다고 생각한다. 걸출한 영재들 속에서도 후기지수, 그 속에서도 단연 돋보이던 자신이 아니던가.

엽수낭랑에 대한 연모의 정은 깨끗이 접었다.

한데…… 그게 아니었다. 그녀가 멀리서 걸어오는 모습을 보는 순간, 반가움에 몸을 떨어야 했다.

'이게 무슨 추태!'

애써서 마음을 짓누르기는 했지만 자신 스스로 상당히 놀란 것은 부인하지 못했다.

오로지 검 한 자루에 매달려도 모자랄 판에 연모란 놈이 싹을 피우다니.

'소저는…… 독사의 여자. 독사를 마음에 담은 여자. 독사가 죽어도 평생 그리워하며 살 여자.'

'아냐. 독사는 죽는다. 마단…… 다시 온다고 했잖아. 오공사수…… 아니야. 그보다 훨씬 강한 자가 온다면 살 수 없어. 오공사수도 힘겨운 판에 그보다 강한 자와 겨룬다면…… 소저 곁에 머물면 기회가 생길지도.'

'신검서생아. 신검서생아. 네가 정말 신검서생이란 말인가. 협의(俠義)를 말하며 술잔을 기울이던 신검서생 맞는가. 네가 이토록 치사하고 옹졸한 인간이었단 말인가.'

신검서생은 번민에 시달렸다. 잠든 척 눈을 감고 있지만 머리 속에는 수만 마디의 말들이 스쳐 지나갔다. 그의 마음속에서는 독사와 오공사수가 싸웠던 것보다 훨씬 더 치열한 싸움이 전개되었다.

새벽이 되고, 엽수낭랑이 다시 밥을 지을 때…… 그는 지천도의 말을 들으며 생각을 정리했다.

'아까운 여자…… 아까운 여자가 아닙니다. 소저에게 아깝다는 말을 쓰는 것은 모욕이죠. 사랑하지 않고는 견디지 못하게 만드는 여자라는 말이 맞을 겁니다.'

생각을 정리하고자 해서 정리한 것이 아니라 지천도의 말에 반박을 하는 동안 자연스럽게 정리된 마음이다.

'마음이 흐르는 것을 막을 수는 없겠죠. 내버려 둘 겁니다. 사랑을 주고 싶으면 주는 것이고…… 받고 싶은 마음만 억누르면 되는 것. 참으로 서글픈 사랑을 하게 되는군요.'

이제는 엽수낭랑의 얼굴을 볼 수 있을 것 같다. 태연하게, 담담하게, 사랑스럽게.

사랑을 주기만 하는 것이 운명이라면 준다. 받을 수 없는 것이 운명이라면 따르리라. 애써서 억누를 필요는 없다.

'이제 검을…… 검을 잡을 수 있겠어. 소저가 옆에 있어도.'

신검서생은 기지개를 켜며 일어났다.

"소저, 아직도 밥을 짓고 있는 거요? 잠은? 허! 대형이 부럽군. 이번 밥도 탈 것 같은데, 대형이 오기 전에 소저의 밥 짓는 솜씨나 시식해 봅시다."

예전처럼 밝은 음성이었다.

"잘 못 져요. 생쌀이 씹힐 거예요."

"생쌀이면 어떻고 모래알이면 어떻소, 배고파 죽겠는데."

신검서생은 엽수낭랑의 허락도 받지 않고 무쇠 솥을 끌어안았다.

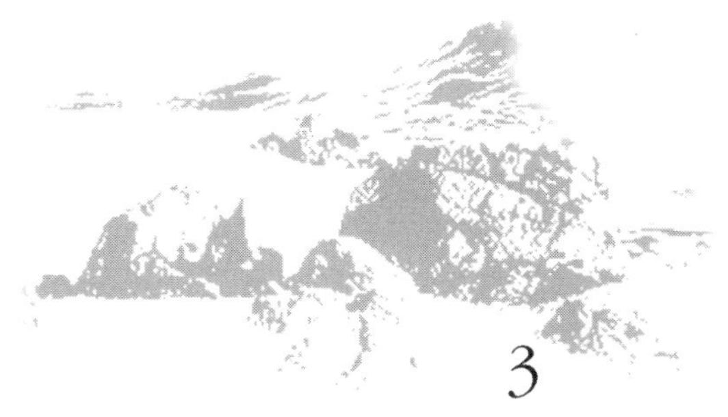

참을 수 있는 능력, 인내의 극한은 어디일까?

육신의 고통은 멀어진 지 오래다. 피부의 감촉도 사라져 버렸다. 가늘게 들이마시고 내뿜는 숨 한줄기만 없다면 죽은 시신이나 다를 바 없다.

독사는 그런 상태에서도 오공사수가 말한 무론흘반수각(無論吃飯睡覺)을 뇌리에 새기고 또 새겼다.

오공사수는 평생에 걸쳐 수련한 무공의 정화를 무론흘반수각이라고 정의했다. 자신이 깨달은 것은 동정좌와지간(動靜坐臥之間). 무공이란 움직임의 한 형태에 지나지 않는다.

움직여도 움직이지 않아도, 앉아 있어도 누워 있어도 무공은 펼쳐지고 있다. 숨이 붙어 있는 한 끊임없이 무공을 수련하고 있다. 농부가 농사를 짓는 행위 역시 무공이다. 외공으로 보면 근육이 단련되는 효과가 있으며, 내공으로 보면 기혈의 순환이 촉진된다.

경중의 차이는 있을지언정 움직이는 행동 모두가 무공이다.

백설이 휘날리기 시작했다.

펑펑 쏟아지는 함박눈은 아니지만 산야를 온통 회색 빛으로 물들여 놓은 싸락눈 또한 장관이다.

"아!"

독사가 부지불식간 탄성을 토해냈다.

오공사수가 말한 무론흘반수각. 밥을 먹을 때나 잠을 잘 때나 무인은 물론이고 범인들까지 무공을 수련한다. 동정좌와지간과 같은 맥락이다.

오공사수는 한 걸음 더 나아간다.

무론(無論), 논할 필요조차 없다. 무엇을? 각(覺)을. 깨달을 각. 깨달은 것을 논할 필요조차 없다. 그냥 깨닫는 대로 받아들이면 된다. 깨달을 필요조차도 없다. 숨을 쉬는 행위와 마찬가지로 의식하지 말고 받아들이면 된다.

벌목꾼은 하체보다 상체가 발달한다. 신체 모두가 균형있게 발달하지만, 그중에서도 특히 도끼질과 직접 연관된 상완(上腕)의 발달이 두드러진다.

상완을 발달시키고자 벌목꾼이 되는 사람은 없다. 먹고살기 위해 벌목을 했고, 일을 하다 보니 근육이 발달된 것뿐.

무인은 다르다. 상완을 발달시키기 위해, 혹은 검의 속도를 빠르게 하기 위해, 검에 힘을 싣기 위해 수련의 일종으로 벌목을 한다.

한쪽은 의식하지 않은 수련을 하고 있으며, 다른 한쪽은 의식적으로 수련한다.

의식할 필요가 없다. 일정한 틀을 다 잡아놓은 후에는 자연스럽게 발전하도록 내버려 두면 된다.

어찌 보면 수련을 중지해도 괜찮다는 말처럼 들리나, 실은 정반대다. 의식으로 느끼지 못할 만큼 수련이 생활의 일부분이 되었음을 의미한다.

무론흘반수각과 동정좌와지간은 같은 의미다.

독사와 오공사수는 같은 심득을 말했다. 다른 점이 있다면 독사는 동정좌와지간을 의식했고, 오공사수는 의식하지 않았다는 것.

그 차이는 싸움에서 명확히 드러났다.

"오공사수…… 뛰어난 무인이었소. 발버둥 쳐도 어쩌지 못할 만큼 뛰어난 무인."

파락호들 간의 싸움에서는 실력보다 운이 많이 작용한다. 아무리 주먹이 강해도 싸우기 전날 술을 마셨다거나 하여 몸 상태가 떨어져 있다면 제 실력을 발휘하지 못한다.

무인은 다르다. 운이 작용하지 않는다고는 할 수 없지만, 오공사수, 독사와 같은 경지에 이른 고수들이라면 미세한 무공 차이가 승패를 좌우한다.

갓 검을 잡았을 때는 하루의 수련만으로도 일 장의 진척을 볼 수 있다. 하지만 오공사수의 경우에는 십 년을 수련해도 일 촌(一寸)의 경지밖에 나가지 못한다. 그러나 그 일 촌은 크기를 셈할 수 없다. 지금까지 거쳐 온 모든 진척을 합해도 일 촌에 미치지 못할 게다.

초절정고수의 미세한 진척은 그만한 위력이 있다.

"하아!"

입김을 불어냈다.

하얀 입김이 산 정상의 차디찬 기운과 부딪치며 꽁꽁 얼어붙었다.

올 겨울은 다른 어느 해보다도 춥고 힘들겠지만 견딜 수는 있을 것 같다. 새롭게 도전할 목표가 생겼으니.

'늑대들이 다 됐군.'

독사가 정상에 머문 보름 남짓한 기간 동안 독사 패거리는 굶주려 먹이를 찾아 나선 승냥이들처럼 독기를 뿜어내는 모습으로 변모했다.

혈전에 가담한 사람이나 나중에 합류한 사람이나 너나 할 것 없이 눈빛이 이글이글 타올랐다.

"대형, 난 저쪽 숲에 기거하기로 했소. 가급적이면 출입을 자제해 주시오."

일수일살의 눈매는 독수리보다 날카로웠다.

"난 저기 사자바위요. 사자바위 앞에 제법 평평한 바위가 있는데, 수련장으로 쓰기에 적합할 듯싶어서 저기 거주하기로 했소."

냉설이 무표정한 얼굴로 말했다.

모두들 오공사수가 한 말을 기억하고 있다. 이곳을 벗어나려면 절대무를 완성하라던 말. 한시도 눈을 떼지 않고 있을 테니 섣부른 행동은 하지 말라는 조롱.

멸혼촌처럼 영원히 이곳에서 눌러 살아야 할지, 아니면 운 좋게 절대무라는 걸 터득해서 빠져나갈 수 있을지는 몰라도 각고의 노력을 기울여 무공 수련을 해야 한다는 생각에는 이의가 없다.

모여 있을 필요도 없다.

자신이 수련하고, 거주하기에 가장 적합한 장소를 물색해서 살아남으면 된다. 서로의 안부가 궁금하면 가끔가다 만나보면 되는 것이고.

이것이 독사가 정상에 머무는 동안 독사 패거리가 내린 결론이었다.

"그것도 좋겠지. 모두들 뛰어난 성취를 이뤘으면 좋겠소. 단, 기한은 일 년."

"대형, 그게 무슨 소립니까?"

일수일살이 고개를 번쩍 쳐들었다.

"못 들었나 보군. 기한이 일 년이라고 말했는데. 모두 잊지 마시오. 오공사수는 날 십 초 안에 격퇴시킨 고수란 점을. 오래 생각해 봤는데, 오공사수와는 지금 다시 싸워도 승산이 없어. 마단 고수들의 공격도 막아낼 방도가 없고. 무공 수련을 할 때 늘 그 점을 염두에 두기 바랍니다."

독사의 음성은 잔잔했다.

그러고 보니 독사는 거침이 없었다. 말로는 자신이 없다고 하지만 전혀 자신없는 표정이 아니었다. 오공사수와 싸우기 전의 그가 아니다. 그는 더욱 성장했다.

"지금 기한이 일 년이라고 했습니까?"

일수일살은 무슨 말인가 싶어서 되물었다.

뒤에 한 말은 듣지 않았다. 들리지도 않았다. 독사 패거리의 관심사는 오직 독사가 말한 '기한은 일 년'이라는 말에 집중되었다. 일 년이라니. 그럼 일 년 후에는 무슨 뾰족한 방법이라도 생긴단 말인가. 일 년 동안 절대무라도 수련할 수 있단 말인가?

독사는 모두의 궁금증을 뒤로한 채 마천옥을 쳐다보며 말했다.

"마 일지, 계략에 한계가 있던 것 같은데, 수습은 됐소?"

"대, 대형, 지금 뭐라고 하셨는지?"

마천옥도 당황해서 되물었다.

'수습이 됐냐'는 말은 알아듣겠다. 전에 짰던 계략에 무슨 허점이 있었는지 파악했냐는 물음이다. 그것만으로 그치지 않는다. 앞으로 짤 계략에는 그와 같은 실수를 반복해서는 안 될 것이고, 그만한 준비가 되어 있느냐는 물음이다.

마천옥이 당황한 것은 그를 부른 호칭, 일지(一智)라는 말이다.

"오늘은 말을 알아듣지 못하는 사람이 많군."

"그게 아니라 절 뭐라고 부르셨습니까?"

"아! 그거…… 마 일지?"

"왜 그런 호칭을……?"

"마 일지의 뛰어난 두뇌는 인정하고 있지. 감탄할 만큼 아귀가 들어맞는 계략을 짤 수 있는 사람은 흔치 않고. 하지만 마 일지의 병법은 죽은 병법이라는 생각을 지울 수 없더군요."

"음……!"

마천옥은 얼굴을 붉히며 신음을 토해냈다.

이날 이때까지 살아오면서 한 번도 자신의 병법이 죽은 병법이라고 생각해 본 적이 없다. 비시문에서도 인정받은 훌륭한 병법이다.

병법이란 시대와 상황에 따라서 변해야 한다. 임기응변(臨機應變)에 능숙하지 못하면 병법가라고 할 수 없다.

임기응변에 능한 병법가는 살아 있는 병법을 지닌 것이고, 그렇지 못한 자는 죽은 병법을 가진 자다.

그게 비시문이 내린 산 병법과 죽은 병법의 정의이며, 마천옥도 그렇게 생각하고 있다. 그리고 비시문에서도, 자신 스스로도 자신은 산 병법가라고 자부한다.

병법에 조예가 깊지 않은 독사인지라 이런 말을 하는 것일까? 마지막 한 수를 읽지 못한 추궁으로 이런 말을 하는 것이라면······ 독사를 잘못 본 것일지도.

마천옥은 무안을 당했다는 창피함보다도 대형으로 모신 사람이 뜻밖에도 작은 그릇이 아닐까 하는 불안감에 독사를 노려봤다.

독사는 사나운 마천옥의 눈길을 무시했다.

"마 일지의 병법은 분명히 뛰어납니다. 부언의 여지가 없지. 단, 두 가지가 빠졌어요."

"그게 뭡니까?"

묻는 말이 곱지 않았다.

"하나는 경험, 또 하나는 생활."

"뭐요!"

다른 것은 참을 수 있어도 병법에 관해 논하는 것만큼은 참을 수 없다. 그것은 자신에 대한 모욕이 아니라 비시문에 대한 모욕이다.

병법에 경험이 가미되어 있지 못하다니!

병법을 일반적인 학문과 동일시해서 말하다니 얼마나 어리석은가.

일반적인 학문이야 서적으로 읽은 것과 몸에 응용하여 실천하는 것은 분명히 다르지만, 병법이란 만 가지 상황을 상상하여 가다듬고 가다듬어야 완성하는 천지(天智)다.

세상에는 전쟁도 많고 싸움도 많다. 수많은 싸움 중에 똑같은 싸움은 단 하나도 없다. 그 모든 싸움을 경험해 보고 병법을 운용해 본 자가 세상에 존재하던가? 경험이 실전에 활용해 본 적이 없다는 뜻으로 말한 것이라면 정말 실망이다.

독사는 성난 대답에도 불구하고 차분하게 말했다.

"지금 생각하고 있는 게 맞아요. 경험이 부족하다는 말은 머리 속에만 담아두었지 활용해 본 적이 없다는 뜻으로 한 말이니까."

역시 그렇다. 경험이란 말에 해당하는 것은 그것밖에 없다. 독사가 겨우 이 정도였는가. 이 정도에 불과한 사람이 촉이라는 나라를 세우겠다고 호언했는가.

마천옥은 분노도 하지 않았다.

병법에 뛰어난 모사도 주군을 잘못 만나는 경우가 왕왕 있다. 올바른 주군을 만나 뜻을 펴는 경우는 십 중 하나둘도 되지 않는다. 그만큼 자신을 알아주는 주군을 만나기란 하늘의 별 따기다.

'끝이군. 여기서 끝이야. 절대무를 얻어 이곳을 벗어난다고 해도…… 대형, 우리의 인연은 여기서 마무리 지읍시다.'

마천옥은 입가에 웃음을 매달았다.

"그런 말이었군요. 그럼 생활이란 무엇을 말하신 겁니까?"

성난 음성이 아니라 예전 조용조용하던 마천옥의 음성이었다.

독사가 말했다.

"병법을 실전에 응용하는 방법은 많을 테지만…… 비시문에서는 어떤 방법을 사용하는지 모르지만 나 같은 경우에는 주로 상상을 했지. 병법 서적을 한두 권 읽었는데, 아! 이런 병법은 이렇게 사용하면 좋겠구나 하고 머리 속으로 그려보곤 했지."

"……."

"싸움에도 응용해 봤지만 잘 되지 않더군."

'겨우 파락호들 싸움에 병법 운운이라니…….'

"싸움이 끝난 후 무엇을 잘못했는가 곰곰이 생각해 봤는데 딱 짚히는 것이 있었지. 상대의 심리를 읽지 않았다는 것."

'헉!'

마천옥은 소리를 내지는 않았지만 심적 동요를 억누르지 못했다.

병법은 상대로부터 시작한다. 상대가 있기에 병법이란 것도 존재한다. 똑같은 상황, 똑같은 지형이라도 상대가 누구냐에 따라서 병법을 달리해야 한다.

기본 중에 기본이다.

그걸 망각했다.

마천옥도 할 말은 있다. 마단 고수가 누군지를 모르니 상대를 파악할 도리가 없지 않은가. 상대는 물론이고 몇 명이나 되는지 인원수조차 헤아릴 수 없었다. 그런 상태에서 펼친 계략이니 최선을 다했다고 할 수 있다.

천만에! 지금까지는 그렇게 생각했는데, 독사의 지적을 받고 보니 그게 아니다. 역시 망각했다. 상대가 누군지 몰라도, 인원이 얼마나 되는지, 무공이 어느 정도나 되는지 몰라도 추적자의 심정에서 어떤 식으로 추적할지 한 번만이라도 생각해 봤다면 강변에서 꼬리를 잡히는 일은 없었을 게다.

한 번만 생각했다면…… 한 번만…… 그랬다면 불을 지르는 대신 신속으로 피신하는 방법을 택했을 텐데.

'경험…… 경험 부족이야. 나 스스로 너무 과신했어. 허점이란 결국 자만심에서 나온 것이군. 이게 모두 경험 부족.'

마천옥의 얼굴은 샛노래졌다.

"또 하나 생활을 거론한 것은…… 병법이란 말을 왜 입에 담아야 하는지 이유를 알지 못하겠어. 생각하는 게 병법이고 생활하는 게 병법이면 군이 입에 담을 필요조차 없는데. 일상생활 속에서 늘 병법과 함께한다면 병법을 거론할 필요도 없겠지. 생활이 곧 병법일 테니까."

마천옥의 입술이 파들파들 떨렸다.

독사는 일상비일상(日常非日常)을 말하고 있다.

생활이란 그것이었다. 부모님 마음을 기쁘게 해드리는 작은 생각, 연인의 마음을 끌어당기기 위한 조그만 계획…… 머리를 사용하여 계략을 세우는 모든 것이 작은 병법이었다.

비시문에서는 병법가의 특성에 따라 대법자(大法子)와 소법자(小法子)로 분류한다.

대법자는 큰 싸움에 능통한 사람을 말하며, 소법자는 작은 싸움에 능숙한 자를 일컫는다.

엄밀히 말하면 대법자와 소법자의 구분이 있을 수 없다. 모두가 하나로 어우러져야 진정한 병법가라고 할 수 있다.

비시문 출신들은 모두 진정한 병법가다. 그렇기에 역으로 그중에서도 세분화할 수 있고, 대법자와 소법자로 나눌 수 있다. 오직 비시문만 나눌 수 있는, 비시문이기에 가능한 분류다.

진정한 병법가이지만 큰 싸움에 더욱 능통한 사람을 대법자라고 하며, 모두 능통하지만 그중에서도 작은 싸움에 더욱 빛을 발하는 자가 소법자다.

"소인은 어느 쪽입니까?"

"넌 대법자다. 대법자 중에서도 탁월한 대법자다. 반대로 말하면 소법자의 세계를 간과한다는 단점이 있다. 무심히 지나치기 쉬우나, 그게 너를 위험에 빠뜨리게 할 것이다."

"소법자로는 누가 가장 정통합니까?"

"이렇다 할 사람이 없다."

"마음에 두고 있는 사람은 있습니까?"
"잘 가르친다면…… 혜월(慧月)이 괜찮을 것 같다."

소법과 대법, 두 가지 다 능통할 수는 없다. 병법가치고 능통하지 않을 리 없지만, 비시문에서 말하는 소법과 대법 양쪽 모두 최고봉에 도달한 사람은 있을 수 없다.

사람마다 성품이란 것이 있고, 성품이 병법에 반영되기 때문이다.

그런 연유로 사내들은 대부분 대법에 능통하고, 여인들은 성격상 소법에 정통한 것이 일반적이다. 물론 그렇다고 사내가 소법에, 여인이 대법에 정통하지 않다는 말은 아니다. 모두가 능통한데 그중에서도 더욱 뛰어난 부분을 찾는 것이다.

독사는 소법을 말하고 있다.

마천옥에게 약간 부족한 부분, 경험과 소법.

'아아! 대형…… 병법은 나보다 뒤질지 몰라도 사람을 보는 눈은 나보다 정확하군요. 잘못 생각했습니다. 제가 잘못 생각했어요.'

소법자가 있고 없고의 차이를 몰랐다.

이제는 알 것 같다. 자신은 큰 싸움만 생각했다. 작은 부분…… 당장 눈앞에 일어난 현실, 독사 패거리가 나름대로 수련 장소를 물색한 부분도 소법자라면 개개인에게 맡기지 않고 병법에 맞춰 지정을 해줬을 게다.

마단 고수들이 절대무를 완성하기 전까지는 싸움이 없을 것이라는 확답을 내려줬다지만, 방비는 항시 하고 있어야 하는 것. 수련 장소를 잘 선택해서 지정해 주는 것만으로도 공수(攻守)의 효과를 볼 수 있는 것을.

마천옥은 조용히 일어서서 옷매무시를 바르게 했다.

찢어지고 낡아 빠진 옷은 단정히 할 것도 없었다. 그래도 천으로 만든 허리띠도 다시 고쳐 맸고, 흩어진 상의도 단정하게 다잡았다.

그런 후, 마천옥은 독사를 향해 대례(大禮)를 했다.

"마 일지, 이게 무슨……?"

"대형."

"일어나세요."

"이 목숨 끊어지는 날까지…… 영원히 대형으로 모시겠습니다. 마음 같아서는 주공으로 모시고 싶으나, 무림이니 대형으로 모시겠습니다. 독사 패거리로 끝나든, 촉나라를 세우든…… 저는 대형 곁에서 생을 마치겠습니다."

말을 마친 마천옥은 소검을 꺼내 손목을 그었다.

손목에서 붉은 핏방울이 뚝뚝 떨어져 내렸다.

독사는 마천옥을 쳐다보았다. 붉은 핏물이 흘러내리고 있지만 지혈조차 해주지 않았다. 숨을 열 번쯤 들이쉴 시간이 흐른 후, 잔잔하게 말했다.

"기분이 많이 상하지는 않은 것 같군요."

"전 병법가입니다. 속마음을 내놓는대서야 병법가라고 할 수 없죠."

"하하! 이미 내놓은 마음을 다시 집어넣으렵니까?"

"그런가요? 하하하!"

"지혈부터 하세요."

마천옥은 그제야 일어나 앉으며 혈도를 눌렀다.

엽수낭랑이 재빨리 다가가 금창약을 발라주고 헝겊으로 돌돌 싸맸다.

독사는 그런 두 사람의 모습을 보면서 말을 이었다.

"싸움 경험이 많은 병법가, 이지(二智)가 필요하죠. 일상생활이 곧 병법인 삼지(三智)도 필요하고. 그래서 마 일지라고 부른 겁니다."

이번 말에는 마천옥뿐만이 아니라 모두들 어안이 벙벙했다. 꼭 도깨비놀음에 홀린 것 같았다. 사방이 꽉 막힌 산야에 틀어박혀 사람이 필요하다니? 다른 것은 몰라도 사람만은 구할 수 없지 않은가. 그렇다고 독사 패거리들 중에 마천옥처럼 병법에 능통한 사람이 있는 것도 아닌데.

"이지는 한 사람 알고 있는데, 삼지는 모르겠군요. 정통 병법가여야 할 것 같다는 막연한 생각만 드는데…… 마음에 짚히는 사람이 있으면 말해 보세요."

"잘 가르친다면…… 혜월(慧月)이 괜찮을 것 같다."

마천옥은 대답하지 못했다. 마음에 짚히는 사람이 있기는 하지만 그러자면 이곳을 벗어나야 한다. 꿈에서도 바랄 수 없는 일이다.

"비시문이라면 그만한 사람이 있을 것 같은데, 생각나는 사람 없습니까?"

마천옥은 재촉을 받고야 간신히 대답했다.

"최고는 모르겠고, 짚히는 사람이야 왜 없겠습니까. 비시문에 갈 수 있다면…… 하지만 대형, 지금 우리는……."

"우린 일 년 후에 나갑니다."

"예? 무슨 수로……?"

"대형! 무슨 방법이라도……."

독사의 단언에 모두 눈을 반짝였다. 영원히 벗어날 수 없는 굴레라고 생각했는데, 나갈 수 있다니.

"모두들 잘 들어요. 이번에는 잘못 듣는 사람이 없기를 바랍니다. 모두 무공 수련에 전념해야 합니다. 내가 무공을 배울 때 사형이 그러더군요. 검의 울음을 들어봤냐고. 울음…… 일 년 후 오늘까지 몸이 우는 소리를 들어야 할 겁니다."

검이 운다, 도가 운다는 소리는 왕왕 하지만 몸이 운다는 소리는 처음이다.

그것은 독사가 자신의 패거리에게 내민 숙제였다.

"마 일지, 말해 봐요. 알고 있는 사람 중에 삼지로 적합한 사람이 있습니까? 우리가 이곳을 벗어나기 위해서는 꼭 필요한 사람입니다."

"혜…… 혜월이라고…… 하지만 대형, 혜월을 보기 위해서는 비시문으로 가야 하는데, 우리는 이곳에서 한 발짝도…….."

"가서 데려오세요."

"뭐, 뭐라고 하셨…… 방금 뭐라고……."

"마 일지답지 않군. 되물을 게 아니라 방법을 찾아야 하는 것 아닙니까?"

"아!"

불현듯 마천옥은 무슨 생각이 났는지 눈을 반짝였다.

"하하핫! 대형이야말로 뛰어난 병법가군요. 미처 거기까지는 생각하지 못했습니다."

"난 절대무에 집착했으니 그 길이 보였고, 마 일지는 절대무에 집착하지 않았으니 보이지 않은 거지요. 병법과는 무관해요."

독사는 마천옥이 분노를 할 때도, 추켜 올릴 때도 요동이 없었다. 희

로애락(喜怒哀樂)을 얼굴에 드러내지 않았다.

"그럴 수도 있겠군요. 역시 대형 말씀대로 소법자가 필요할 것 같습니다. 이거 제 한계를 스스로 내놓자니 쑥스러워서……."

"오공사수가 허락하리라고 생각합니까?"

독사는 느닷없이 오공사수를 들먹였다.

"오공사수는 허락할 겁니다."

마천옥은 독사의 말에 장단을 맞췄다.

"그들은 골인이 바깥 세상에 나가는 것을 허락하지 않아요."

"하하하! 대형, 너무 심하십니다. 대형은 이미 답을 알고 있지 않습니까. 그건 우리가 생각할 일이 아닙니다. 오공사수가 방법을 찾아주겠죠."

이야기를 듣고 있는 사람들에게 독사와 마천옥의 대화는 자신들과는 상관없는 먼 나라의 이야기처럼 들렸다. 도대체 무슨 말들을 나누고 있는 건지.

"대형, 그럼 두 번째 이지는 누구를 염두에 두시는지……?"

"청성산에 사람들이 몇 명 숨어 있죠."

독사는 갇혀 있는 사람 같지 않았다. 미치지 않았나 싶을 정도로 제멋대로였다. 마천옥은 한술 더 떴다.

"냉설이 움직여야겠군요. 냉설, 청성산에 가서 대형이 말한 사람들을 데려와 줘야겠습니다."

"이거야 원 답답해서…… 지금 도대체 무슨 말들을 하는 거요? 나보고 청성산에 갔다 오란 말이오? 저들을 뚫고?"

마천옥은 당문삼기에게도 알지 못할 소리를 늘어놓았다.

"이 기회에 당문삼기도 한몫 챙기는 게 좋을 겁니다. 필요한 암기나

약 같은 것이 있으면 말하세요. 많아도 상관없습니다. 욕심껏 말하세
요."

"……?"

"하하하!"

"하하하핫!"

대화를 이해하지 못하고 멀뚱멀뚱한 표정을 짓는 사람들을 쳐다보
며 독사와 마천옥은 호쾌하게 웃어댔다.

다음날, 마천옥과 냉설은 간단하게 행낭을 꾸려 강을 따라 떠났다.
그들은 곧 마단 고수와 부딪칠 것이고 준비했던 말을 할 것이다.

절대무를 완성하는 데 몇 가지 물품과 사람이 필요하다고.

전적으로 오공사수의 허락 여부에 달려 있는 문제인데, 언질을 듣고
야 깨달은 마천옥은 허락할 것이라고 장담했고, 정작 길을 연 독사는
반신반의(半信半疑)했다.

"대물, 쇠스랑, 돌주먹…… 무슨 별호들이 그렇습니까? 독사라는 말
도 그렇지만…… 대형, 염려 마십시오. 청성산에 없다면 몰라도 있기
만 하다면 청성파의 눈길을 피할 수는 없습니다. 쉽게 찾을 수 있을 겁
니다."

독사가 생각한 이지는 대물이었다.

싸움을 무서워하는 유약한 성품이지만, 의리가 있고 상황 판단에 능
통하다. 마천옥이 타고난 머리에 뛰어난 지식으로 무장된 병법가라면,
대물은 잔머리가 기가 막히게 돌아가는 천재형이다.

사실 '영은촌의 독사'는 싸움질 잘하는 독사나 불곰이 만든 것이 아
니다. 앞장서서 싸운 사람들은 그들이지만, 그들 뒤에는 언제나 대물

의 머리가 있었다.

독사도 파락호 시절에는 대물의 존재를 간과했다. 강한 패거리를 만드는 데 있어서 대물이란 존재는 있어도 그만 없어도 그만이라고 생각했었다. 지금에서야 없어서는 안 될 사람이란 것을 알게 되었지만.

당문삼기는 밤을 새워가며 숙의했다.

빠져나가는 것이 아니라 들여오는 것이다. 빠져나가는 것은 허락하지 않지만 들여오는 것은 허락하리라. 전제 조건으로는 멸혼촌과 골인들이 존재한다는 사실이 알려져서는 안 된다는 것. 오공사수도 그런 위험이 내포된 부탁은 아무리 절대무를 이룩하는 데 꼭 필요한 물품이라 해도 허락하지 않을 것이다.

오공사수같이 고절한 무공을 지니고도 철망을 지키는 데 한평생을 바친 외골수 무인에게 잔수는 통하지 않는다. 또 그렇기에 이번 요청은 수락될 것이라고 본다. 마단이 추구하는 절대무와는 다르지만 그 자신부터 암혼사의 완성을 보고 싶어하기 때문에.

당문삼기는 결국 당문도가 알아서는 안 된다는 결론을 내렸다.

그들은 밤을 새워가며 시중에서 구할 수 있는 약재와 병기 제조에 필요한 물품들을 조목조목 적었다. 품목 수는 백여 가지를 넘었고, 양으로 치자면 우마차 세 대 분량이다.

"너무 많나?"

"해보는 거지. 이중에서 삭제되는 것도 있을 테니, 욕심껏 적으면 되는 거야."

바라는 대로 전부 들여올 수는 없으리라.

삼화가 가문의 근래 소식을 들을 수 없을까 하는 의사 타진을 해왔지만, 그 요청은 거부되었다. 오공사수가 허락할 것 같지도 않았고, 그럴 바에는 심기를 자극하는 말은 하지 않는 것만 못하다는 이유로.

"가자마자 돌아오게 될지, 아니면 중원에까지 나가볼 수 있을지 모르겠지만 수련들 열심히 하고 있으라고."

마천옥과 냉설은 소풍 가는 어린아이마냥 즐거운 마음으로 떠났다.

第四十四章

옛 사람들

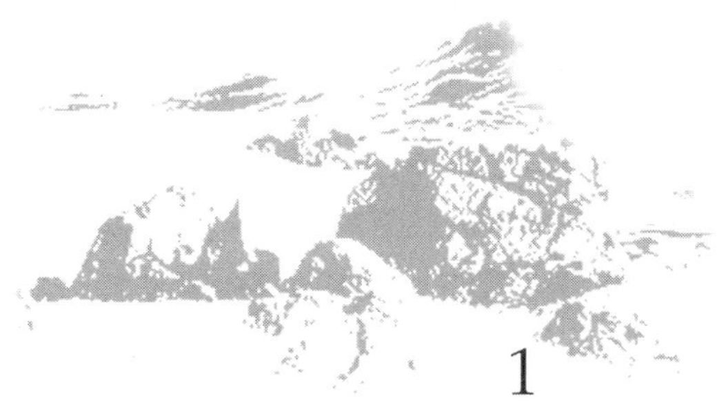

혈족(血族)끼리 모여 사는 마을을 들어설 때는 주의해야 할 점이 많다. 그곳이 특히 폐쇄적인 마을이라면 금기시되는 행동을 저지르지 않도록 유념해야 한다.

상촌(上村)은 그런 의미에서 사람들이 발길을 들여놓기 꺼려하는 마을이다.

산이라고 하기에는 낮고 언덕이라고 하기에는 높은, 어느 마을에서나 볼 수 있는 평범한 산이 병풍처럼 뒤를 둘러쳤고, 언덕이나 다름없는 구릉이 마을 양 옆을 휘어감아 아늑해 보이는 마을.

하얀 백설은 상촌에도 내렸다.

마을을 둘러싼 산에도 내렸고, 들판에도 하나 가득 쌓여 있다.

십여 채에 이르는 초가에서는 밥 짓는 연기가 피어나 아늑하고 한가한 모습을 보여준다.

컹! 컹컹컹······!

개 짖는 소리가 유난히 크게 들린다.

저벅! 저벅······!

검은 경장에 피풍의(皮風衣)를 두르고 어깨까지 뒤덮는 창 넓은 방갓을 쓴 사내가 함박눈을 맞으며 상촌으로 발걸음을 떼어놓았다. 그의 곁에는 큼지막한 키에 손과 발이 기형적으로 긴 사내가 조용히 뒤따랐다. 그의 보폭은 방갓을 쓴 사내가 두 걸음을 내딛는 동안 한 걸음만 내디뎌도 따라갈 수 있을 만큼 컸다.

아무도 다닌 적이 없는 길에는 그들이 남긴 발자국만이 깊게 패여 긴 족적을 그려냈다.

어지간히도 게으른 사람들이다. 눈이 무릎까지 쌓여 있건만 싸리비를 들고 눈을 치우는 사람은 그림자도 찾을 수 없다.

사내가 방갓을 올려 마을을 쳐다보며 중얼거렸다.

'비시문······ 찾아왔군.'

사람들이 상촌에 발길을 들여놓지 않는 이유는 마을 사람들이 상대를 해주지 않기 때문이다.

탁발(托鉢) 선승(禪僧)이 찾아와도 문을 열어주지 않는다. 걸인이 동냥을 와도 귀머거리라도 되는 양 들은 척을 하지 않는다. 다 죽게 된 사람이 마을 어귀에 쓰러져 있으면 죽도록 내버려 둔다.

상촌은 인간 세상과 완전히 격리되어 살아가는 희한한 사람들의 마을이다.

마을을 방문한 사내도 냉대를 받기는 마찬가지였다.

"여보시오! 여보시오! 안에 사람이 있는 것을 알고 있으니 문 좀 열어보시오!"

목이 터져라 고함을 질러댔으니 마을 전체가 알아들었을 터인데도 사람이 나오는 기척은 들리지 않았다.

마중 나오는 것은 있었다.

으릉……! 으르릉……!

어디서 나타났는지 십여 마리의 투견(鬪犬)이 나타나 주위를 에워쌌다. 뿐만 아니라 금방이라도 달려들 듯이 송곳니를 드러내며 으르렁거렸다. 마치 빨리 발길을 돌려 마을을 떠나지 않으면 물어 죽이겠다고 협박하는 듯이.

사내는 투견들을 쳐다보며 혀를 찼다.

'듣던 대로군. 아니, 들은 것보다 더 심한데.'

사람들은 결코 나오지 않을 것이다. 개들을 일거에 도륙할 수도 있지만, 그렇게 했다가는 영영 척이 지고 만다. 마을에 존재하는 것은 돌멩이 하나라도 함부로 건드려서는 안 된다는 것이 상촌에 들어서는 사람들이 지켜야 할 제일 수칙이다.

키 큰 사내가 손을 들어 올려 개들을 격타하려고 하자 방갓 사내가 황급히 만류했다.

"이곳에 있는 것 하나라도 손을 댔다가는 일이 무산됩니다. 책임지겠습니까?"

키 큰 사내는 아무 소리도 하지 않고 손을 내렸다.

방갓 사내는 검에서 검수(劍穗)를 떼어내 사립문에 걸어놓은 후, 마을 어귀를 향해 발길을 돌렸다.

투견들은 마을 입구까지 으르렁거리며 따라왔다가 돌아갔다.

홍마(紅馬)가 백색 갈기를 지닌 것처럼, 길이가 한 뼘 정도 되는 검수는 붉은색과 백색이 잘 조화되어 있다.

"일곱 가닥입니다. 칠백무원이군요."

검수를 살펴보던 중년인이 말했다.

"칠백무원에서 우리에게 무슨 볼일이 있을꼬?"

중년인 앞에 앉아 있는 노인은 멸혼촌 골인이나 진배없을 만큼 바짝 마른 노인이었다. 다른 점이 있다면 피부색이 황색이라는 것뿐, 골인들과 다른 점을 찾을 수 없을 만큼 뼈만 앙상했다.

구순이 훌쩍 넘었을 노인은 거동마저 불편해 보였다.

머리는 거의 빠져 몇 가닥 남지 않았고, 말을 할 때마다 드러나는 이빨도 두세 개밖에 남아 있지 않았다. 게다가 눈썹마저 없으며 피부는 윤택을 잃었고, 굵은 주름으로 가득했다.

늙어서 죽기 직전의 문둥이라고 하면 딱 어울릴 노인, 하지만 눈빛만은 어린아이의 눈처럼 반짝거렸다. 음성도 구순 노인이라고 하기에는 어울리지 않을 만큼 맑고 또렷했다.

"우물에서 물을 길어 손발을 정제했습니다."

"그런가?"

"맨손 맨발로 사지복지(四肢伏地)한 채 하문을 기다리고 있습니다. 우릴 알고 있는 자입니다."

"후후! 마천옥이 보낸 자군. 들이게."

"직접 만나보시겠습니까?"

"마천옥 일이라면 나도 궁금해. 직접 만나보지. 이리 데려와."

"그런데 같이 온 사람이 마음에 걸립니다. 범상치 않은 무인인데 누군지 알아보지를 못하겠습니다."

"그런가…… 자네가 마음에 걸린다면 심상치 않은 일이겠지. 자네 생각은 어떤가?"

"길이란 처음부터 존재하지 않았습니다. 누군가 먼저 걸었고, 뒤에 사람들이 앞 사람을 따라 걷다 보니 길이 난 겁니다. 마천옥이 보냈든 제 발로 찾아왔든, 사람이 찾아왔으니 길이 나기 시작한 겁니다. 추운 날씨에 움직이시는 게 불편하시겠지만 바깥바람 좀 쏘이시는 게 좋겠습니다."

"마천옥이 왜 그랬을꼬? 어지간히도 급했던 게지. 일단 만나보세. 자넨 자네대로 준비를 하고."

"네."

조용하기만 하던 상촌에 작은 움직임이 일기 시작했다.

상촌을 방문했던 두 사내는 다시 마을 어귀로 돌아갔다. 그중 방갓 사내가 맨손 맨발로 사지복지했다.

피풍의는 벗어서 곱게 접어 땅 위에 올려놓았고, 검도 풀어놓았다. 방갓도 벗어서 피풍의 옆에 놓았다.

상촌 사람들은 대면 의식이 특이하다.

그들은 명성있는 사람이라면 쉽게 받아들일 수 없는 특이한 행동을 요구한다. 그렇다고 무공도 강한 것이 아니다. 무공을 익히기는 했지만 호신용(護身用)에 불과하다고 할 만큼 미약한 수준이다. 도왕 정도 되는 무인이라면 하룻밤 새에 쓸어버릴 수 있는.

괴팍한 사람들.

인근 주민들이 알고 있는 상촌 사람들은 괴팍하기 이를 데 없어서 마주치기를 꺼려한다는 정도이나…… 사실 이들의 힘은 무시할 수 없다. 수족에서 나오는 힘이 아니라 머리에서 나오는 힘이기에 더욱 무섭다.

중원 무인들 중 비시문이 존재한다는 사실을 아는 사람도 드물다. 연륜이 깊은 무인이라면 한 번쯤 비시문이라는 말을 들어보긴 했을지 모르지만 상촌이 비시문파라고는 짐작조차도 하지 못한다.

사위가 어둑해질 무렵, 마을 안쪽에서 열 살이나 될까 말까 한 소동이 종종거리는 걸음으로 뛰어왔다. 소동은 평범한 촌마을에서는 보기 힘든 털옷을 입고 있지만, 그래도 추운지 잔뜩 몸을 움츠렸다.

소동이 티없이 맑은 표정을 지으며 천진난만하게 말했다.

"할아버지께서 들어오시래요. 그런데 왜 이러고 있어요? 춥지 않아요? 나는 이렇게 입고도 추워 죽겠는데."

아무래도 키 큰 사내가 걸림돌이다. 그가 옆에 있는 한 말을 자유롭게 할 수가 없다.

비시문은 은거문파다. 세상에 알려지면 멸겁(滅劫)을 당할 수도 있다. 도움을 요청하고자 찾아오는 자들도 있을 게다. 좌우지간 뛰어난 두뇌를 지녔으면서도 무공이 빈약한 사람들이 세상에 드러난다면 많은 시달림을 각오해야 한다.

더군다나 상대는 마단이다.

이들의 목표는 절대무에 있지만, 힘이 있는 자는 패권(覇權)을 노리는 법. 뜻이 절대무에서 중원재패로 변경된다면 제일 먼저 비시문을 건드릴 것이 분명하다.

그렇다고 찾아온 목적을 말하지 않을 수도 없고……

방갓 사내가 주춤거리는 동안 구순 노인은 뚫어지게 방갓 사내와 키 큰 사내를 관찰하듯 쳐다봤다. 그러다 온화한 미소를 머금으며 먼저 입을 열었다.

"마천옥이 보내서 왔나?"

방갓 사내가 키 큰 사내를 저어한다는 사실을 알면서도 태연하게 물어왔다.

'역시 비시문. 걱정하지 말라더니.'

방갓 사내는 마음을 안정시켰다. 비시문주가 먼저 말을 꺼냈으니 부담없이 이야기해도 될 것 같다. 그는 즉시 대답했다.

"그렇습니다."

"검수를 보니 칠백무원이던데."

"맞습니다. 냉설이라고 합니다."

비시문을 찾은 사람은 오공사수의 손에서 벗어나 사천무림을 밟은 냉설이었다.

엄밀히 말하면 완전히 벗어났다고는 할 수 없다. 바로 곁에 키 큰 사내, 무공으로만 논해도 초절정고수라고 할 수 있는 마신, 신신이 몸의 일부분인 양 붙어서 따라다니니까. 또 자신들 주위로는 칠절풍이라고 불리는 귀신같은 자들이 암암리에 쫓아다니고 있으니까.

"마천옥은 잘 있는가?"

"잘 있습니다."

"뭐 하고 있는고?"

"입이 살신(殺身)을 부르기에 말씀드리지 못하겠습니다."

노인의 초롱초롱한 눈에서 기광이 번뜩였다. 하지만 다른 곳에 눈길을 주고 있던 신신은 노인의 눈에 떠오른 기광을 보지 못했다. 냉설만 잠깐 느꼈을 뿐.

"말하기 곤란한 문제는 말해서는 안 되는 법이지. 그래, 여긴 뭐 하러 왔는고?"

"혜월이란 사람을 찾고자 합니다."

"혜월?"

"마천옥이 이런 말을 했습니다. 해와 달이 어우러지니 비로소 하루가 된다. 이 말만 전해 드리면 될 것이라고."

"후후후! 그놈…… 그렇게 말을 해도 안 듣더니 기어코 화(禍)를 당한 모양일세. 젊었을 때는 그것도 좋은 경험이지. 다른 말은 하지 않던가?"

"낮을 모르겠다고 했습니다. 그러니 밤은 더 더욱 모르겠다고."

노인이 입을 쩍 벌리며 웃었다. 몇 개 남지 않은 이가 고스란히 드러났다.

"허허허! 벽창호가 따로 없군. 그렇게 누누이 일러줬는데. 가면 전해주게. 낮이면 낮이지 무엇을 알고자 하냐고. 그냥 밝으면 밝은 대로, 흐리면 흐린 대로 보면 될 것이라고. 허허허! 보자…… 죽림(竹林)에서 신선한 바람을 맞으며 푸른 하늘을 보았으니, 어떤 밤이 좋을꼬? 호숫가 정자에 앉아 물빛에 드리워진 보름달을 보는 것도 운치가 있겠지. 참! 혜월을 찾는다고 했는가?"

"네."

노인은 지필묵(紙筆墨)을 꺼내 일필휘지(一筆揮之)로 몇 자를 적어 내려갔다.

자유분방함이 물씬 풍겨나는 글씨체다. 지고한 학문을 뒷받침이라도 해주는 듯 글자 한 획 한 획마다 고고함이 물씬 풍겨 나온다.

노인은 서신을 두 장 적어서 한 장은 곱게 접었고, 다른 한 장은 그냥 내밀었다.

"이건 돌아가거든 마천옥에게 전해주게."

"네."

"이건 혜월을 기다릴 위치."

"네? 제가 혜월을 찾아가는 게 아닙니까?"

"이 위치에 가서 기다리시게. 혜월에게는 우리 쪽에서 연락하지."

냉설은 노인이 적어준 편지를 곱게 접어 품속에 간직했다.

"전 그럼 이만……."

"가거든 전해주게. 죽기 전에 한 번 보고 싶다고. 무심한 놈 같으니라고."

"알겠습니다."

냉설은 포권지례(包拳之禮)를 취한 후 일어섰다.

신신은 아무것도 묻지 않았다.

기도가 심상치 않은 노인을 만났고, 기괴하다 싶은 마을에 들렀으니 궁금증이 치밀 만도 하건만, 그는 자신과는 상관없다는 듯 굳게 다문 입술을 열지 않았다.

냉설은 그 이유를 안다.

마단은 묻지 않고도 스스로 알아낼 능력이 있다. 그것은 신신과 칠절풍 외에 또 다른 고수들이 따라왔다는 것을 의미하며, 그들의 임무는 냉설이 흘린 정보를 다시 거두는 데 있으리라.

냉설은 말을 지극히 조심해야 한다.

그가 백비 혹은 멸혼촌이나 골인들에 대한 이야기를 조금이라도 흘려내면 곧바로 살겁이 일어난다. 뒤따라온 마단 고수들의 능력이 어느

정도인지는 가늠할 수 없지만, 웬만한 문파쯤은 소리 소문 없이 지워
버릴 수 있다. 적어도 냉설의 판단으로는 그렇다.

이들은 비시문을 어떻게 처리할 것인가.

상촌이 비시문이란 사실을 알게 되는 날에는 가만있지 않을 터인데.
회유나 협박으로 마단에 일조를 하게 만들 수도 있고, 영원히 은거하게
만들 수도 있을 터인데.

상촌을 물러나온 냉설은 마음이 편치 않았다.

마천옥은 만만하게 당할 사람들이 아니니 걱정하지 말라고 했지만
걱정이 되지 않을 수 없었다.

"이제 어디로 가는가?"

신신은 노인이 적어준 서신에 대해서도 묻지 않았다. 가고 싶은 곳
이 있으면 마음대로 가라는 투였다.

"영은으로…… 영은!"

냉설은 무심코 말을 하다 깜짝 놀랐다.

영은이라니? 너무 긴장해서 다음 행선지를 주의 깊게 보지 않았는
데, 영은? 그곳은 독사의 터전이 아니던가.

'대형이 살던 곳을 가게 되는군. 이럴 줄 알았으면 안부라도 챙기는 건
데. 아냐. 아무것도 모르는 것이 좋아. 대형에게 누를 끼칠 수도 있으니.'

자신이 만나는 사람은 신분 여하를 불문하고 살겁의 위험을 감수해
야만 한다.

신신이 상촌에 대해 물어온 것은 상촌을 떠난 지 하루 뒤였다.

"그 사람들, 만만한 사람들이 아니더군."

"누구 말이오?"

“상촌 사람들.”

“……”

“누군가?”

“나도 잘 모르는 사람들이오. 알다시피 난 대형 심부름을 하는 것이
라.”

“거짓말이 서툴군.”

“그렇소?”

“겉으로 드러난 것이 아무것도 없는 사람들. 그런데도 염라단(閻羅
團)의 이목을 피할 수 있는 사람들. 위험한 사람들이야.”

냉설은 이제야 그들의 뒤를 암암리에 따르는 사람들이 염라단임을
알았다.

염라단이 무엇을 하는 집단인지, 무공이 어느 정도인지는 알지 못한
다. 단 하나, 그들의 목적이 뒤를 깨끗이 청소하는 데 있다는 것밖에
는.

또 하나, 상촌 사람들이 마단의 이목을 속이고 잠적했다는 사실도
알게 되었다. 마천옥 말대로 쉽게 당하지 않았다. 마단 고수들은 꼬리
조차 잡지 못했다.

어떻게 그럴 수 있었을까? 한 마을이 통째로 옮겨가지 않는 한 불가
능한 일이다. 마을 사람들이 모두 옮겨가자면 적지 않은 사람이 움직
였을 터이고, 염라단인가 뭔가 하는 무인들의 이목을 속이기가 쉽지 않
았을 텐데.

백비나 멸혼촌, 골인들에 대한 이야기를 하지 않은 것이 천만다행이
다. 만약 그런 말을 했다면 신신이 이 정도로 끝내지는 않았으리라. 상
촌에서 물러나는 순간 살겁을 명했을 테고, 상촌 사람들은 움직일 시간

조차도 없었으리라.

"혜월인가 하는 사람도 범상한 사람이 아니겠군."

"대형이 절대무를 완성하는 데 필요한 사람이라고 하지 않았소."

"느낌이 안 좋아."

"난 느낌이 좋소."

"까불지 마라. 널 죽이는 데 필요한 이유는 수백 가지도 넘게 찾을 수 있다."

"맘에 없는 소리는 하지 마시오."

"뭐라?"

"당신도 절대무의 완성을 보고 싶어한다는 것을 알고 있소. 당신은 마웅(魔雄)이 아니라 무인이오. 패권을 탐하는 무리가 아니라 무공의 완성을 탐하고 있지. 자, 이번에는 내가 물어봅시다. 도대체 대형이 익히고 있는 암혼사라는 무공에 왜 그렇게 예민한 거요? 보아하니 마단에서 추구하는 절대무 외에 절대무를 완성할 가능성이 있는 무공이 암혼사 같은데, 암혼사란 무공이 도대체 무엇이오?"

"……."

신신은 입을 다물어 버렸다.

영은촌은 조그만 마을이었다. 평화로웠으며 사람 사는 활기가 넘쳐 흘렀다.

"구음산이 어딥니까?"

"저기 보이지 않소."

상촌 노인이 적어준 구음산은 쉽게 찾았다. 영은촌에 들어서자마자 눈에 딱 들어오는 높은 산이 보였는데, 그곳이 바로 구음산이었다.

'후후! 대형이 구음산 구음곡에서 소궁 수련을 했다고 했지. 대형 발자취를 더듬어가는군.'

영은촌에 들러볼까 하는 생각이 들었지만, 포기해 버렸다. 이곳에서는 길 가다 마주치는 사람에게 독사를 물어보면 누구나 알겠지만, 그 순간 그는 죽음의 마수에 걸려들 공산이 크다.

냉설은 될 수 있는 한 사람들의 이목을 피해 구음산으로 들어섰다.

구음산은 겉보기와는 다르게 험산(險山)이다.

가파른 산비탈에 낙석 위험까지 도사리고 있어서 쉽게 근접할 수 있는 산이 아니다.

산자락을 타면서 영은촌을 바라봤다.

사람 사는 활기가 넘쳐 나는 마을 어딘가에 대형의 마음을 산산조각으로 부숴놓은 요빙이란 여인이 묻혀 있으리라.

이곳은 무천문의 영역.

그들이 독사를 대형으로 만들었고, 한낱 범부로 살아가려던 독사를 무인이 되게 만들었다. 그들이 없었다면 자신의 인생은 어떻게 변했을까? 독사가 있든 없든 자신은 멸혼촌에 들어섰을 터이고, 죽음을 선물했을 게다. 그렇게 진행되었을까? 골인들이 모두 죽었을까? 아니면 마천옥의 탈출 계획이 성공하여 또 다른 일이 벌어졌을까?

세상이란 돌고 돈다더니……

구음산 정상에 올라선 냉설은 햇볕을 즐기는 노인네처럼 양지바른 곳을 골라 주저앉았다.

이제 남은 일은 혜월이란 사람이 찾아오기를 기다리는 것뿐.

비시문이 혜월과 연락을 취하긴 취한 것일까? 마단에서 뒤를 밟았다면 몸을 빼내기도 힘들었을 텐데, 그 와중에 연락까지 취하기에는 무리

일 텐데.

'여기서 기다리라고 했으니 기다릴 수밖에.'

해가 뉘엿뉘엿 넘어갈 무렵, 냉설은 멀리서 산을 올라오는 사람 모습을 발견하고 자리에서 벌떡 일어섰다.

그는 제일 먼저 신신의 종적부터 찾았다.

신신은 보이지 않았다. 산봉에 올라설 무렵부터 어디론가 사라져 보이지 않았다. 하지만 멀리 가지 않고 주변에서 맴돌고 있다는 것은 의심할 여지가 없다.

'아닌가······.'

냉설은 산을 올라오는 사람이 가냘픈 몸매를 지닌 여인이란 사실을 파악하고 실망감을 감추지 못했다.

여인의 옷차림새가 평범하기 짝이 없어서 더 실망이 컸다.

멀리서 본 것만으로는 단정을 내릴 수 없지만 젊은 여인임은 틀림없고, 옷차림새도 보통 수준이라면 시녀(侍女)가 틀림없을 것이라는 생각이 들었다.

구음산은 험산인지라 사내도 들어서기 꺼리는 곳이다. 영은촌 사람들은 구음산을 생활의 밑바탕으로 삼고 사는 사람이 많기에 다를 수도 있지만, 그래도 산 정상까지 올라서는 것은 특정한 목적이 없고서야 쉽지 않은 행동이다.

여인은 목적을 가지고 올라오고 있다. 목적은 자신과 만나는 것일 테고, 내용은 거절이리라.

혜월이 직접 나타나지 않고 여인을 보냈다는 것이 거절을 의미하지 않는가.

하기는 강요할 수도 없는 일이다.

비시문 노인은 대놓고 물어오지 않았지만, 마천옥이 백비를 찾아갔다는 사실쯤은 알고 있을 게다. 그 후 행방불명…… 그러다 불쑥 사람을 보내 혜월을 달라고 했으니, 누구라도 이상한 기미는 눈치 챘을 게다. 이번 행로가 위험천만하다는 사실도.

노인이 혜월에게 연락을 취할 수는 있지만, 혜월에게 가라 마라 할 수는 없는 노릇이지 않은가.

여인이 가까이 다가왔을 때, 냉설은 다시 한 번 놀랐다.

'엽수낭랑이 최고의 미녀인 줄 알았더니…… 세상에! 이런 궁벽한 산골에 이런 미인이!'

갸름한 얼굴에 오뚝 솟은 콧날, 초승달을 그려 넣은 듯한 눈썹에 맑고 큰 눈.

전체적인 분위기는 여리고 약하다는 것이다.

작은 벌레를 보고도 깜짝 놀라 소리를 질러댈 여인이었다. 그러한 가녀림이 그녀를 더욱 아름답게 돋보여 주었다.

여인이 가녀린 음성으로 말했다.

"냉설이란 분이신가요?"

"그렇소만……."

"혜월이에요."

"뭐, 뭐요!"

"왜 그렇게 놀라세요?"

"아, 아니. 난…… 혜월이라고 하기에 남자인 줄 알았소."

'멸혼촌에 들어가긴 너무 여려.'

혜월이라고 자신의 신분을 밝힌 여자가 얼마나 뛰어난 능력을 지녔

는지는 모른다. 하지만 멸혼촌에 들어가 마단 고수들과 일전을 겨루기
에는 너무 약해 보인다.

냉설은 혜월을 데려갈 생각이 사라져 버렸다. 그러나 마천옥이 원했
고, 혜월을 데려갈 목적으로 중원에 나왔으니 데려가지 않을 수도 없
고…… 난감했다.

"사형께서 주공을 만나셨다고요?"

"우린 대형이라 부르고 있소."

"유명한 사람인가요?"

묻는 혜월의 얼굴에는 호기심이 가득 어려 치기(稚氣)로까지 비쳐졌
다.

"아니오. 정반대요. 무림에 전혀 알려지지 않은 사람이오."

"그럴 거라고 생각했어요. 사형을 만나본 적은 없지만 행적을 거슬
러 올라가 보니 괴이한 사람이란 결론에 이르더군요. 평범한 주군은
만나지 않았을 거예요. 이제 본론을 말씀드려야겠군요. 이 일은 거절
해야 되겠어요. 가는 곳이 마음에 들지 않아요."

상촌 노인으로부터 대충 이야기를 전해 들은 것 같다.

여인은 겉모습과는 달리 딱딱 부러지는 성격이었다. 그녀는 자신의
할 말을 망설임없이 했다.

"그렇소."

냉설은 실망의 기색을 비치지 않았다. 혜월이 이 여인이라면 데려가
지 않는 편이 낫다는 생각을 하던 참이다.

할 말을 마친 여인은 몸을 돌렸다. 하산하려는 게다. 그러다 문득 무
엇이 생각난 듯 걸음을 멈추고 고개를 돌렸다.

"가시면 사형께 한말씀 전해주시겠어요?"

"말씀하시오. 전해 드리리다."

"연못의 개구리는 아무리 커도 개구리에 불과해요. 크는 것도 바다에서 커야 고래도 되고, 상어도 되는 것이죠. 사형이 개구리를 택한 이유를 모르겠군요. 답을 들을 수는 없겠지만, 기회가 닿는다면 듣고 싶다고 전해주세요."

냉설은 불쑥 오기가 치밀었다.

멸혼촌에 모인 무인들은 선택의 여지가 없었다. 큰 개구리가 될 생각도, 상어가 될 생각도 없다. 그들은 살기 위해 발버둥 칠 뿐이다. 혜월을 데려가려는 목적도 대문파를 만들기 위해서가 아니라 살기 위해서다.

독사와 마천옥은 '촉'에 비유하며 대문파의 창립을 논하고 있다. 그것도 마찬가지 맥락이다. 청성파에 적을 둔 냉설이 다른 문파에 몸담을 수 있는가. 천만에! 거기를 벗어나도 마단의 손길에서 완전히 벗어날 수 없기에 그들과 대항해 싸우려는 발버둥이다. '촉'이란 결국 마단이나 현문에 버금가는 문파를 말할 뿐, 그 이상도 이하도 아니다.

냉설은 할 말을 마치고 하산하고 있는 여인의 등 뒤에 대고 불쑥 한마디 내뱉었다.

"그 대답은 지금 내가 해줄 수 있을 것 같소."

여인이 다시 걸음을 멈추며 뒤돌아섰다.

"그래요? 뭔데요?"

"살기 위해서."

혜월의 눈가에 이채가 번뜩였다.

"세상에 살기 위해서 싸우지 않는 사람은 없죠. 싸움이 생긴 곳에는 언제나 살기 위한 몸부림이 있기 마련 아닌가요? 아무래도 제 말을 사형께 전해주서야겠네요."

"빠져나갈 수 없는 곳에서……."

울컥 분기가 치밀었다. 수많은 사람들이 이유도 모르고 죽어갔는데, 아무것도 모르는 여인이 말장난이나 해대다니. 하지만 여인을 상대로 싸울 수도 없고, 자신의 생각을 강요할 수도 없다.

냉설의 음성은 툭 쏘아댄 처음과 다르게 힘이 빠졌다.

"수십 마리 늑대에게 둘러싸인 토끼 한 마리 신세요. 하지만 우린 싸웠고, 버티고 있소."

"풋! 늑대의 힘이 꽤 센 모양이군요."

"장담하건대…… 아미파나 청성파도 피로 물들일 수 있는 늑대들이오. 마음만 먹는다면."

"무림에 그런 문파가 있다니 믿을 수 없군요."

"더 깊이 알면 살신지화(殺身之禍)를 당하니 그만 돌아가는 게 좋겠소."

혜월은 돌아가지 않았다. 몸을 똑바로 돌려 세웠고, 냉설을 뚫어지게 바라보며 끊어지듯 또박또박 말했다.

"아까부터 이상하게 생각하고 있었어요. 대형이란 호칭. 무림문파에서 쓰는 호칭은 아니죠. 개개인이라면 몰라도. 딱 한 군데, 그런 호칭을 쓰는 사람들이 있어요. 파락호들. 문주, 방주, 장문인…… 많은 호칭들 중에 왜 대형이란 호칭을 쓰는 거죠?"

냉설은 피식 웃으며 말했다.

"잘 봤소. 대형이 파락호 출신이기 때문이오."

무심히 한 말이다.

"그 사람…… 이곳 영은촌 사람 아닌가요?"

"소저가 그걸 어떻게……? 짐작 가는 사람이라도 있소?"

"한 사람 있죠. 독사."

"엇!"

냉설은 부지불식간 경악성을 토해냈다.

그것이 대답이었다. 여인은 냉설의 경악성에서 자신의 짐작이 맞다는 것을 알아챘다. 그리고 냉설조차도 짐작하지 못했던 반응을 보였다.

"그렇군요. 거기 있었군요. 좋아요. 가죠. 준비할 게 있으니 내일 아침 동틀 녘에 와마고개에서 만나요."

말을 마친 여인은 뒤도 돌아보지 않고 산을 내려갔다. 그녀의 걸음걸이는 올 때와 마찬가지로 차분했다.

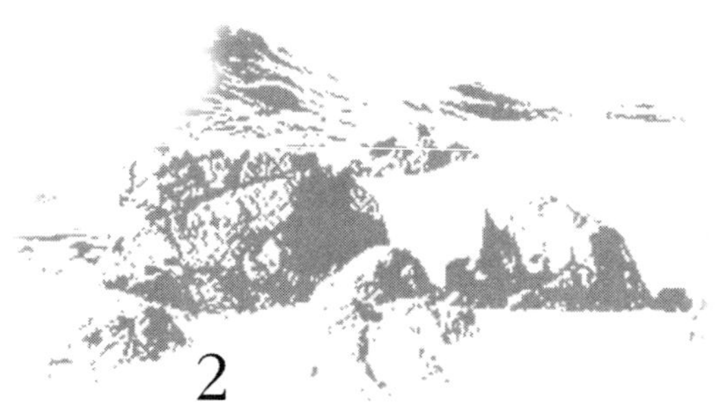

2

휘이잉……!

바람이 눈보라를 일으켰다. 하늘에서 떨어지는 눈은 물론이고 대지에 켜켜이 쌓여 있던 눈마저도 바람에 흩날려 솟구치며 세상을 휘감았다.

사시사철 사람 발걸음이 끊어지지 않는다는 청성산(靑城山)에도 거센 눈보라 탓인지 인적이 뚝 끊긴 채 적막했다.

청성산에는 볼 만한 구경거리가 많다.

도교(道敎)의 발상지이자, 구대문파의 일익을 차지하고 있는 청성파의 본산을 구경거리로 치부하는 것은 모욕일지 모르지만, 많은 사람들이 청성산을 유람 삼아 찾아오는 것도 사실이다.

그중 널리 알려진 곳으로 청성산 기점(起点)에 있는 건복궁(建福宮)도 놓치지 않고 보아야 할 곳 중 하나다.

궁전고목창취(宮前古木蒼翠)라는 말로 잘 설명되듯이 정원에 우거진 고목은 푸른 비취 빛을 띠고 있다.

눈보라가 몰아쳐 사람 모습을 찾아볼 수 없지만, 고색을 물씬 머금은 고목과 건복궁은 여전히 아름다운 광경이 되어 반겨주었다.

그렇다. 사람들은 연봉자(連峰子)가 도를 닦은 곳으로 건복궁을 찾는 것이 아니라 이런 풍취를 즐기기 위해 찾는다.

마천옥에게도 건복궁은 남다른 감회로 다가왔다.

마천옥보다 한 시대 전의 인물인 천운자(千雲子)는 세객(說客)이란 서적을 남겼다. 그중 귀곡자(鬼谷子) 편(篇)에 보면 상행불원유귀성산(上行不遠有鬼城山), 전위전국시귀곡자은거처(傳爲戰國時鬼谷子隱居處)라는 글귀가 나온다.

건복궁에서 올라가다 보면 멀지 않은 곳에 귀성산이 있으며, 전국시대에 귀곡자의 은신처라고 전해진다.

천운자가 어디서 그런 말을 들었는지는 알지 못하나, 글귀를 접하는 순간 한번쯤은 귀곡자의 은신처로 전해오는 귀성산을 오르리라 마음먹은 적이 있다.

그곳에 아주 가까이 와 있는 것이다.

사실 비시문은 장의에게서 출발했기에 사조(師祖)의 스승인 귀곡자에 대해서는 잘 알지 못한다. 워낙 은밀하게 행동했던 분인지라 말년을 어디서 어떻게 보냈는지에 대해서 알고 있는 것은 세인들이 알고 있는 수준을 벗어나지 못한다.

사조도 당대를 떨쳐 울린 분이지만, 사조의 스승은 더욱 유명한 분이다. 명성으로 유명하다는 것이 아니라 병법가로서 존경하고 본받을 분이다.

'가까이 왔건만…… 휴우! 작은 소망 하나 이루기 어렵군.'

이번에도 귀성산에 오르는 일은 없다. 잠시 짬을 내서 오르면 되겠지만 같이 동행한 무인들이 그를 마차 밖으로 나오지 못하게 할 터이다.

마천옥도 마차 밖으로 나갈 생각은 없다.

그가 마차 밖으로 나갔다가 사람들의 눈에라도 뜨이는 날에는…… 죄라고는 눈에 들어오는 사람을 본 것밖에 없는 사람들이 쥐도 새도 모르게 죽임을 당한다.

오랜만에 무림을 나왔으니 흙을 밟아보고 싶은 욕구가 목구멍까지 치밀지만, 단순한 욕구 때문에 애꿎은 사람을 죽일 수는 없다.

'냉설은 잘 하고 있는지…….'

괜히 걱정이 들었다.

자신이 비시문으로 가고 냉설이 청성산으로 왔으면 한결 일이 수월할 것이다. 하지만 마천옥은 일부러 반대로 했다. 아무래도 자신의 문파를 찾아가면 이런저런 이야기를 하기 마련이고, 멸혼촌에 대한 이야기도 알지 못하는 가운데 흘리게 되어 있다. 또 인간 같지 않은 꼴인의 몰골로는 차마 사부님과 사형제를 대면할 수 없다.

마천옥이 휘장 사이로 건복궁을 보며 이런저런 감회에 젖어 있을 때, 눈보라를 헤치며 한 필의 말이 달려왔다.

히히힝!

바람에 떠밀리듯 쾌속하게 다가온 말은 마차 앞에서 그림처럼 멈춰 섰다. 기수는 말이 멈추기 전에 뛰어내렸고.

"찾았습니다."

기수의 말이 끝나기 무섭게 얼굴에 검흔이 길게 그려진 사내가 무뚝뚝한 음성으로 말했다.

"모두 몇 명이냐?"

"다섯 명입니다."

기수는 조금도 망설이지 않고 즉시 대답했다.

"위치는?"

"멀지 않습니다."

"하는 일은?"

"건채(乾菜)를 팔고 있습니다."

"건채를 팔아?"

"무인들이 아닙니다."

"……."

기수와 말을 나누던 사내, 도신 일마가 마천옥을 의아한 눈으로 쳐다봤다.

마천옥이 쓰게 웃으며 말했다.

"무림과 상관없는 사람들이라고 하지 않았소."

"정말 그들이 절대무를 완성하는 데 필요한가?"

"절대로."

"이해를 하지 못하겠군."

"우리도 마단이 하는 일을 이해 못하겠소. 피장파장 아니오."

일마는 마단을 들먹거려도 분노한 기색을 보이지 않았다. 어떤 때는 마단을 일컬어 살인마들의 집단이라고 매도한 적도 있지만, 그는 무표정함으로 일관했다.

분노하지 않는 사내다. 그도 사람인 이상 감정이 없을 리는 없고, 감정을 억누르고 있는데 자제력이 무척 강하다.

"독사가 절대무를 완성할 수 있다고 보는가?"

"완성과 미완성은 하늘의 뜻. 일개 미물보고 하늘의 뜻을 짐작하란 말이오?"

일마는 잠시 마천옥을 쳐다보다가 조용히 말했다.

"가자."

청성산에 숨어든 다섯 명을 찾는 것은 쉽지 않았다.

일반적이라면 쉽게 찾을 수 있다. 청성산에 숨어든 해를 알고 있고 사람 수를 알고 있으니, 청성산에 터를 박고 사는 사람에게 물어보면 쉽게 찾는다.

그들도 사람이다.

산속에 꽁꽁 숨어서 초근목피(草根木皮)로 삶을 영위하지 않는 이상 사람들과 어울려야 하고, 다섯 사내가 뭉쳐 있으면 누구의 눈에든 쉽게 뜨인다.

그들은 뭉쳐 있지 않았다. 청성산에 들어올 때도 최소한 반년의 터울을 두었다.

청성산에서 만나 자연스럽게 의기투합한 그들을 한 무리로 보는 사람은 없었다.

"요즘 세상에 보기 힘든 참 건실한 청년들이죠. 그만한 나이면 누구나 성(城)으로 빠져나가려고 안달들 내는데 오히려 이런 곳으로 들어왔으니 알 만하지 않소. 일은 또 얼마나 열심히 하는지……."

평판도 좋았다.

어느 구석으로 보나 파락호이며 독사 패거리였다고 생각하는 사람은 없었다.

"술이요? 술은 입에도 대지 않아요. 건실한 청년들이라니까 말을 어디로 들었소? 여자에게 눈도 돌리지 않고…… 좌우지간 그만한 나이에 주색잡기와 담을 쌓고 사는 청년들도 드물 거요."

완벽한 은신이다.

마천옥은 독사가 왜 대물이란 자를 데려오라고 했는지 비로소 알게 되었다.

대물이란 자는 병법을 알지 못하나 본능적으로 잔꾀를 창출해 내는 자다. 몸을 보호하는 데는 천부적인 재주를 타고났다고 해야 할까?

그러나 대물은 한 가지 실수를 했다.

다른 사람들은 그들을 절대 찾을 수 없으나, 그들이 청성산으로 숨어들었다는 것을 아는 사람이라면 찾을 수 있다. 청성산에서 그만한 나이 또래의 속인(俗人) 다섯 명이 뭉쳐서 다니는 사람들은 그들밖에 없으니.

다각! 다각!

천천히 걸음을 떼어놓던 말들이 멈췄다.

마천옥은 휘장을 살짝 열고 바깥 풍경을 살폈다.

허름한 모옥들이 대로를 사이에 두고 두 줄로 쭉 늘어서 있다. 오가는 행인들을 대상으로 산나물이나 목각 인형들을 파는 점포(店鋪)들이다. 아니, 점포라기보다는 행상(行商)에 가까울 정도로 초라하다.

마천옥은 말 다섯 필이 서 있는 위치를 살폈다.

기가 막힌 안배다. 한 필은 입구 쪽에, 또 한 필은 중간 부분에, 마지막 세 필은 가장 안쪽에 서 있다.

말 위에 타고 있는 사람들은 마단 고수들이지만, 그들이 서 있는 곳에 위치한 점포에는 목표물이 살고 있으리라.

'한 사람이 당하면 두 번째 사람이 대항하고, 그사이에 세 명은 도주하겠다. 집은 멀찌감치 떨어져 있지만 서로 연락을 취하고 있겠군. 도주로도 준비해 놨을 테고. 당신들 수준의 파락호가 쳐들어왔다면 뜻대로 되겠지만…….'

십팔귀라고 불리는 절정고수들은 다섯 명만 모습을 드러내고 있다. 다른 십삼귀는 벌써 뒤로 돌아가 퇴로를 차단했다는 말이 된다.

도주로는 끊겼다.

마천옥은 제일 첫 번째 점포를 살폈다.

점포는 눈보라가 세차게 휘몰아쳐 산을 찾는 사람이 없을 텐데도 문을 열어놓고 있다.

마천옥의 눈에 점포 안쪽에서 화로에 나무를 집어넣고 있는 청년의 모습이 보였다.

"저들이 맞나?"

"맞습니다."

마천옥은 확신했다.

다섯 사내는 숨 몇 번 들이쉬는 사이에 잡혀 나왔다. 첫 번째 점포와 중간 점포에 있는 사내는 거의 동시에 잡혀 나왔고, 끝 부분에 있는 세 점포에선 두어 호흡쯤 간격을 두고 끌려나와 무릎이 꿇려졌다.

대물, 계두, 사팔, 쇠스랑, 돌주먹.

이들의 별호에 비하면 독사라는 별호는 차라리 무인다웠다.

생김새를 보면 실망이 크다. 촌마을 어디를 가나 흔히 볼 수 있는 허름한 농사꾼보다도 훨씬 못하다. 독사가 이들과 어울렸었다니 도무지 믿을 수 없다.

“대물이 누군가?”

마천옥은 휘장 사이로 빠끔히 눈만 내민 채 물었다.

사내들의 눈에 놀람이 스쳐 갔다. 그러나 그런 눈빛들은 곧 체념으로 바뀌었다. 그들이 잡혀올 때 십팔귀가 보여준 놀라운 무공은 그들이 감히 대항을 꿈꿀 수조차 없는 수준이었다.

“무천문에서 왔소? 시간이 어지간히 흘렀는데, 참 끈질기구려.”

사내들 중에 눈이 사팔뜨기인 사내가 말했다.

‘사팔.’

이들을 처음 대면하는 마천옥이지만 사팔만은 단번에 알아볼 수 있었다.

“대물, 계두, 사팔, 쇠스랑, 돌주먹. 맞나?”

“다 알고 왔으면서 뭘 또 묻소? 죽일 테면 죽이고 살릴 테면 풀어주쇼.”

제법 독기가 있어 보이는 사내가 말했다.

마천옥은 그도 알아봤다. 그의 주먹은 유달리 커서 어린아이 머리만 하다. 돌주먹이 이 사내이리라.

“대형께서 부르신다. 가자.”

마천옥의 말은 삶의 구명줄이었다.

다섯 사내는 얼굴이 환해지면서 꿇고 있던 무릎을 폈다. 그러나 주위에 늘어서 있는 무인들의 기색을 살피느라 망동은 하지 못했다.

“독사가 살아 있소?”

“누가 대물인가?”

“나요.”

사내들 중에 얼굴이 곱상하게 생긴 사내가 나섰다.

짐작하고 있었다. 유약해 보여서, 주먹이 우선인 파락호들의 세계에 어울리지 않을 사내였다. 그도 보통 사람들과 비교하면 사나운 편이겠지만 싸움판을 전전하는 주먹꾼으로는 어울리지 않는다.

'이자가 바로 대형이 인정하는 머리…… 나와 필적하는 머리란 말인가?'

마천옥은 적이 실망했다. 대형이 인정했기에 어느 정도는 뛰어나 보일 것이라고 생각했는데, 대물을 직접 보니 말 그대로 잔머리나 굴리는 파락호 정도로만 보였다. 이 정도라면 굳이 데려갈 필요조차도 없을 것 같은데.

'내게서 부족한 것을 보았으니 데려오라 하셨겠지.'

"정리할 게 있나?"

"정리할 게 뭐 있겠소? 건채 팔아서 남는 거라야 간신히 목구멍에 풀칠하는 정도인데. 그런데 정말 무천문에서 온 사람들이 아니오?"

대물은 말을 하면서도 연신 무인들을 훔쳐보았다.

마천옥의 말을 믿을 수 없다는 표정이 역력했다. 그것도 그럴 것이 독사와 무인이 어울려 있는 모습을 상상이나 할 수 있겠는가. 파락호들이.

"정리할 게 없으면 가자. 뒤에 있는 마차에 타라."

사내들은 주춤주춤 일어나 뒤따라온 마차에 탔다.

그들에게는 선택의 여지가 없다. 그들도 생각이 있겠지만 무인들이 곁에 늘어서 있는 이상 아무런 이의도 제기할 수 없다. 설혹, 독사가 보낸 사람들이 아니라 할지라도 항거할 수 없다.

다각! 다각……!

마차가 서서히 움직이기 시작하자, 일마가 입을 열었다.

“찾는 사람들이 저들인가?”

“맞소.”

“저들이…… 절대무를 완성하는 데 필요하다는 건가?”

“대형 생각이오.”

“…….”

일마는 무표정한 얼굴로 바깥 풍경을 쳐다봤다.

눈발이 사납게도 흩날린다. 세상 만물을 눈보라로 감춰 버릴 기세다.

“돌아가거든…… 독사에게 말해라. 엉뚱한 생각 말고 암혼사나 완성하라고. 저들이 절대무를 완성하는 데 필요치 않다는 것은 나도 알고 너도 안다. 저들이 쓰일 용도는 다른 데 있겠지.”

마천옥은 묵묵히 들었다.

그의 눈길은 휘장 너머 귀성산에 가 있었다.

‘거의 왔는데…… 다시 올 수 있을지…… 꼭 한 번은 들러보고 싶었는데…….’

그런 생각을 하다가 불쑥 입을 열어 물었다.

“오공사수도 그렇고 당신도 그렇고…… 대형이 절대무를 완성할 수 있다고 생각한 듯한데, 근거라도 있는 생각이오?”

“없다.”

일마는 딱 부러지게 대답했다.

‘어, 없어?’

당황한 사람은 마천옥이었다. 오공사수와 독사의 싸움을 전해 들었고, 오공사수가 했다는 말도 들었다. 그래서 그는 독사가 익힌 무공 또한 마단이 완성하고 있다는 절대무에 버금가는 무공이라고 생각했다. 독사의 무공이 보편적인 무리로는 이해할 수 없는 속도로 상승하고 있기도 하고. 그런데 없다?

"그, 그럼 왜 대형에게 절대무를 완성하라고…… 사천에 나오면서
까지 도와주는 이유가……."

마천옥은 도무지 갈피를 잡을 수 없었다. 그의 뛰어난 머리로도 이
상황만은 정리가 되지 않았다. 독사가 절대무를 익힐 수 있어야지만
해석이 가능한 상황인데.

일마가 여전히 창밖을 쳐다보며 말했다.

"독사와 같이 생활하면서도 독사에 대해 전혀 모르는군. 암혼사라는
무공은 특히. 나도 암혼사라는 무공에 대해서는 모른다. 일인비전(一人
秘傳)이니 알 도리가 없지. 하지만 암혼사가 어떤 무공인지는 조금 알
지. 십인십색(十人十色). 열 사람에게 전수하면 열 개의 각기 다른 무공
이 나온다는 무공이 암혼사지. 초식도 내공심법도…… 똑같은 것이 하
나도 없는, 전혀 다른 무공이."

"……."

마천옥은 너무 놀라 말문조차 막혀 버렸다.

무공보다는 병법에 치중하는 비시문이지만 중원에 산재한 무공에
대해서는 많이 알고 있는 편이다. 무공의 형태를 모르고서는 병법을
제대로 활용할 수 없기에.

그의 지식으로 중원에 그런 무공은 없다.

초식도 마찬가지다. 초식에 변형은 있을지 몰라도, 내공심법까지 다
른 무공은 존재할 수 없다. 한 사부 밑에서 전수받은 동문이라면 다르
더라도 비슷한 구석이 있기 마련이다.

대형이 익힌 무공이 그런 무공이었던가. 그래서 오공사수도, 이 사
내도 독사를 내버려 두고 있는 것인가? 좀 더 강해지라고? 그래서 완성

된 절대무와 멋있게 어울려 보라고?

‘이들에게는 강자가 필요해. 절대 강자가……’

마단이 무엇을 추구하는지 알게 되자 몸이 부르르 떨려왔다.

독사가 이기면 마단이 완성한 절대무는 거짓이 된다. 대상이 독사가 아니라도 상관없다. 중원에서 최강자라는 사람이 바로 대상이 될 테니까.

누구와 겨루던 마단이 탄생시킨 절대무는 이겨야 한다. 왜? 절대무니까.

만약 진다면 어떻게 될까? 독사가 이긴다면…….

독사를 비롯해 자신들은 살 수 있게 될지도 모르고, 마단의 협공을 받게 될지도 모른다. 어떤 쪽을 택하느냐는 이들이 말하는 ‘주공’ 이라는 사람의 선택에 달려 있다.

한 가지 분명한 것은 이들의 차후 행동이다.

이들은 절대무를 포기하지 않는다. 독사가 이기게 된다면, 이들은 지금까지처럼 다시 은밀한 곳에 숨어서 절대무를 창안하려고 할 게다.

독사가 이기느냐, 마단이 이기느냐는 중요하지 않다.

독사가 이기는 것은 이들에게는 하나의 실패에 지나지 않는다. 지금까지 수많은 세월 동안 그래 왔고, 앞으로도 그럴 것이다.

멸혼촌은 또 생길 수 있다. 골인들이 또 나올 수 있다. 백비란 것은 써먹었으니 다른 수를 생각해 낼 테지만, 어떤 방법으로든 희생자는 있기 마련이다.

마단은 몇 대를 이어온 것일까?

도대체 얼마나 많은 고수들이 무공만 익힌 채 수족 한 번 제대로 놀려보지 못하고 죽어간 것일까?

마천옥은 이들의 집념이 무서웠다.

'이 사람들…… 정말 무서운 사람들이다. 철망을 지킨다는 사람들…… 독사까지 무너뜨린 오공사수…… 모두 빙산의 일각에 불과할지도. 아! 촉나라…… 허황된 꿈일지 모르겠군.'

마천옥의 심정은 세상을 휘감은 눈보라처럼 회색 빛으로 그늘졌다.

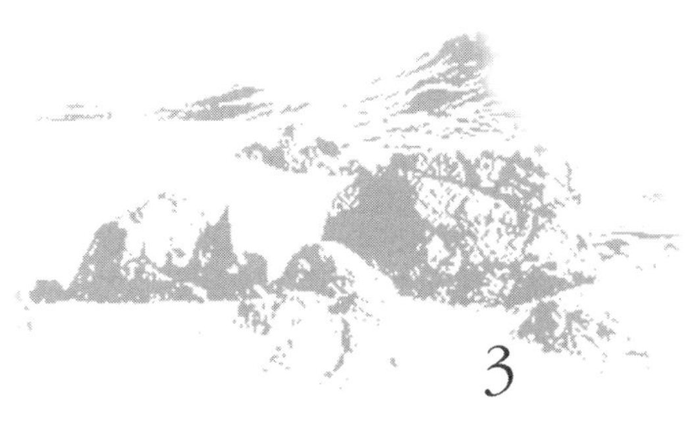

3

옛 사람들

독사 패거리는 오랜만에 근심 걱정 없는 한가한 시간을 가졌다.

언제까지 지속될지는 모르지만 죽음에 대한 공포도 없었고, 추적을 염려하지 않아도 되었다.

멸혼촌처럼 사정이 열악하지도 않았다.

오공사수는 식량이나 의복은 물론 생활에 필요한 도구들까지 부족함없이 제공해 주었다.

독사의 영역을 침범한 것은 아니다.

오공사수는 자신의 언약을 지키겠다는 듯 마단 고수들로 하여금 사방 이십 리 안으로는 들어서지 못하게 통제했다.

그들은 열흘에 한 번씩 경계 부근에 필요한 일용품을 놓아두었다.

모든 것이 풍족하다 못해 넘쳤다.

멸혼촌, 유심동에서 궁벽한 생활을 하던 골인들에게는 천상이나 다름없었다.

골인들은 오로지 유화신공 수련에 몰두했다.

효과는 있었다. 당진도가 효과를 보았듯이, 골인들도 점차 소진했던 내공을 되찾아갔다. 그중에서도 사활근맥단의 영향을 가장 적게 받은 당문삼기가 내공을 회복하는 속도는 경이에 가까웠다.

엄밀히 말하면 내공을 회복하는 것이 아니라 새로운 내공을 쌓는 것이다.

몽환소는 진기를 말끔히 소진시켜 버렸다. 잠시 잠재운 것이 아니라 깨끗하게 증발시켜 버렸다.

하지만 단전 자리는 남겨두었다. 차후 새로운 진기를 받아들일 것에 대비해서.

처음 내공을 수련하는 사람은 단전 자리를 넓히면서 내력을 쌓아야 한다. 촘촘하기 이를 데 없는 단전 자리를 넓히는 일은 쇠로 만든 철주머니를 넓히는 것만큼이나 힘들다.

그러나 수련이 더해져 주머니가 늘어나기 시작하면 진전이 빨라진다. 철이 고무가 되어 신축성있게 늘어나기 때문이다. 남은 일은 빈자리에 차곡차곡 내력을 쌓는 것뿐.

몽환소는 내력을 지워 버렸지만 단전 자리를 남겨두었고, 한 번 늘어난 적이 있는 단전은 새로운 진기도 부담없이 받아들였다. 자리를 늘일 필요가 없으니 쌓는 일은 오로지 수련도에 비례했다.

골인들을 그 자리를 사활근맥단의 약효로 메웠다.

이제 사활근맥단의 약효를 밀어내고, 진정한 천지자연의 기운으로 채워야 한다.

역천신공인 유화신공은 그런 일을 가능하게 해주었다.

지천도처럼 사활근맥단의 영향을 오래 받은 사람들은 차라리 몽환소에 다시 한 번 중독되는 편이 빨랐다. 전에 진기를 잃었던 것처럼 사활근맥단의 약효를 말끔하게 지워내면 새로운 진기를 쌓는 일도 수월할 텐데.

몽환소도 없고, 제조 비법도 모르니 꿈일 뿐이다.

그래도 상태가 많이 좋아져서, 지천도의 경우에도 사활근맥단의 약효가 아니라 새로 얻은 진기로 도법을 전개할 정도가 되었다.

사시와 삼화도 유화신공에 몰입하여 하루 중 대부분을 수련에 할애했지만, 사내들처럼 따로 떨어져 수련하지는 않았다.

그녀들은 암벽 밑에 간신히 비바람만 면할 수 있는 조그만 초옥을 지어놓고 거주했다.

수련 장소도 따로 없었다. 눈보라가 많이 몰아치면 집 안에서 수련했고, 날이 개이면 바깥에서 수련했다.

가장 심심한 사람들은 귀주사괴다.

잔심마도는 독사에게서 몇 가지 절초를 전수받아 수련에 몰두하고 있지만, 무공에 소질이 없음을 자각한 지 오래된 귀주사괴는 무공에 대한 욕심도 없어서 매우 긴 하루를 보냈다.

“무공 수련이나 할까?”

“앰병헐! 무공 수련은 무슨…… 그냥 얕은 데서 놀아. 깊은 곳에 가면 큰 물고기가 있는 법이여. 어쭙잖게 좀 컸다고 알랑대다가는 콱 뜯어먹히기 십상이여.”

“심심하니까 하는 말이지.”

“장기나 둘까?”

“그게 좋겠다. 흐흐흐!”

귀주사괴는 노송나무를 베어 장기판을 만들었고, 시간이 날 때마다 장기를 두었다.

엽수낭랑은 여인들끼리 어울렸다.

사내들이 모두 무공 수련에 매진하고 있는 터라, 하루 중 얼굴을 맞대고 이야기를 나눌 수 있는 시간은 거의 없었다. 처음에는 식사를 할 때는 얼굴을 맞댈 수 있었으나, 그것조차도 각기 식량을 가지고 자신들의 보금자리로 숨어버린 후에는 불가능해졌다.

같이 있어도 같이 있지 않는 사람들.

그런 처지는 엽수낭랑도 마찬가지였다. 사시, 삼화와 함께 기거를 하고 있지만 그녀는 오로지 음경마의를 환단으로 조제하는 일에 푹 빠져 버렸다.

지금은 누구를 도와주는 것이 급하지 않았다. 자기 자신을 추스르는 일이 급했다. 하고자 하는 일을 완성하는 것이 가장 선급했다.

오랜만에 날이 맑았다.

바람은 세차게 불고 있지만 하늘이 청명하게 보일 만큼 맑고 투명했다.

바깥 세상에서는 정월 대보름이라고 휘황찬란한 등을 내걸고, 폭죽놀이로 밤을 지새울 것이다. 따끈따끈한 떡 맛은 잊을 수 없다. 정월 대보름 하면 호두를 깨 먹는 것만 기억나는 게 아니다. 갓 만든 따뜻한 떡이 입 안에서 사르르 녹는 맛은 꿀맛이 따로 없다.

밤이 되면 환한 보름달을 볼 수 있을 게다.

동네 아이들이 밤늦은 줄 모르고 뛰어노는 소리도 환청처럼 들릴 것 같다.

그날, 청성산에 갔던 마천옥이 영은촌 독사 패거리를 데리고 들어왔
다.

"독사!"

"대형!"

영은촌 독사 패거리는 독사를 보자마자 안도의 숨을 내쉬며 반가워
했다.

오는 동안 그들은 아무것도 보지 못했다. 어떤 때는 미혼단(迷魂丹)
을 복용하여 정신을 놓기도 했다. 어디로 가는지 짐작조차 할 수 없는
길을 무인들의 삼엄한 경계 속에서 지나와야만 했다.

독사가 보내서 왔다는 말에 다소 위안을 삼기는 했지만, 꼼짝없이
죽는구나 하는 생각을 지우지 못했다.

그런데 독사를 만났다. 반가움을 어떻게 말로 다 할까. 황천에서 죽
은 가족을 만난 것보다 더욱 반갑기 그지없다.

"살아들 있었구나."

"목숨만 붙어 있는 거지 그게 살아 있는 건가. 무천문 놈들이 불쑥
들이닥칠 것 같아서 마음을 놓을 수 있어야지. 반갑다, 반가워. 신수가
훤해졌네. 좋은 일이라도 있었던 거야?"

"하하! 이렇게 다시 만날 줄 알았다니까. 꼭 다시 만날 줄 알았어.
우리가 보통 사이인가? 하하!"

조용하기만 하던 산봉이 시끌벅적해졌다.

그러나 그들의 입은 곧 봉해졌다. 눈이 부릅떠지고, 놀라서 벌어진
입은 다물지 못했다.

초막에서 걸어나오는 인간들.

저게 사람인가, 귀신인가. 뼈다귀가 걸어오고 있지 않은가. 아니다.

살가죽을 덮어씌운 뼈다귀가 움직이고 있다.

평소에도 담력이 강하다고 자부했던 그들이지만 골인들을 대면하는 순간에는 모골이 곤두서면서 등골에 소름이 돋았다.

그들은 독사를 만난 반가움도 멀찌감치 달아나 버린 채 골인들에게서 눈을 떼지 못했다.

그때, 그들을 인솔하며 앞장서 왔던 허름한 장포 사내가 복면과 장포를 벗었다.

"헉!"

대물은 너무 놀라 털썩 주저앉아 버렸다.

괴물은 바로 곁에도 있었다. 그들의 불안한 마음을 편안하게 가라앉혀 주던 사내도 괴물이었다. 복면을 쓰고 헐렁한 장포를 입었을 때부터 이상하다 싶기는 했지만 이런 괴물일 줄이야.

괴물이 독사를 향해 포권지례를 취하며 말했다.

"대형, 다녀왔습니다."

"수고했습니다. 용케 찾았군요."

"숨어 있는 곳을 몰랐다면 정말 힘들었을 겁니다."

괴물이 인상을 일그러뜨렸다.

그 모습이 더욱 공포스러웠다. 역겹다고나 할까? 아침에 먹은 것이 기어올라 오는 느낌이었다. 아니다. 구토를 느낄 겨를도 없었다. 송충이가 등줄기를 타고 올라오는 느낌이 너무 강해서 아무런 생각도 할 수 없었다.

그런데 독사는 아무렇지도 않은 모양이다.

독사가 괴물을 향해 부드러운 웃음을 지으며 말했다.

"보니까 어떻습디까?"

"제 식견에는 맞지 않으나 제가 간과하여 지나친 부분을 일깨워 줄 것은 분명해 보입니다."

"하하하! 잘 가르쳐 보십시오."

"가르치면 더 못해질 겁니다. 지금 있는 그대로가 대물에게는 딱 좋습니다."

"그런가요? 하하하!"

독사도 오랜만에 고향 친구들을 만나서인지 환한 웃음을 떠올린 채 지우지 않았다.

"나, 나더러 저런 괴물과 같이 있으라고? 에이…… 대형, 농담이지? 오랜만에 만났더니 하지 않던 농담도 하고. 많이 변했다."

"……."

"진심이야?"

독사는 옅은 웃음을 띤 채 고개를 끄덕였다.

대물은 울상이 되었다. 다른 친구들은 모두 독사와 함께 회포를 푸는데, 자신만 뼈다귀밖에 남지 않은 괴물 족속과 기거를 함께하라니 죽을 맛이었다.

"대형, 생각을 다시 한 번……."

"대물."

"그래. 그렇지? 역시 난 대형 곁에서……."

"사람이야."

"……?"

"무서워할 것 없어. 우리와 똑같은 사람이야. 맞으면 아프고, 슬프면 울고, 즐거우면 웃는 사람. 며칠만 같이 있으면 괜찮아질 거야."

“저…… 대형…… 혹시 잡아먹진 않지? 거 왜 식인종 같은……."

“하하하!"

대물은 눈으로 기거를 같이해야 할 괴물을 찾았다.

그는 반쯤 괴물이 된 사람들과 무엇이 즐거운지 연신 웃으며 이야기를 나누고 있었다.

마천옥은 영은촌 패거리만 데려온 것이 아니다. 질 좋은 병장기를 만들기 위해 질 좋은 쇠를 두 수레나 가져왔고, 약초도 한 수레분이나 실어왔다.

“대충 거의 구해왔는데, 못 구한 것도 있습니다."

“이 정도면 훌륭해. 수고했어. 화약이 없는 게 아쉽군."

“화약을 구하긴 했는데, 반입을 시켜주지 않더군요. 숨겨오자면 못할 것도 없겠지만 하지 않았습니다. 저들을 자극할 필요는 없으니까요."

“잘했네. 이 정도만으로도 충분해."

당문삼기는 쇳조각을 손에 들어보며 무게도 가늠해 보고, 냄새도 맡아보았다. 혀를 대 맛을 보기도 했다.

죽은 무인들의 병기로 보검을 만들어낸 사람들이다. 그들에게 극상품의 쇠가 주어졌다.

“이런 걸 용케도 구했군. 이건 최상품이야. 어디서 구했나?"

당문은 쇠를 주문하는 곳이 있다. 철주공방(鐵鑄工房)이라는 곳으로, 그들이 가져온 쇠는 당문의 손을 거쳐 최강의 암기로 재탄생한다.

외부에서 당문으로 들어오는 물품은 무려 삼백여 가지가 넘고, 그들과의 연관은 당문의 역사와 맥을 같이한다.

당문에 물품을 대는 사람들은 다른 곳과는 일절 거래를 하지 않는다. 그렇기에 사천에서는 그들의 존재조차도 모르고 있는 경우가 허다하다.

그들…… 그들은 당문에 물품을 조달해 줄 뿐 아니라, 당문이 멸문위기로 치몰릴 때는 비밀 분타(秘密分舵) 역할도 해준다.

철주공방은 그런 비밀 분타 가운데 하나다.

마천옥이 가져온 쇠는 철주공방에서 만든 것과 비교해도 조금도 손색이 없었다.

"쇠는 일마라는 자가 구해줬습니다. 이곳에 와서야 건네받았죠."

당문삼기는 고개를 끄덕였다.

마단 같은 곳이라면 이러한 쇠를 구할 수 있다. 최강의 무인에게는 최상의 병기를 쥐어줘야 하는 법, 쇠에 신경을 쓰지 않을 리 없다. 당문에서 극상품의 쇠를 쉽게 구하는 것처럼, 마단도 그들과 연관된 곳에서 쉽게 구해왔으리라.

당호와 엽수낭랑은 약초만 뒤적거렸다.

"길경(桔梗), 맥문동(麥門冬), 두충(杜冲)…… 모두 최상품이에요. 건조 상태도 아주 좋네요."

"좋긴 한데…… 이걸로 음경지의를 요리할 수 있겠니? 성깔이 지독한 놈인데."

음경지의는 영물이다. 독사나 엽수낭랑이 얻은 것처럼 기연을 얻게 해주는 영물. 하지만 그 가능성이 무척 희박해서 똑같은 상태, 똑같은 상황에서 복용해도 해를 입는 경우가 대부분이기에 마물로 분류할 수도 있다.

당문은 음경지의를 접한 적이 없기에 제조법도 가지고 있지 않다.

음경지의로 단약을 만들려면 수천, 수만 번에 걸쳐 시행착오를 거듭해야 한다. 완전히 새로운 단약 한 개를 창출해 내는 것이다. 그것은 듣지도 보지도 못했던 새로운 질병을 접한 의원이 치료법을 찾아내는 것보다 힘들다.

무엇보다 증명하기 힘든 것이 단약의 약효다.

약효를 증명하기 위해서는 누군가 복용을 해야 하는데, 그러기 위해서는 목숨을 걸어야 한다. 한두 번도 아니고 수천 번이나.

당문삼기도 의독(醫毒)에 대한 지식이 풍부하여 웬만하면 도와줄 수 있지만 음경지의 단약 제조에는 엄두도 내지 못하고 있다.

엽수낭랑을 말릴 생각은 없다. 그러나 성공 가능성은 희박하다고 본다. 할 일이 없기에 음경지의에 매달리는 것도 시간을 소비하는 데 나쁘지는 않다 싶어서 말리지 않는 것뿐.

엽수낭랑이 약초들을 살펴보며 말했다.

"당문에서 직접 채취해서 손질한 약재와 다를 바 없는 진품(眞品)들이에요. 괜찮은데요."

"도와주지 않아도 되겠니?"

"한 오라버니와 옥 오라버니나 도와드리세요. 되든 안 되든 제 손으로 해보고 싶거든요. 음경지의 같은 영물을 다듬는 것은 처음이라서."

"그 심정 안다. 잘 해봐라."

"안 되면 도움을 청할게요."

당호와 엽수낭랑은 서로를 쳐다보며 웃었다.

한차례 회포를 풀고, 마천옥과 영은촌 패거리들의 여독(旅毒)이 풀어질 즈음, 냉설이 묘령의 소녀를 대동하고 나타났다.

독사를 비롯한 영은촌 패거리는 몸이 딱딱하게 굳어졌다.

“소, 소저가 어떻게 여길……!”

“혜월이 필요하다고 하지 않았나요?”

혜월은 독사를 보고 웃기까지 했다.

“…….”

독사는 아무 말도 하지 못했다.

세상에 이런 공교로운 일도 있나. 그럼 이 여인이 비시문의 혜월? 있을 수 없다. 이런 일은 있을 수 없다.

놀란 사람들은 또 있다.

귀주사괴와 잔심마도. 그들도 혜월을 보는 순간 어안이 벙벙해져 말문을 열지 못했다.

“소, 소저…… 음……! 오랜만이오.”

잔심마도가 무슨 말인가 해야 한다는 생각에 기껏 한다는 소리가 고작 그것뿐이었다.

“당신들도 있었군요. 약속대로라면…… 당신들은 독사를 죽였어야 하는 것 아닌가요?”

“…….”

귀주사괴와 잔심마도는 꿀 먹은 벙어리가 되었다.

한때는 독사를 추적하던 위치에 있었지만, 지금은 그의 보호를 받아야만 살 수 있는 입장이 되었다. 이런 사실을 어떻게 간단한 한두 마디로 설명할 수 있단 말인가.

“아는 사람이에요?”

“…….”

엽수낭랑이 물었어도 독사는 대답하지 못했다. 대신 혜월이 시원하게 대답해 줬다.

"아는 사이죠. 알아도 아주 잘 알아요. 기방에서 제 오라버니를 죽였거든요."

'한청!'

엽수낭랑은 즉시 혜월의 이름을 생각해 냈다.

참으로 질긴 인연이다. 아니, 악연(惡緣)인가.

독사가 한림을 죽였고, 한가장과 무천문은 독사를 죽이려고 했다. 그리고 이제 한림의 누이동생이 혜월이란 신분으로 독사 앞에 섰다. 이것이 복(福)인가, 화(禍)인가.

그녀의 눈길은 독사에게로 향했다.

이런 상황에서 누구보다 난감해할 사람은 바로 그다.

독사는 아무 소리도 못한 채 멀거니 한청만 쳐다보고 있었다.

마천옥이 뒤늦게 초옥에서 나와 냉설 일행을 보았다. 그는 천천히 걸어와 어색한 침묵 사이를 헤집고 들어섰다. 그리고 혜월 앞에 서자마자 불쑥 한마디를 물었다.

"사람이 가장 바보스럽게 행동할 때가 언제라고 생각하나."

혜월이 만면에 담뿍 미소를 머금고 대답했다.

"자신이 가장 현명하다고 생각할 때죠."

"지금 내 행동은 어떻다고 생각하지?"

"독사를 일두(一頭)로 모셨으니 물어보나마나 바보스럽죠."

"그럼 네 행동은?"

"바보스럽네요. 먹을 게 없는데도 여기까지 따라왔으니."

"바보스러운 줄 알면서 바보 짓을 한 연유가 무엇이지?"

"법자의 한계를 벗어나지 못했기 때문이죠."

"법자의 한계는 어디가 끝이라고 생각하나."

"무위자연(無爲自然)."

"후후후! 사부님께서 추천할 만한 사람이었군."

"반가워요, 사형. 혜월 한청이라고 해요."

두 사람은 단번에 서로를 알아봤다.

만난 적은 없다. 마천옥이 백비로 걸음을 떼어놓을 무렵, 혜월은 예비 문도의 신분을 벗어나지 못했다.

천하에 천재는 많다. 문일지십(聞一知十)이 아니라 문일지백(聞一知百)의 천재도 찾고자 하면 얼마든지 찾을 수 있다.

그러나 비시문이 원하는 천재는 백사장에서 검은 모래 한 톨 찾는 것만큼이나 찾기 힘들다.

병법가는 머리만 뛰어나다고 되는 것이 아니다.

병법가가 구비해야 할 조건 중 최우선적으로 고려해야 될 것이 야심이다. 야심이 커야 하며, 또한 적어야 한다. 세상에 대한 야심은 크되, 일신에 대한 야심은 적어야 한다.

병법가는 세상을 지배하려고 해서는 안 된다. 세상을 지배하는 것은 주공이 할 일이고, 병법가는 주공의 뒤에서 이인자로 세상을 마감해야 한다.

병법가는 세상 이치를 그가 모시는 주공보다도 많이 알고 있다.

주공보다 한 발 먼저 보고, 한 뼘 넓게 보고, 한 치 깊게 보는 것은 기본이다.

이치로 따지면 가장 깊은 지식을 가진 자가 세상을 지배해야 하나, 실상은 그렇지 않다. 세상에 완벽한 인간은 존재하지 않는다. 반드시 결점이 있기 마련이다.

병법가의 결점은 어처구니없게도 무공에 있다.

사람들이 쉽게 하는 말로 문무쌍전(文武雙全)을 말하지만 진실로 문무쌍전을 구비한 인간은 찾기 어렵다. 그런 사람이 있다고 해서 찾아가 보면 무공은 뛰어날지 모르지만 두뇌는 보통보다 약간 좋은 정도에 불과했다.

어느 누구도 비시문이 원하는 정도의 무공에 지혜를 지닌 자는 없었다.

결국 비시문은 문무쌍전을 포기하고 문에 집중했다.

탐날 만한 무골에다가 지혜까지 비시문에 입문시킬 정도라면 더 바랄 나위가 없지만, 그런 인재를 구하지 못하는 한은 문에 집중시키기로 했다.

문만으로도 세상을 지배할 수는 있다. 하지만 결국 무로 귀결되는 것이 무림이다 보니 문의 세상은 오래 지속될 수 없었고, 세상에 혼란만 가중시켰다.

결국 병법가가 세상을 지배해서 좋은 결과가 나온 적은 한 번도 없다.

병법가는 자신보다 모자란다 싶은 사람이라도 자신보다 뛰어난 점이 있는 사람이라면 주공으로 모실 줄 알아야 한다. 세상에 뜻이 있다면 웅대한 야망을 가진 자를 주공으로 모시면 되는 것이고, 무림에 뜻이 있다면 무공이 강한 사람을 모시면 된다.

그를 제일인자로 만들어주는 사람, 그리고 아무도 알아주지 않는 가운데 조용히 숨을 거둘 수 있는 사람.

비시문에서 원하는 천재는 그런 사람들이다.

"사형, 사형이 모시는 주공이란 사람, 독사인가요?"

"알고 왔을 텐데?"

"알고 왔죠. 믿기지 않아서 다시 한 번 여쭤보는 거예요."

마천옥은 심상치 않은 분위기를 감지했다.

독사가 멀뚱하니 서 있고, 엽수낭랑이 인상을 찡그리고 있다. 영은 촌 패거리는 동향 사람, 그것도 비슷한 나이 또래의 절세미인을 만났으면서도 시선을 피하고 있다.

'무엇인가 있군. 좋지 않은 일이.'

마천옥은 초옥에서 늦게 나오는 바람에 한청이 한 말을 듣지 못했다. 기방에서 오라버니를 죽인 사람이라는 말을. 하지만 그의 영민한 머리는 재빨리 회전했고, 사태를 즉각 알아차렸다.

'독사가 무림에 들어선 것은 무천문과의 충돌. 무천문과 충돌을 일으킨 것은 무천문도 한림을 죽였기 때문. 한림은 한가장의…… 혜월 한청! 이런! 골치 아프게 됐군.'

자신이 비시문을 방문했다면 사전에 차단할 수 있는 일이었는데…… 그놈의 오공사수가 일을 비트는 바람에 겪지 않아도 될 일을 겪게 되었다. 그것도 상대가 비시문에서 인정한 소법자라면 상황이 크게 나빠진다.

'대형…… 운이 좋았습니다. 당시 혜월이 비시문의 가르침을 본격적으로 받고 있었다면…… 대형은 결코 빠져나오지 못했을 겁니다. 아마도 와마고개에서 귀주사괴와 마주쳤을 때, 그때 대형은 죽었을지도 모릅니다.'

마천옥의 생각은 옳았다.

비시문에는 한 가지 금제가 있는데, 비시문에 입문하게 되면 대법자든 소법자든 병법가로 인정받기 전에는 세상사에 휩쓸려서는 안 된다는 것이다.

부모가 억울한 모함을 당했고, 자신의 지혜로 누명을 벗길 수 있는 경우라도 간여해서는 안 된다. 정 간여하고 싶다면 비시문과의 인연을 먼저 끊어야 한다.

지혜란 때로는 독이 될 수도 있기에 처한 조처다. 설익은 지혜처럼 위험한 것도 없기에.

한청이 금기를 깨고 독사를 죽이려 달려들었다면 독사는 꼼짝없이 걸려들 수밖에 없었으리라.

혜월과 독사의 관계를 알게 된 마천옥은 방금 전처럼 반가워할 수만 은 없었다.

그런 기미를 알아차렸는지 혜월이 독사에게 걸어갔다.

손을 뻗으면 어깨를 잡을 수 있는 거리까지 아주 가깝게 걸어간 한 청이 웃으며 말했다.

"그때 그 일은 오라버니 잘못이 크다는 것 알아요."

"……."

"요빙이란 기녀의 죽음도 나중에야 알았죠. 상심이 컸겠어요."

"……."

"혼인할 예정이었다죠?"

"그렇소."

"제가 왜 여기 왔는지 알겠어요?"

"모르겠소."

"당신이란 사람이 어떻게 살아가나 지켜보려고요. 솔직히 말하면 당신을 용서할 수 없어요. 아무리 망나니였다고 해도 오라버니는 오라버니니까요."

“…….”

“지켜보려고 왔어요. 살려줄 가치가 있으면 살려줄 것이고, 가치없거나 파락호 때가 조금이라도 묻어나면 죽일 거예요. 살도록 노력하세요. 전 죽이도록 노력할게요.”

한청은 독사의 목숨을 손아귀에 쥐고 있는 듯 나직하게, 속삭이는 소리로 조그맣게 이야기했다.

“오면서 이야기를 듣기는 했는데, 몽환소의 독성이 지독하군요. 사형, 불편한 데는 없어요?”

한청은 독사와의 담판이 끝난 듯 골인들의 상태에 관심을 보였다.

“대형, 구원(舊怨)은 묵을수록 커집니다. 지금 보내겠습니다. 오공사수에게 청해서 다시 한 번 사천으로 나가야겠습니다. 소법자는 또 있습니다.”

“있게 하세요.”

“대형, 혜월의 병법을 가볍게 보시는 거라면…….”

“후후! 영은촌 터가 사나운 모양입니다. 나만 봐도 얌전히 훈장이나 하고 있어야 옳은데 싸움 한복판에 서 있고, 혜월은 여인의 몸으로 이런 곳까지 따라와야 했고.”

“대형, 지금 농담하실 때가…….”

“빚이 있죠. 혜월의 친혈육을 죽인 빚. 구원은 묵을수록 커진다고 했으니 풀려면 빨리 풀어야겠지. 지켜보려고 왔다니 지켜보게 놔둬요. 난 한 소저의 마음을 알 것 같습니다.”

“…….”

“죽일 수 있는 사람을 놓아주었다는 죄책감. 오라버니의 복수를 하지 않았다는…… 못한 것이 아니라 하지 않았다는 죄책감. 그냥 떨쳐 버릴 수 없었을 겁니다.”

“그렇기에 지금 보내시라는 것 아닙니까.”

“…….”

“그런 죄책감을 가지고도 단지 지켜보기 위해 왔다고 말한 것은…… 혜월은 다른 식의 복수를 원합니다. 한림은 무식한 파락호 손에 죽은 것이 아니라 천하제일인의 손에 죽은 것이라고. 그렇게 만들려는 겁니다. 주공이 천하제일인이 되면 살수를 거두겠지만, 되지 못하면 중도에서 죽음의 음모가 펼쳐질 겁니다. 대형도 빠져나갈 수 없는. 당분간은 도움이 되겠지만 언젠가는 목에 걸린 가시가 될 겁니다.”

“후후! 나란 놈은 어차피 절대무를 익혀야 할 운명이었나 봅니다.”

“…….”

“지금 나에게는 일지, 이지, 삼지. 세 사람의 힘이 필요해요. 가능하다면 사지, 오지, 육지도 있었으면 합니다. 무공도 필요하지만 당장 이곳을 벗어나기 위해서는 꾀주머니가 절실히 필요해요. 알겠습니까? 설혹 마음속에 비수를 숨긴 사람이라도.”

“…….”

마천옥은 말을 하지 못했다.

第四十五章

내일을 위해

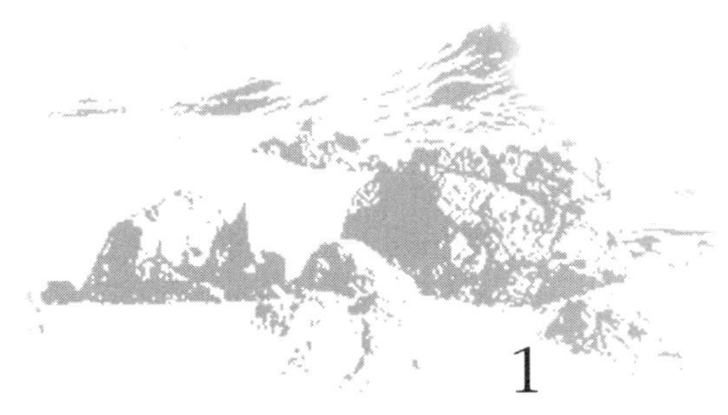

당문에서는 십 년을 주기로 당문십비와 당문십독을 선출한다.

이들 스무 명에게는 이름이나 직책 이외에 특별한 호칭이 주어진다. 당문십독과 당문십비라는 당문도 전원이 인정한 특별한 별호가 그것이다.

당문십독은 당문 내에서 의독에 가장 정통한 열 명을 말함이고, 당문십비는 암기술에서 일가를 이뤘다고 자부해도 좋을 사람들이다.

이들 중에는 의독(醫毒)과 암기술 양쪽에서 탁월한 두각을 나타낸 사람도 나올 수 있다. 당문십독과 당문십비 어느 쪽이든 설 수 있는 사람. 그런 경우에는 본인의 의사에 따라 선택하게 만든다.

그렇게 해서 탄생한 절대 인원은 각 열 명씩 스무 명.

당문에서는 이들 스무 명을 통칭하여 호당무인(護唐武人)이라고 부른다. 당문의 미래가, 발전이, 위상이 이들 스무 명의 손에 달려 있다는 뜻이다.

당문십독에 포함된 사람들은 의술, 독술의 고하에 상관없이 전부 당문십독이라는 공동별호를 사용한다. 당문십비도 마찬가지다. 당문십비 아무개 하는 식이지, 특별하게 서열을 가리지는 않는다.

당문이 다른 문파와 달리 혈족으로 이루어진 까닭이다.

당문의 서열은 친족 간의 촌수로 규정될 뿐, 사부와 제자라는 관념이 없다. 증조부에게 무공을 전수받으면, 다른 문파에서라면 조부와 같은 배분(輩分)으로 인정받으나 당문에서는 단지 증조부님께 전수받은 것에 불과하다.

당연히 직책이나 직위 또한 촌수를 넘어서지 못한다.

당문십독과 당문십비는 가장 정통한 고수를 가려내는 것이지, 그 속에 포함되었다고 해서 서열이 높아지거나 특별 대우를 받는 것은 아니다.

그럼에도 불구하고 당문십독과 당문십비가 되기 위한 다툼은 치열하다. 당문을 대표하는 고수 스무 명 속에 포함되었다는 영광은 초절정고수의 반열에 들었다는 것을 의미하니까.

당문십비와 당문십독의 서열은 좀처럼 바뀌지 않는다.

십 년을 주기로 선발을 하기는 하지만, 기연이라도 만나지 않는 이상 서열이 바뀌는 경우는 지극히 드물다.

전대 당문십비와 당문십독이 모두 건재하다면, 그리고 그들이 지난 십 년 동안 수련을 게을리 하지 않았다면 선발대회는 있으나 마나 한 재롱잔치에 지나지 않는다.

그럴 때는 절치부심 수련에 몰두한 사람들도 힘이 빠지기 일쑤지만…… 스무 명 중 누구 한 사람이라도 유명을 달리할 경우나, 은거를 할 경우에는 실전을 방불케 하는 대회가 치러진다.

지금까지 자리가 비었음에도 치열하게 치러지지 않은 대회는 딱 한 번뿐이다.

당문십독이 백비를 찾아 나섰다가 전원 행방불명이 되었을 때.

새로운 열 명이 당문십독이라는 명예를 차지하기 위해 지닌 바 재주를 털어놓기 바빴어야 하지만…… 그 대회만은 그렇지 않았다.

공석이 열 개나 되기 때문에 오히려 쉽게 채워졌다.

당문도 모두가 살붙이이고, 눈만 뜨면 마주치는 사람들이라서 어느 정도 실력을 가늠하고 있는 터이다. 경지가 엇비슷하다면 겨뤄보겠지만 차이가 난다면 인정하는 것이 예의다.

한꺼번에 비워진 열 개의 공석은 평소 차기 당문십독이 될 것이라고 인정받던 사람들에게 돌아갔다.

당문삼기는 치열한 대회를 치렀다.

당문십독 중 명예를 내놓고 한가하게 노후를 즐기겠다는 어른이 한 분, 당문십비 중 은거를 선택한 어른이 세 분.

당한과 당옥은 암기 분야에 탁월한 능력을 선보이며 당문십비 중 두 명이 되었다.

당호는 세 자리가 빈 당문십비보다는 한 자리밖에 비어 있지 않은 당문십독을 선택했다. 암기에도 자신있지만 의독술(醫毒術)에서 능력을 평가받고 싶었다. 아버지인 당악이 당문십독이기에 아버지의 뒤를 좇고 싶은 마음도 있었다.

당문십독과 당문십비, 이들 스무 명은 당문의 정화(精華)로 당문의 진산비기를 한 몸에 지닌 사람들인 것이다.

당문삼기 집안은 아버지에 이어 아들 삼 형제가 모두 이십 인 안에 들어가는 쾌거를 이뤘다.

한 집안에서 사내들 모두가 호당무인이 된 경우는 당문 역사 이래로 당악과 당문삼기가 최초였다.

당한, 당옥, 당호는 당문십독, 당문십비라는 특별한 별호 외에 당문삼기라는 별호까지 얻었다.

당문삼기가 힘을 합치면 일문(一門)을 세울 수 있다.

그것만은 당문도 누구도 부인하지 않는다.

그런 사람들인데…… 몽환소에 맥없이 나뒹굴었고, 멸혼촌에서는 사활근맥단의 독효에 쩔쩔매야만 했다. 그것은 그런대로 참을 만하다. 증조부이신 당진도 역시 어쩌지 못한 마단이었으니.

그러나 겨우 암신의 수하에 불과한 오암마에게 세 명이 합공을 하고도 간신히 몸을 추스를 수 있는 지경이었다면 자존심이 상해도 크게 상할 노릇이다.

오암마 전원과 겨룬 것도 아니다. 그들 중 단 한 명과 싸워서 목숨이 경각에 달릴 정도로 치명상을 입었다.

그 싸움은 이겼어도 이긴 것이 아니다. 암신이었다면 나름대로 자존심을 찾겠지만 이건 그나마도 찾지 못하겠다.

깡! 깡깡……!

당문삼기는 연신 쇠를 달궜고, 암기를 만들어냈다.

당한은 수리검(手裏劍) 제작에 몰두했다.

그가 수리검 서른여섯 자루로 펼치는 삼십육(三十六) 수리비망(手裏飛網)은 당문에서도 알아주는 절기다. 당문의 암기술을 모두 체득한 후, 그가 선택한 호신지공(護身之功)이다.

당한이 삼십육 수리비망을 선보였을 때, 문주는 찬사를 아끼지 않으며 말했다.

"당한의 허리에 수리검 서른여섯 자루가 차여 있다면 이 장 안으로 들어설 수 없다."

백비를 찾을 때, 그의 허리에는 서른여섯 자루의 수리검이 차여 있었다. 그러나 몽환소라는 복병에는 삼십육 수리검도 무용지물이 되어버렸다.

이제 그가 다시 수리검을 만들기 시작했다.

손바닥에 꼭 들어갈 작은 암기를 정성 들여서 깎고 다듬었다. 마치 혼이라도 불어넣는 양.

당한이 오직 수리검에 집중하는 반면 당옥은 여러 가지 암기를 차분히 만들어 나갔다.

표창(鏢槍), 표도(鏢刀), 비침(飛針), 비자(飛刺), 비황석(飛蝗石), 철련화(鐵蓮花), 승표(繩鏢), 솔수전(摔手箭), 화장노(花裝弩), 수단(袖蛋)…….

세상에 존재하는 암기는 모두 만들려는 듯 작고 예쁘게 만들어진 암기들을 차곡차곡 쌓았다.

그의 그런 모습을 당한이나 당호는 당연한 듯 받아들였다.

그렇다. 당한과 당옥은 한날한시에 당문십비에 올라섰지만, 암기 수법은 천양지차로 다르다.

당한이 수리검이라는 한 가지 암기에 깊이 파고들었다면, 당옥은 손에 잡히는 것은 무엇이든 암기로 활용할 줄 알아야 진정한 고수라고 주창했다.

"형님처럼 한 가지 암기에만 몰두하는 것도 좋지만…… 그러다가 수리검이 모두 동나 버리면 어쩌려오?"

"떨어지기 전에 승부를 내면 된다. 잡다한 암기를 다루는 것도 좋지만 그러다가 한 가지도 정통하지 못할까 우려되는구나."

"하하! 형님이 수리검을 지니지 않았다고 가정합시다. 나도 암기를 지니지 않았고. 그런 상황에서 우리가 겨룬다면 누가 이길 것 같소."

"너."

"그럼 이야기는 끝났네."

"아니. 끝나지 않았지. 굴욕을 받을지언정 목숨만 부지한다면 내가 이긴다. 일 다경이면 다시 돌아올 테니까. 정작 싸움이 시작된다면 난 항시도 수리검을 놓지 않을 것이고, 네겐 기회가 없다."

"하하하! 호언장담이 너무 큰 것 아니오? 그땐 그때 가봐야 아는 일이고…… 어쨌든 서로 암기를 지니지 않은 상태에서는 내가 이기지 않았소."

두 형제는 늘 다퉜다. 그러나 걱정하지는 않았다.

당한이 수리검에만 매진하는 것은 당연하다. 모든 암기에 정통한 그가 필살비기로 수련하는 것이기에. 또한 수리검을 허리에서 풀어놓는 경우는 보지 못했으니까.

당옥이 만병(萬兵)에 능통하려는 것도 만류할 필요가 없다. 어느 것 하나 정심하지 않은 것이 없으니, 그의 말대로 손에 잡히는 것은 무엇이든…… 그게 나무가 되었든 돌이 되었든 암기로 활용할 수 있다면 그보다 좋은 일이 없으리라.

물론 당한 형제가 말하는 암기 활용 능력이란 당문십비의 무공에 견줄 수 있는 능력을 말한다. 자갈을 수단(袖蛋)처럼 날려 당문십비와 견줄 수 있다면 그야말로 당문십비 최강의 고수이리라.

당옥이 만들어놓은 암기는 사십여 종에 이르렀고, 개수로 치면 얼핏 헤아려도 삼천여 개가 훌쩍 넘었다.

쇠털보다도 가늘어 보이는 세침(細針) 한 무더기만 해도 사, 오백 개는 될 성싶다.

능히 천여 명을 살상하고도 남을 양이다.

그런데도 당옥은 계속 쇠를 녹여 진흙으로 만든 주물 속에 부어댔다. 쇠가 굳어 암기의 형태를 띠게 되면, 밤을 세워가며 갈았다.

암기 한 개를 만드는 것은 검 한 자루를 만드는 것보다 더했으면 더했지 결코 못하지 않은 공력(功力)이 요구된다.

분통(噴筒), 룡타(龍吒), 수노(袖弩)…….

이마에 맺힌 굵은 땀방울이 뚝뚝 흘러내렸다.

오공사수는 독물(毒物)의 반입을 금지시켰다.

수백 가지에 이르는 약재들 중 독성(毒性)이 조금이라도 내포된 약재는 여지없이 삭제당했다.

당문십독의 일인이 된 당호였지만 이런 상황에서는 독분(毒粉)이나 독액(毒液)을 만들어낼 수 없다.

그렇다고 무기력하게 나앉아 있지는 않았다.

독물이란 무엇인가. 자연에서 자생하는 것이지 않은가. 누가 키운다고 해서 키워진 것이 아니다. 천지자연 속에 자라는 것을 인간이 발견하여 활용한 것에 지나지 않는다.

당호는 눈이 뜨기 무섭게 산행을 시작했고, 날이 어두워져 한 치 앞도 분간할 수 없는 야밤이 되어서야 돌아왔다.

그의 광주리는 늘 이름 모를 풀들로 가득했다.

물론 다른 사람들의 관점이다. 당호에게는 눈을 감고도 찾을 수 있는 익숙한 풀들이고, 성분까지 환히 꿰뚫고 있다.

"……."

"……."

당호가 돌아오면 당한과 당옥은 광주리를 살펴봤고, 말없이 돌아가곤 했다.

형제 간의 대화는 그것으로 충분했다. 광주리에 들어 있는 풀이나 뿌리, 나무껍질을 살펴보는 것만으로도 그날 당호의 심정이 어땠는지 헤아릴 수 있다.

당한과 당옥은 당호가 무엇을 찾아 헤매는지 알고 있다.

그놈은 여간해서는 눈에 띄지 않는 놈이다. 하물며 이놈의 산은 어찌 된 것이 깊은 산중임에도 불구하고 이상하다 싶게 약초나 독초가 눈에 띄지 않는다. 악조건은 계속된다. 엄동설한인데도 한 길 넘게 쌓인 눈은 인간의 발길을 거부한다.

설령 독물이 산에 존재한다 해도 날이 풀려 봄이 오기 전까지는 찾기 힘들 것이다.

그래도 당호는 날이 새기 무섭게 광주리를 끼고 초옥을 나선다.

그가 잘 알지도 못하는 산에서 어디를 어떻게 헤맬지는 짐작되고도 남는다.

그는 참나무란 참나무는 죄다 훑고 다닐 것이다. 참나무를 찾아내면 일일이 껍질을 벗겨 형질을 파악할 것이고, 찾는 나무와 비슷한 형질이다 싶으면 설원에서 먹이를 찾는 토끼처럼 눈을 파헤칠 게다. 그리고는 허탈한 심정이 되어 다시 발길을 떼어놓겠지.

참나무가 귀하다면 그의 노고 또한 많이 덜어주겠지만 참나무처럼 흔한 것도 없다.

사천에는 낙엽이 지는 참나무가 여덟 종(種)이 있고, 사시사철 푸른 참나무가 여섯 종(種)이 있다.

당호가 찾는 참나무는 낙엽이 지는 여덟 종이다.

이것들 여덟 종은 한 산에 모두 모여 있는 경우도 있고, 그렇지 않은 경우도 있지만 대체적으로 네 종 이상은 자란다.

개중에는 순수한 종도 있지만 서로 자연 교배를 하여 여러 종의 형질을 띤 잡종 참나무도 많이 찾아볼 수 있다.

당호는 적어도 다섯 종 이상의 형질을 지닌 참나무를 찾는다.

상수리나무, 졸참나무, 갈참나무는 습기가 많은 낮은 곳에서 자란다. 신갈나무, 떡갈나무, 굴참나무는 높은 지대에서 많이 찾아볼 수 있다.

다섯 종 이상의 형질을 지니려면 이들 나무들의 성질을 거의 대부분 지니고 있어야 하기에 낮은 지대부터 높은 지대까지 샅샅이 뒤져야 한다.

찾는 나무가 없을 수도 있다.

실제로 다섯 종 이상의 형질을 지닌 참나무는 홍루(紅樓)에서 처녀를 찾는 것만큼이나 귀하다.

하지만 찾아야 한다. 다섯 종 이상의 형질을 지닌 나무에만 적엽시균(赤葉屍菌)이 붙어 있다.

적엽시균은 갓이 붉은 잎사귀처럼 생겼다고 해서 '적엽', 독성이 시균(屍菌)과 흡사하다 하여 주검 '시' 자가 붙은 독버섯이다.

대체로 버섯은 봄부터 가을까지 발생하지만 적엽시균은 사시사철 죽지 않고 참나무에 붙어서 기생한다. 다른 버섯들은 아무리 많이 피어나도 참나무가 고사(枯死)하는 일이 없지만, 적엽시균이 달라붙은 참나무는 한 달이 채 못 되어 고사하고 만다.

적엽시균을 채취할 수 있는 기간이 한 달도 못 되는 것이다.

당호도 이름도 알지 못하는 산에서 적엽시균을 찾아내는 일은 기연을 만나는 것과 같다는 점을 알지만 포기하지 않았다.

"두 종 이상의 형질을 지닌 나무는 쉽게 찾을 수 있지만 다섯 종 이상 형질이 섞인 나무는 찾을 수 없습니다. 태곳적부터 사람 발길이 전혀 닿지 않은 원시림이나 찾아가면 모를까. 보십시오. 이곳이 어디입니까? 원시림입니다. 마단이나 우리 외에는 사람 발길이 닿지 않았어요. 그런 채로 수백 년의 세월을 보내왔습니다. 이곳이라면 적엽시균이 자랄 가능성이 있습니다."

그의 바람은 무모한 것인지도 모른다.

당문 역사 이래로 적엽시균을 발견해 낸 사람은 딱 한 명. 그것도 삼백 년 전의 일로, 현 당문도는 서적으로만 읽을 수 있었을 뿐이다. 하지만 당문에서는 당시 발견한 적엽시균으로 부균독(腐菌毒)을 만들어 냈으며, 중원칠살(中元七煞)로 불리우던 절대 마두 일곱 명이 대항 한 번 제대로 해보지 못하고 죽었다는 고사(古事)만으로도 효과는 입증된 셈이다.

"오공사수 같은 자를 상대하려면 평범한 독으로는 안 됩니다. 더군다나 저쪽에는 암기의 달인이 있습니다. 꼭 적엽시균을 찾아내야 합니다."

당한이 하루에 한 개씩 열 개의 수리검을 만들었을 때부터 당호는 밤이 되어도 돌아오지 않았다. 긴긴 겨울밤이 지나고 날이 밝아도 그는 오지 않았다. 다시 밤이 되고, 추위가 기승을 부려도 당호의 발걸음

소리는 들리지 않았다.

당한과 당옥은 묵묵히 자신의 일만 했다.

유화신공이 진전을 보이고는 있지만, 덕분에 사활근맥단의 독효는 사라지고 있다.

당문삼기가 지닌 내공은 형편없는 수준이었다.

그런 내공으로 겨울 산을 탄다는 것이 얼마나 위험한 것인지는 잘 알고 있지만, 당호를 믿었다.

그는 먼 곳으로 갔다. 돌아오고 다시 찾아가는 시간조차 아까워 몸 서리쳐지게 차가운 북풍(北風)을 온몸으로 맞고 있는 것이다.

땅! 땅땅! 땅땅땅……!

묵직한 망치질 소리가 고요히 가라앉은 눈 더미를 뒤흔들었다.

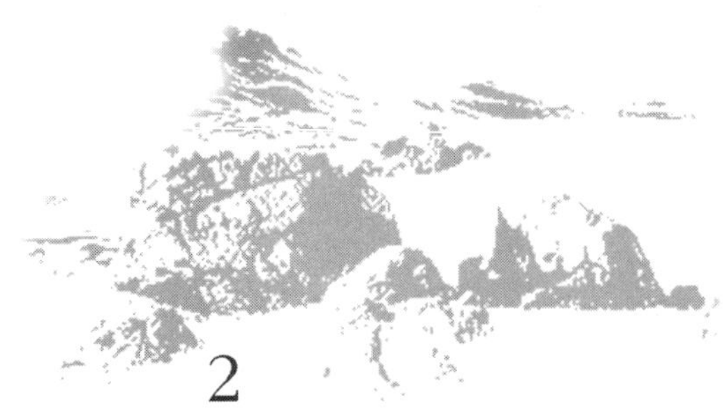

2

마천옥은 혜월과 대물을 등 뒤에 세워놓고 차분히 말을 이었다.

"인원수는 양쪽 모두 비슷하다. 이쪽도 오십여 명, 저쪽도 오십여 명. 무공 차이는 워낙 현격해서 상대가 되지 않는다. 저쪽에서는 십여 명만 나서도 이쪽을 모두 도륙할 수 있다. 이쪽에서는 딱 한 명이 초절정고수로 분류될 수 있고, 서너 명이 간신히 맞상대할 수 있을 정도다. 싸우겠느냐?"

"해볼 만하네요. 호호! 싸움은 사람 수나 무공으로만 하는 게 아니잖아요?"

"무조건 도망가야죠. 싸우긴 뭘 싸워요."

혜월과 대물의 대답은 각기 달랐다.

그들은 연신 주위를 두리번거렸다.

너른 황무지에는 새카맣게 타버린 잿더미밖에 남아 있지 않았다. 그

것조차도 새하얀 눈으로 뒤덮여 버렸다. 군데군데 움푹 파인 웅덩이와
그 위에 수북이 쌓인 눈만이 황무지가 드러낸 정경이었다.

"이 웅덩이는 뭐예요?"

혜월이 물었다.

"사람이 살던 곳이지. 이렇게 웅덩이를 파지 않으면 추위와 더위를
피할 수 없었거든."

"그렇겠네요."

혜월은 별로 놀라지 않았다. 골인들의 모습을 보고, 그리고 몽환소
와 사활근맥단에 대한 이야기를 듣고 이들의 삶을 짐작했던 터이다.

멸혼촌, 그들은 멸혼촌에 와 있는 것이다.

마천옥이 감회에 젖은 눈으로 사방을 둘러보며 말했다.

"저쪽 오십여 명은 저기…… 저기 보이나? 숲 안쪽에 있는 바위 말
야."

"네. 거리가 칠십 장 정도 되는군요."

"정확히 칠십사 장이지. 그들은 저기에 있었어."

"포위당해 있고, 몸을 숨길 곳도 없고, 버틸 수 있는 양식도 없다고
했나요?"

마천옥은 고개를 끄덕이면서 자신도 모르게 부르르 치를 떨었다.

'참 용케도 빠져나왔어. 이만큼 살아남은 것만도 천만다행……'

당시에는 아무것도 아닌 일이었지만 지금 이렇게 당시의 일을 돌이
켜 보니 한 발만 삐끗해도 천 길 낭떠러지로 떨어지고 말았을 위급한
상황이었다.

"싸울 수밖에 없겠네요."

"그것참…… 도망가려면 속깨나 썩겠는데……"

생각의 차이는 명확했다.

"주위를 둘러보고 내일까지 해답을 찾기 바란다. 도주하든 맞서 싸우든 상관없지만, 피해를 최소화하는 쪽으로 방향을 잡아야겠지."

마천옥은 예전 자신의 거처였던 웅덩이로 발길을 돌렸다.

좁은 웅덩이는 사람이 살았던 곳이라고는 믿을 수 없을 정도였다. 전쟁터였다면 몸을 숨기기 위한 참호 정도에 불과한 작은 웅덩이였으니까.

이곳에서 살았다. 악착같이.

손으로 눈을 헤집어내자 시커먼 잿더미가 나왔다.

멸혼촌은 잿더미만 남았다. 모두 활활 타버려 당시의 삶을 조금도 유추해 낼 수 없다.

마천옥은 웅덩이에 누워 하늘을 올려다봤다.

바람을 막을 나무판자 하나 없는 황량한 들판에 불과하지만 마음이 편안했다.

죽은 사람들의 얼굴도 떠올랐다. 당진도, 섭혼살호…….

'비참한 골인들의 삶이었지만…… 괜찮았어.'

잠이 소로록 쏟아졌다.

"이런 곳에서도 사람이 살 수 있나? 어구, 추워. 어찌 음산하기도 하고…… 영 께름칙한 곳이네."

대물의 중얼거림이 어렴풋이 들려왔다.

'사람 살 곳이 아니지. 암…… 사람 살 곳이 아냐. 그래도 우린 살았지. 살 수밖에 없었으니까.'

혜월은 한 가지 해답을 가져왔다.

"증발?"

"네. 그럼 모두 살 수 있어요."

"하하! 포위한 사람들의 무공이 절정에 이르렀다고 말했을 텐데."

"거기에 함정이 있는 거죠. 도주를 택한다면…… 상대의 무공이 절정에 이른 고수라는 점만 염두에 두었을 뿐, 이곳 이점은 생각하지 않은 거예요. 보세요. 사람이 살지 않은 지 오래된 곳인데도 아직 음산한 기운이 넘쳐흘러요. 우리 같은 사람은 하루라도 머물고 싶지 않은 곳이에요."

마천옥은 큰 충격을 받았다.

절대적인 확신에 구멍이 있었다는 것을 확인하는 순간의 충격은 세상의 어떤 충격보다도 큰 것이었다.

혜월이 생긋 웃으며 말을 이어갔다.

"모두 유화신공을 알고 있는 상태이니 사활근맥단의 영향에서는 벗어났다고 할 수 있죠. 최소한 사흘마다 한 번씩 단약을 공급받아야 한다는 금제에서는 벗어난 거예요. 그렇다면 망설일 이유가 없죠. 간단하게 생각하는 거예요. 자기가 살던 곳에서 땅을 조금 더 파고 안에 드러누우면 되는 거예요. 땅속에 묻힌 인간은 기운을 흘려내지 않아요. 살기만 품지 않는다면."

멸혼촌 골인들은 멸혼촌 분위기에 익숙해져 있다.

그들은 멸혼촌이 삭막한지, 음산한지조차 모르고 살았다. 열악한 환경에 적응이 된 것이다. 그렇기에 그런 환경을 당연하게 여겼고, 처음 발길을 들여놓는 사람도 당연하게 받아들이리라 생각했다.

실제로 몽환소에 중독되어 들어온 사람들은 멸혼촌 분위기 따위는 생각도 하지 않았다.

그럴 수밖에 없는 것이…… 무인이 생명이나 다름없는 진기를 잃었
는데 무엇에 신경을 쓰겠는가.

마천옥도 이런 점은 알고 있었다. 하지만 오랜 세월을 두고 조금씩
조금씩 신경을 갉아먹은 습관이라는 괴물은 마천옥 같은 사람의 현명
한 두뇌조차도 무디게 만들었다.

혜월이 못 박듯 말했다.

"사형께서는 최소한의 희생을 말씀하셨지만, 제 최선은 모두의 생존
이에요."

잔가지는 생각할 필요가 없다. 증발을 큰 줄기로 선택했다면 작은
줄기는 거기에 맞추면 된다. 강으로 도주하는 것처럼 위장할 수도 있
고, 산으로 도주한 것처럼 꾸며놓을 수도 있다.

작은 줄기, 즉 어떤 식으로 증발을 모색하느냐는 차후 문제다.

'이것도 좋은 방법이었어. 이것도…….'

자신의 방법이 최선이라고 생각했는데, 이제 와서 생각하니 최선이
아니었다. 혜월의 방법이라면 적어도 절반 이상은 살아남을 수 있었다.

마천옥은 주위를 둘러봤다.

음산한 기운이 흐른다. 빙굴에서 형성된 음한지기(陰寒地氣)가 땅의
맥을 따라 흐르기에 발생한 기운이다. 이만한 기운이라면 땅속에 묻힌
사람들의 생기(生氣)를 죽일 수 있다. 혜월의 말대로 땅속으로 숨어들
어도 될 뻔했다.

현문이 보냈던 고수들 중 가장 강한 고수는 도왕. 하지만 그 역시 이
런 상황에서는 땅속에 숨은 자들을 쉽게 찾아내지 못했을 것 같다.

속일 사람은 한 사람이 더 있다. 만무타배.

마단도 골인들을 죽이려고 했으니 그의 이목도 속여야 하는데, 가능

했을까? 가능하다면 모두가 생존할 수 있고, 불가능하다면 독사가 사투를 벌여야 한다.

물론 결과론이다. 마천옥 자신이 골인들을 빙굴로 몰아넣을 때만 해도 자신 역시 만무타배가 골인들을 몰살시키려 한다는 사실을 몰랐다. 하지만 결과론이기는 해도 혜월의 방법 역시 사용해 볼 만한 가치가 있다. 도왕 무리의 눈만 다른 곳으로 돌릴 수 있다면 만무타배는 독사가 상대할 수도 있을 테니까.

대물도 해답을 가져왔다.

대물의 해답은 처음 말했던 도주가 아니라 결사(決死)였다. 우연히도 혜월과 대물은 처음 말했던 것과는 상반된 해답을 들고 온 것이다.

"저 위에 얼음덩이처럼 찬 동굴이 있습다. 주위 지세도 좋고…… 보아하니 기관인가 뭔가 하는 것도 설치됐던 것 같은데…… 그런 곳이라면 결사를 택할 만합다."

"결국 죽음이군."

"꼭 그렇지만은 않죠. 궁지에 몰렸다고 모두 죽습니까?"

대물은 조그만 가죽 주머니를 내밀었다.

마천옥이 받아서 안을 열어보자 검은 흙이 모습을 드러냈다. 흙에서는 아직도 얼음에 담갔다가 꺼낸 듯 차디찬 감촉이 느껴졌다.

'빙굴에서 가져온 흙이군.'

대물이 말했다.

"그런 흙은 두더지도 팔 수 있죠. 힘들기는 하겠지만 흙을 파 나가다 보면 다른 곳으로 빠져나갈 수 있을 거다. 히히! 이게 내 생각인데…… 잘못 생각했나?"

‘이런!’

마천옥은 혜월에 이어 대물에게도 충격을 받았다.

잘못 생각한 것이 아니다. 이건 충분히 검토해 볼 가치가 있다.

마천옥의 머리 속에 대형의 얼굴이 떠올랐다.

대법자든 소법자든 생각은 다를 수 있어도 비시문의 절학을 이어받았으니 근본은 똑같다고 생각했다. 그렇다면 혜월도 자신이 생각한 것과 비슷한 결론을 내렸어야 한다. 그리고 혜월이 그런 결론을 내린다면 굳이 혜월을 끌어들일 필요도 없다.

대물에 대해서는 더 한심한 생각을 했다.

한낱 파락호 주제에 비시문의 절학을 이어받은 자신과 어깨를 견준다는 것은 있을 수 없다. 아무리 생존 감각이 탁월하다고 해도 치밀한 계산 하에 이루어진 계략과는 견줄 수 없다.

마천옥은 이제야 대형의 판단을 믿게 되었다.

그는 사람을 볼 줄 아는 사람이다. 자신에게 무엇이 필요한지 알고, 보충할 수 있는 사람이다.

혜월과 대물은 확실히 자신이 갖지 못한 것을 갖고 있으며, 서로가 합심하면 최상의 전략을 이끌어낼 수 있다.

“난…… 몇 사람의 생존을 선택했지. 하하! 모두 빙굴로 집어넣었어.”

마천옥은 걸음을 떼어놓으며 지난 일을 사실 그대로 말하기 시작했다.

이제는 당진도가 마련해 준 비처에서 자신들이 처했던 상황을 일러줘야 한다. 이들을 더 이상 시험해 볼 필요는 없다. 하지만 이들이 어떤 식으로 난제를 해결할지 알고 싶었다.

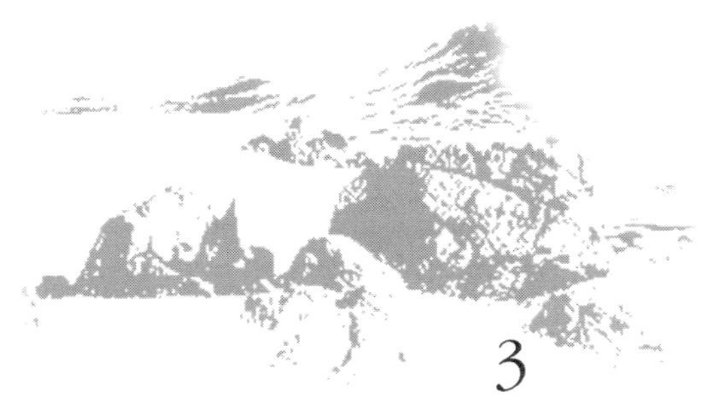

독사 패거리는 서로에게 철저히 무관심했다.

간혹 얼굴을 마주치게 될 경우 가벼운 안부 정도 묻는 것이 고작이었다.

독사 패거리는 싸움의 형태가 변했다는 것을 알고 있다.

멸혼촌과 마단의 싸움은 흔적을 지우느냐 남기느냐의 싸움이었지만, 그리고 그 싸움은 지금도 계속되고 있지만 분명히 형태가 변했다.

삶과 죽음은 차후의 문제가 되어버렸다. 복수나 음모 같은 것도 부수적인 문제로 밀려났다. 협행(俠行)과 악행(惡行)의 문제도 아니다. 마단과 현문, 마단 대 무림은 협행 대 악행의 문제일 수 있을 것이다. 하지만 독사 패거리에게는 적어도 그것은 아니다.

마단과의 싸움은 강요된 무인 대 무인의 결투다.

오공사수는 물자(物資)를 대준다. 독사가 필요하다는 사람들도 들여

보냈다. 무인 대 무인의 결투에서 벗어나는 원수지간의 싸움이 될 만한 요소는 철저히 배제시키면서.

도왕과 섭혼살호가 죽을 때까지는 원수지간의 싸움이었지만, 오공사수와 독사가 싸운 이후로는 싸움의 성격이 일방적으로 변질되었다.

독사 패거리는 독사든 마단이든 어느 한쪽이 절대무를 익히지 않는 한 안전이 보장된다는 것을 알고 있다.

물론 그 안전이란 것 역시 일방적으로 마단에 위임된 불안한 안전이긴 하지만.

여기서는 달리 방법이 없다.

누구든 최강의 무공을 수련해 내야만 한다.

절대무라는 것이 존재한다고는 생각하지 않는다. 절대무라니. 터무니없는 말이다. 무림 역사상 그런 무공을 익힌 사람은 존재하지 않았다. 일시적으로 천하제일인이라는 영광을 얻은 사람은 있지만, 절대는 아니었다.

패배를 생각하지 않는 무인이라니.

독사가 ‘일 년 후 오늘’ 이곳을 벗어난다고 말했지만, 절대무를 익혀서 마단과 싸운다는 뜻은 아니다. 무엇인가 준비하는 게 있을 터이지만, 그때가 되면 무인 대 무인의 싸움에서 다시 원수지간의 싸움으로 성격이 변할 것이다.

방법이 없다. 절대무는 아닐지라도 오공사수와 자신들이 눈으로 본 마단 고수들을 제치고 빠져나갈 수 있는 무공을 수련하는 방법밖에는 없다.

일 년이란 기간 동안 그만한 무공을 수련해 낸다는 것은 불가능하다. 그럴 수 있다면 절대고수가 되지 못할 사람이 없으리라.

독사 패거리는 일성(一成)이라도 무공을 높이는 데 온 신경을 곤두세웠다.

독사는 수하 네 명을 혹독하게 수련시켰다.

쇠스랑, 사팔, 돌주먹, 계두.

그들을 끌어들인 것은 큰 모험이다. 아니, 모험이 아니라 도박이다.

어려서부터 싸움질로 날밤을 새운 그들이지만, 무인의 눈으로 볼 때는 평범한 일반인들이나 그들이나 다를 바 없다.

그들이 무공을 익혀 제 몫을 해내려면 적어도 사오 년은 필요하다. 사오 년 동안 피땀을 흘려가며 수련해도 오공사수에게는 일초지적도 되지 않는다.

대물은 머리를 활용하기 위해 끌어들였지만, 쇠스랑이나 사팔은 아무 도움도 되지 않는다.

그런데도 끌어들였다.

파락호 시절부터 오른팔이나 다름없이 옆에 붙어 다니던 자들. 싸움의 흐름을 읽을 줄 알고, 싸울 줄 아는 자들. 강한 자에게 걸려 무참하게 얻어터져도 의기소침해 주저앉지 않는 철모르는 자들.

독사는 그들을 버릴 수 없었다.

버릴 것이었으면 대물까지 버렸어야 한다. 자신의 이익에 맞춰 필요한 사람만 끌어들이고, 필요없는 사람은 내치는…… 그런 행동은 할 수 없었다.

끈 끊어진 파락호들이 남은 생을 어떻게 보내는지는 많이 보아왔기에 누구보다도 잘 안다.

마음을 고쳐먹은 자는 보통 사람들처럼 평범한 삶을 영위한다. 하지

만 그렇게 되기는 쉽지 않다. 파락호들 대부분은 근력이 약해져 무참
하게 얻어터진 다음에야 파락호 생활을 청산하게 되며, 그 후에도 예전
의 습관을 버리지 못하고 여기저기 술 한 잔 얻어먹기 위해 기웃거리
는 신세가 된다.

독사는 수하들이 그런 처지가 되도록 내버려 둘 수 없었다.

그들과 재회한 첫날, 독사는 단단하게 주의를 주었다.

"대물은 잔머리를 쓰게 될 거야."

"여기서도 그 잔머리가 통합니까? 거 신기한 일이네."

계두가 농담조로 말하며 고개를 갸우뚱 저었다. 아직 자신들이 얼마
나 위험한 일에 끼어들었는지 모르고 있는 것이다.

그럴 수밖에 없는 것이 그들이 보는 산천은 평화롭기만 했다. 그 어
디에도 피가 튀는 혈전의 흔적은 없었다.

"너희를 무시하는 말부터 해야겠다."

"오랜만에 만나서 섭섭한 말부터 하려고 그러오. 딱딱한 이야기는
나중에 합시다."

쇠스랑이 눈을 부라리며 말했다.

눈을 부라리는 모습은 악의가 있다기보다는 그의 습관이다.

독사는 개의치 않고 말을 이어 나갔다.

"여긴…… 무려 백여 명이 넘게 죽어 나간 곳이다. 한 달이란 짧은
시간에."

"……."

싸움패들의 눈가에 긴장이 깃들기 시작했다. 주눅 든 것은 아니고,
독사가 자신들에게 맡길 싸움을 기다리는 눈빛이다. 자신들의 상대가
누구인지도 모른 채.

"그들 중 어느 한 사람도 너희보다 약한 사람이 없다. 가장 약했던 사람이라도 너희 모두를 일수에 죽일 수 있는 사람이었다. 그들은 무인이었으니까."

돌주먹이 무슨 말인가를 하려고 입술을 달싹거리다가 '무인'이라는 소리에 아무 소리도 못하고 말았다.

무인들이란 사람 중에는 멋으로 검을 차고 다니는 사이비도 있지만 대부분은 진짜 무서운 사람들이라는 걸 경험으로 알고 있다. 그들이 마음만 먹는다면 정말 독사 말처럼 일수에 목숨을 취할 수 있다는 것도.

"난 지금 그들 백여 명이 합공을 해도 단 십 초 만에 모두 죽일 수 있는 사람을 상대하려고 한다."

"이게 무슨 일이란감. 내가 잘못 들은 것은 아니겠져."

사팔이 돌주먹을 보며 말했다. 하지만 돌주먹이 고개조차 돌리지 않자 어색한 표정으로 독사를 바라봤다.

그의 표정은 곧 딱딱하게 굳어졌다.

"그래서 대물을 데려왔고, 너희도 데려왔다. 돌아갈 수는 없다. 돌아가고 싶은 마음이 생겼다면 날 원망해라."

"돌아가고 싶은 마음이 생긴 것은 아니지만…… 도대체 무슨 일인지 알고나 죽든지 살든지 합시다."

독사는 말해 주지 않았다. 투지만 일깨워 주면 되는 것이지 사기까지 죽일 필요는 없다. 사기 저하는 곧 의기소침으로 이어지고, 의기소침은 움직일 마음까지 앗아가 버리니까.

"내일부터 난 무공을 전수하려고 한다."

"어쩐지 처음 봤을 때부터 딱 틀이 잡혔더라니까. 대형, 무공을 배운 거유?”

계두는 무공을 배운다는 말에 마냥 신이 나는지 들뜬 표정이다.

“무림문파에 입문하는 자가 무인의 틀을 갖추는 데 걸리는 시간은 거의 사오 년이다. 사오 년 동안 기본공(基本功)만 수련해도 부족하지. 너흰 기본공을 삼 개월 안에 마쳐야 한다.”

“…….”

“돌주먹, 네가 자주 하던 말 다시 해봐라.”

“무슨 말을……?”

“왜 주먹질 배우겠다고 들어오는 놈들에게 해주던 말이 있었잖아.”

“아! 그거요. 호랑이는 새끼를 벼랑에서 굴러 떨어뜨린 다음…….”

돌주먹은 말을 잇지 못했다. 독사가 무슨 말을 하려는지 알아버렸다. 벼랑에서 굴러 떨어뜨린 다음 기어올라 오는 자만 새끼로 거두겠다는 말이다.

돌주먹은 주먹질을 배우겠다는 철부지들에게 이런 말을 했다.

‘낙오자는 똥이나 퍼.’

그리고 실제로 거친 훈련을 이수해 내지 못하는 자는 절대 싸움에 가담시키지 않았다. 밥이나 축내게 내버려 두지도 않았다. 빨래나 시키고, 똥이나 푸게 해서 스스로 떠나게 만들었다.

그것도 물러날 곳이 있을 때나 하는 말이다. 지금처럼 물러날 곳도 없는 처지에서 버림받는다는 것은 죽으라는 말과 같다.

“먼 길을 왔으니 오늘은 푹 쉬어라. 내일부터는 이를 악물어야 할 거야.”

평소에도 체력 관리를 생명으로 여기던 싸움꾼들이다.

술이나 도박, 호색질에 절어 살지만 틈만 나면 근력을 강화시키기 위해 부단히 노력했다. 일 년에 서너 달쯤은 산속에 틀어박혀 나무와 바위를 상대로 권각을 단련하기도 했다.

청성산에 틀어박혀 있으면서도 가만히 있지만은 않았다.

청성파 도인들의 눈에 띄지 않으면서도 근력을 단련할 수 있는 길, 그것은 산으로 쏘다니며 약초를 캐는 일이었다.

산을 타다 보면 자연스럽게 근육이 붙는다. 약초를 캐다가 틈틈이 나무를 상대로 권각을 수련할 수도 있다.

그런 일을 사 년 동안 꾸준히 해왔다.

하지만 독사가 시킨 수련은 견디기 힘들었다.

"헉헉! 대형, 조금만 쉬었다가……."

"뛰엇!"

"제길! 차라리 죽여라, 죽엇!"

네 사내는 입으로는 불평 불만을 쏟아내면서도 꿋꿋하게 독사가 시킨 수련을 견뎌냈다.

오전 내내 한시도 쉬지 못하고 달리기만 했다. 평지도 아니고 눈 덮인 산길을 나는 듯이 달려야 했다.

그들 옆에는 항시 독사가 따라붙었다.

독사가 달리는 속도를 조절했고, 뒤처지는 자가 있을 때는 혹독하리만치 채찍질을 가했다.

영은촌에서도 독사는 항시 고련(苦練)을 같이했다. 어려운 일이 있을 때는 항시 옆에 있어주었다. 힘든 싸움이 있을 때도 독사가 옆에 있기에 견딜 수 있었다.

지금은 견딜 수 없다. 너무 힘겨워 가슴이 터질 것만 같다.

그들 눈에 비친 독사는 영은촌의 독사가 아니라 저승사자였다. 완전히 사람이 바뀌어 남이 되어버린 것처럼, 아니, 뛰게 해서 숨차 죽게 만들려고 작심한 사람처럼 몰아붙였다.

눈이 번쩍 뜨이게 예쁜 여인이 점심이라고 주먹밥을 가져왔어도 한눈을 팔지 못했다. 다른 때 같으면 농담이라도 했으련만, 입에서 단내가 쏟아지고 현기증이 돌아 한마디도 건넬 수 없었다.

"빨리 먹어라. 일 다경(一茶頃) 후에 다시 시작한다."

'대형, 해도해도 너무 하는 것 아니오?'

불만이 목구멍까지 치밀었지만 내뱉지는 못했다. 그럴 기운도 없었다. 그런 말을 하느니 차라리 조금이라도 더 쉬는 것이 낫지.

일 다경…… 무척 짧은 시간이다. 따끈따끈한 밥이지만 입이 깔깔해서 돌덩이를 씹는 기분이었다. 일 다경 동안 네 사내는 주먹밥을 두어 모금 베어 먹었을 뿐이다.

저승사자가 일어서며 말했다.

"견뎌라. 요빙이 죽고 난 다음 난 대화산으로 들어갔다."

"요, 요빙이!"

"요빙이 죽어?"

네 사내의 얼굴이 굳어졌다. 독사가 파락호 생활을 청산하고 훈장을 하겠다고 결심할 만큼 요빙에 대한 사랑이 컸다는 것을 생각해 냈다. 독사보다 한발 앞서서 영은촌을 떠났고, 영은촌에 대한 소식은 일절 듣지 못해 알지 못했지만…… 막연히 모두들 잘 있으리라고 생각했다. 무천문 무인들이 이를 갈고 있지만, 한낱 기녀에 불과한 그녀들을 어쩌지는 않았을 것이라고.

"대화산 무생곡. 지옥 같은 나날이었다. 너희가 하는 수련은 나도 했던 것이다. 너희는 의지할 친구라도 있지만, 난 혼자 했다. 이를 악 물고…… 육신이 쪼개지는 고통을 참으면서.”

“대형, 요빙이 죽은 줄은 몰랐네…… 놈들이 요빙까지 죽일 줄은 정 말 몰랐어.”

돌주먹이 주먹을 불끈 쥐며 일어섰다.

“지금부터 꼬리치기를 한다. 순서는 계두, 쇠스랑, 돌주먹, 사팔 순 이다.”

잠시 요빙의 죽음 소식에 침잠해 있던 네 사내가 어처구니없다는 표 정을 떠올렸다.

꼬리치기는 파락호 시절에 종종 하던 훈련 형태다.

일종의 달리기 시합으로 십 장 거리를 두고 늘어선다. 출발은 동시 에 하며, 뒷사람이 앞 사람을 따라잡으면 꼬리치기를 한 게 된다.

꼬리치기를 당한 사람은 형벌을 받아야 한다. 꼬리치기를 하지 못한 자도 형벌을 당한다.

꼬리치기를 하면 둘 중 어느 한 사람은 형벌을 받게 되는 것이다.

형벌이란 별것 아니다. 사지를 꽁꽁 포박당한 채 나무 위에 매달려 하룻밤만 지새우면 된다.

형벌이 별것 아니기 때문에 조금 재미를 더한다.

여름이라면 몸에 똥물을 뿌려 모기가 달려들게 만든다. 겨울이면 바 지를 벗겨 하체가 꽁꽁 얼어붙게 만든다.

이러니 꼬리치기를 하게 되면 죽기 살기로 달릴 수밖에 없다.

꼬리치기가 두려운 것은 아니다. 문제는 독사가 말해 준 순서다. 네 사내 중 달리기가 가장 느린 사람은 계두, 가장 빠른 사람은 사팔이다.

독사는 쉽게 꼬리치기 할 수 있는 순서대로 나열한 것이다.

일찌감치 포기하고 쉽게 꼬리치기를 당하거나, 정말 혼신의 힘을 다해 도주하거나.

그러나 저승사자의 말은 아직 끝나지 않았다.

"사팔 뒤에는 내가 선다."

하루, 이틀, 사흘, 나흘…… 변변히 먹지도 못하고 잠도 한뎃잠을 자게 되자 네 사내의 눈빛은 점차 생기를 잃어갔다.

처음에는 요빙의 죽음에 충격을 받았는지 그럭저럭 따라왔지만 끝내는 차라리 죽고 싶다는 말을 내뱉을 정도로 무기력해졌다.

독사는 교묘하게 체력을 밀고 당겼다.

네 사내의 체력을 면밀히 살폈고, 죽음 직전에 이르도록 탈진했다 싶으면 잠시 쉬게 해줬다.

쉬는 시간은 숨 몇 번 고르면 끝났다.

하지만 어찌 된 일인지 그만한 쉼으로도 충분히 체력을 회복할 수 있었다. 물론 하루 일과가 끝난 다음에는 파김치가 되어 축 늘어져 버리고 말지만.

그들은 몰랐다. 쉬는 동안에 독사가 그들을 격려해 주느라고 등을 톡톡 두들긴 의미를. 진기를 주입해 주는 것이 아니라 본인들의 내면에 숨은 잠력(潛力)을 건드려서 체력을 급속도로 이끌어 올리는 행동이란 것을.

또 하나, 그들이 모르는 것이 있다.

혀가 깔깔해서 느끼지 못했지만, 그들이 먹는 주먹밥에는 미각을 자극하는 고소한 맛이 섞여 있다.

"체력을 극한까지 끌어올려야 하는데……."

“갈미분(葛黴粉)을 섞을게요.”

“주로 어디에 사용하지?”

“경혈(經穴)을 자극하는 데 써요. 사지가 굳거나 일시적 마비 증세를 일으켰을 때 쓰면 효과가 있어요.”

“죽은 사람도 일으킬 만한 건 없나?”

“저 사람들을 죽이려고 작정한 건 아니죠?”

“아니. 죽이기로 작정했어.”

“그런 농담은 농담이라도 지나쳐…… 진심이군요.”

“…….”

“약재를 살펴봐야 되지만…… 가능하면 검독액(瞼毒液)을 만들게요. 검독액이라면 죽일 수 있을 거예요.”

“어디에 사용하는데?

“혼을 놓았을 때요. 회광반조(回光返照)라고…… 잠시 정신을 돌아오게 할 수 있죠. 다시 한 번 말할게요. 검독액은 일시방편으로 사용하는 것이지 상용(常用)해서는 안 되는 거예요. 상용 시에는 심장 마비가 올 수 있어요.”

“그걸 쓰도록 하지.”

“알았어요. 쓰죠. 하지만 정말 죽일 생각이 아니라면 잘 관찰해야 되요. 검독액이 왜 검독액이냐 하면 몸에 해(害)가 가게 되면 눈꺼풀이 빠져요. 그래서 검독액이에요. 눈꺼풀이 빠지면 늦은 거죠. 그때는 대라신선이 와도 살릴 수 없어요.”

“그전 증상은 뭐지?”

“헛소리를 할 거예요.”

독사와 엽수낭랑의 대화, 그리고 그 대화처럼 주먹밥에 검독액이 섞여 있다는 것은 꿈에도 알지 못했다.

　혹독한 훈련이 보름을 넘어서자, 네 사내의 눈빛에서 독기가 뿜어져
나오기 시작했다.
　다행스럽게도 엽수낭랑이 경고한 검독액의 부작용은 일어나지 않았
다. 극한의 환경에서 처절하게 몸부림치며 버텨낸 정신력이 몸에 쌓인
독기를 밀어낸 것이다.
　이제는 검독액을 복용하지 않아도 한뎃잠을 잘 수 있게 됐다.
　살을 에는 추위 속에서 눈을 맞으며 잠들어도 곤한 잠을 잘 수 있게
되었다.
　네 사내는 말을 잊어갔다. 말을 잊는 만큼 독기는 더욱 깊게 뿌리를
내렸다.
　한 달이 지나자 독사는 다른 수련을 들고 왔다.
　"싸움에서 가장 중요한 것은 평소에 얼마나 수련했느냐 하는 수련
정도다. 두 번째는 머리를 쓰는 것. 같은 경지라면 머리를 쓰는 쪽이
이긴다. 세 번째는 평정심(平靜心)이다. 어떤 상황에서도 평정심을 잃
지 않는 자는 쉽게 당하지 않는다. 네 번째로는 집중이다. 집중할 때
집중할 줄 알면 어떤 상대도 무너뜨릴 수 있다."
　네 사내의 눈빛이 이글거렸다.
　지금 독사가 말한 것은 영은촌 독사 시절 독사가 늘 하던 말이다.
　"지금부터 한 달간은 평정심을 수련한다."
　독사는 네 명의 체력이 일정한 경지에 올랐다고 판단했다.
　그럼 망설일 것도 없이 다음 단계로 들어서야 한다.
　독사는 자신이 대화산에서 수련했던 것처럼 마보(馬步)를 취하게 한

후, 양팔을 큰대 자로 쭉 벌리게 했다. 그리고 양팔과 허벅지에 묵직한 돌 자루를 얹었다.

"움직이지 마라. 아무 생각도 하지 말고 견뎌내겠다는 생각만 해라. 다시 한 번 말하지만 이번 수련은 육체를 단련하는 수련이 아니다. 마음을 단련해야 한다. 육체의 고통마저도 느껴지지 않을 때 진정한 평정심이 생길 것이다."

네 사내에게 독사의 말은 끝이 없는 길처럼 여겨졌다.

육체의 고통을 잊고, 견뎌내야 한다는 마음까지 죽일 수 있을 때…… 마음속에 고요함이 깃들 때…… 그럴 수 있을까. 이렇게 고통스러운데. 지금도 팔을 내리고 싶다는 생각밖에는 들지 않는데.

수련 기간이 두 달을 꽉 채울 무렵, 독사는 반가운 손님을 맞았다.

수하들을 데려온 뒤로는 그들을 수련시키느라 한 번도 만나지 못했던 지천도가 찾아왔다.

지천도는 여전히 골인의 모습을 하고 있지만 발걸음이 무척 날렵해 보였다. 눈에서도 예전에는 볼 수 없던 신광(神光)이 갈무리되어 범상치 않은 고수임을 예감케 했다.

일견하기에도 유화신공의 성취가 상당히 있었음을 알 수 있었다.

"좋아 보입니다."

"허허! 그런가? 이제 조금 괜찮아진 거지."

지천도는 독사 옆에 털썩 주저앉아 양팔에 돌 주머니를 매달고 있는 네 사내를 쳐다봤다.

"외공을 수련시키는 모양이지?"

"그게 지름길이라고 생각했죠."

독사는 네 명을 너무 잘 알고 있다.

한마디로 단순하고 무식하다. 싸움에는 도가 트였지만, 글자 한 줄 읽을 줄 모르는 무식쟁이들이다. 그들에게 경혈이 어떻고, 진기의 흐름이 어떻고 하며 내공을 전수하기에는 무리가 있다.

시간만 충분하다면 내공 전수도 가능하다. 내공 고수들 중에도 글을 모르는 사람은 많다. 일일이 혈도를 설명해 주고, 진기의 흐름까지 짚어준다면 못할 것도 없다. 하지만 짧은 시간에 일정한 수준에 오르게 하기에는 외공이 훨씬 빠르다.

"생각해 둔 무공이라도 있는 겐가?"

"근골과 마음이 가다듬어지면 칠채기문보법과 월사창법을 전수할 생각입니다."

"흠…… 그것도 좋지. 하지만 내공이 뒷받침되지 않고는 큰 위력을 떨칠 수 없을 텐데."

그것도 생각했다. 그래서 극한의 훈련을 시켰다. 야수의 본성을 일깨워 초감각적인 신경 반응으로 내공을 대체하려는 생각에서.

이들이 학문을 조금이라도 알았다면 방위나이를 전수했을 텐데.

우주의 운행이치가 함축되었다고 해도 과언이 아닐 방위나이를 제 이름조차 쓰지 못하는 사람들에게 전수하는 것이 현명한 일일까?

독사는 아니라고 판단했다.

"모두들 자넬 걱정하고 있네."

"……?"

지천도가 찾아왔을 때부터 무엇인가 용건이 있을 것이라고 생각했지만 지금 말은 의외였다.

"자네가 일 년 후에 여길 벗어나겠다고 말하지 않았는가. 그럼 폐관 수련이라도 해야 하거늘, 이렇게 허송세월을 하고 있으니."

그 말이었구나.

그것은 생각하고 있다. 돌주먹, 쇠스랑을 수련시키면서도 나름대로 꾸준히 암혼사를 참오하고 있다. 오공사수와 겨루면서 보았던 새로운 세계도 탐구하고 있다.

일 년 후를 위해 준비할 것은 준비하고 있다.

이들을 수련시키느라 시간을 빼앗기고 있는 것은 사실이지만, 자신이 끌어들였으니 자신이 살려야 한다.

독사가 막 입을 열려고 할 때, 지천도가 먼저 말을 꺼냈다.

"지금은 죽고 없지만 옛 친구 중에 천산파(天山派) 친구가 있었네. 본파(本派)가 아니라 지파(支派)라 한이 쌓인 친구지. 본파에서 떨어져 나와 일가를 세웠지만 세월이 흐르다 보니 절기는 끊기고, 절기가 끊기다 보니 본파에서도 인정받지 못하고……."

골인이다. 무공을 얻고자 백비를 찾은 골인들치고 한이 없는 골인은 없다.

"그 친구가 재미있는 무공을 말해 준 적이 있지. 그 친구 말을 빌리자면 일백일후즉가응용(一百日后即可應用), 박타일년(拍打一年), 대공이성(大功已成)이라고 하더군."

독사의 눈이 번쩍 뜨여졌다.

일백 일이면 응용하여 사용할 수 있고, 일 년이면 성취를 이룰 수 있는 무공.

세상에 속성 무공이 존재한다면 바로 이 무공이다. 그리고 쇠스랑 같은 친구들에게 가장 필요한 무공이기도 하다. 위력 여부는 차후에 따지고, 제대로 된 무공을 익힐 수 있다는 것만으로도 수련할 가치가 있다.

“그 무공이 무엇입니까?”

“분뢰장(分雷掌). 다르게는 용조수(龍爪手)라고도 부르지. 천산파연화보전(天山派蓮花寶典)이라는 비급에 적힌 무공이라네. 약력(藥力)을 빌린 무공이라 엽수낭랑의 도움이 필요할 테고…… 일명중수(一名重手), 우명대력법(又名大力法)이라니 형편없지는 않을 거야.”

“그런 무공을 그분은 왜……?”

“분뢰장은 약력을 빌린 무공인데, 약재의 배합을 알지 못했지. 사용되는 약재는 알고 있는데 배합을 모르니 얼마나 속이 탔겠나. 그 친구가 알고 있는 말은 용하렬삼십미약가백초(用下列三十味藥加白醋) 백염각십근(白鹽各十斤)이라는 말뿐이었지. 흰 소금 열 근에다가 백초에 서른 가지 약재를 가미해 사용한다는 건데…… 그 친구는 골인이 된 다음에도 꾸준히 약재를 연구했지. 도움을 받지 않았다면 연구조차도 못했겠지만.”

도움을 준 사람은 당진도일 게다. 당문 사람으로 의독에 대해 환히 꿰뚫고 있는 사람이 옆에 있으니 시행착오는 반복되었을지언정 결국 약재의 배합을 알아내기는 했을 것이다.

얼마나 원통했을까. 그토록 염원하던 무공을 알아냈는데, 정작 약재가 없어서 수련을 못했다면. 사활근맥단의 약효로 수련할 수 있을지도 의문이지만…… 백비에 들어와 당진도를 만나지 못했다면 알아내지도 못했겠지만…… 원통했을 게다.

“도란후반이철사(搗爛后拌以鐵砂)라고 했네. 육장이 문드러지도록 쇠 모래에 찧어야 되니 상당히 고통스러울 거야. 하지만 아무리 그래도 자네 수련 방법에야 따르겠나. 어떤가? 저 아이들은 내게 맡기고 자넨 자네 공부를 하는 것이."

갑자기 마음이 홀가분해졌다.

가만히 내버려 두었으면 모질게라도 한목숨 이어갈 사람이란 걸 알면서도 괜히 끌어들인 것이 아닌가 싶기도 했는데. 그래서 더욱 혹독하게 몰아쳤는데.

분뢰장을 익혔다고 해도 겨우 일 년 미만의 무공으로 마단 고수를 상대할 수는 없겠지만, 그래도 자신이 껴안고 있는 것보다는 훨씬 낫다.

"그래 주시겠습니까?"

"나도 보고 싶었네. 그 친구가 그토록 원하던 무공이 얼마만한 위력이 있는지. 이제 볼 수 있게 되었구만."

"그 친구 분…… 저도 본 적이 있습니까?"

"아니. 자네가 들어오기 몇 해 전에 출행 나갔다가 돌아오지 못했지. 뛰어난 무공을 알고 있으면서도 고작 삼류무인들에게 죽은 거야. 허허! 내가 분뢰장에 대해서 들은 게…… 그 친구가 출행 나가기 하루 전이었네. 하루. 하루 상관에 그 친구 가문을 천산파에서 떨어져 나오게 만든 절학이 영원히 묻힐 뻔한 게지. 유언이었던 게야. 유언."

지천도는 일어나 엉덩이를 툭툭 털더니 네 사내가 있는 곳으로 걸어갔다.

第四十六章

사행(斜行)

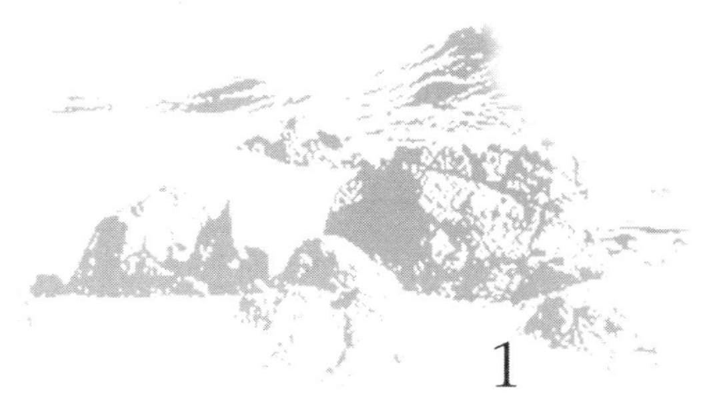

1

사행(斜行)

꽁꽁 얼어붙은 동토에도 봄이 찾아왔다.

눈들이 녹아 작은 시냇물을 이루며 흘러내렸다. 산에서는 새싹이 돋았고, 바람도 훈훈한 미풍(微風)으로 바뀌었다. 새들도 한두 마리씩 모습을 나타내기 시작했다.

산은 지난겨울의 혈겁(血劫)을 잊었다.

강도 무서운 폭발을 잊어버리고 꾸준히 흘렀다. 천장폭은 여전히 거센 물줄기를 쏟아냈다. 피로 물들었던 강변에는 사람 넋을 빼앗는 아름다운 경치만 남았다.

독사 패거리는 단 몇 사람만을 제외하고는 긴긴 겨울 동안 유화신공 수련에만 몰두했다.

유화신공은 흐르는 강과 같은 신공이다.

급하게 넘치지도 않지만, 쉬지도 않는다. 꾸준히…… 수련하는 시간에 비례해서 흐르는 강이다.

효과는 있었다. 영원히 찾지 못할 것 같은 내력이 꿈틀거렸고, 백비를 찾기 전의 내력에는 미치지 못해도 어느 정도 자신의 무공을 전개할 수준에는 이르렀다.

사활근맥단의 영향을 받지 않은 일수일살이나 냉설, 그리고 골인들의 성취에 자극을 받은 귀주사괴까지 유화신공을 수련했지만 서로 간에 성취도를 묻지 않아 얼마만한 경지를 이뤘는지는 알 수 없었다.

유심동의 생존자인 사시와 삼화도 초옥 안에만 칩거해 있지는 않았다. 그녀들의 성취도 사내들 못지않았는지, 봄으로 들어서는 길목에서는 밖에 나와 연무하는 모습을 종종 볼 수 있었다.

탕탕! 탕탕탕……!

당한과 당옥의 망치질 소리는 여전히 울렸다.

그들의 일과는 정확해서 오전에는 유화신공을 수련했고, 오후부터 밤까지는 암기 제작에 몰두했다.

망치질 소리가 들리기 시작하면 미시초(未時初)다. 망치질 소리가 멈추면 해시정(亥時正)이다.

독사 패거리는 자기 수련에 파묻혀 서로를 잊어먹고 있었다.

독사는 산정에 앉아 초록빛으로 물들기 시작한 산을 바라봤다.

노인의 이맛살처럼 주름진 산은 아직 녹지 않은 눈과 새로 돋기 시작한 새싹이 어울려 아름다운 장관을 연출해 냈다.

'모두가 그대로다. 작년에 본 산과 지금 본 산은 모습이 달라졌지만 그대로다. 변하고 있으면서도 변하지 않았다. 나는 변한 것인가, 변하지 않은 것인가.'

독사는 답답했다.

영은촌 수하들을 지천도에게 맡기고 홀로 폐관 수련하다시피 한 나날이 두 달여. 겨울도 지나고 봄이 오고 있건만 도무지 나아가는 기미가 보이지 않았다.

암혼사는 예전 그대로였다. 신법을 펼쳐 봐도 예전 그대로였고, 초식을 수련해도 진전이 없었다.

오공사수와 겨루면서 특이한 경험을 했다.

오공사수의 장법, 권각에는 육신으로 맞받을 수 없는 막강한 진력이 실려 있었을 터인데, 견딜 만했다. 충격이 뼛골을 울리면서도 쓰러지지 않고 버틸 수 있었다.

전 같으면 어림도 없는 소리다.

암혼사의 성취가 이성에 이르렀을 때도 맞으면 아팠다. 큰 충격을 받으면 쓰러졌다. 매에 장사가 없다고 아픈데 견딜 수 있는 사람이 있는가.

오공사수와의 겨룸은 그런 고정관념을 깨뜨렸다.

이상하게도 그 싸움에서는 외부의 충격이 육신에 가해질 때, 암혼사의 진기가 충격을 보듬어 안아 충격을 완화시켜 주었다.

그것을 다시 해보려고 했는데 되지 않는다.

몽둥이로 손목을 내려치면 끊어질 듯이 아프다. 암혼사의 진기가 그때 상황을 재현해 준다면 아프기는 해도 곧 들어 올릴 수 있어야 하는데, 팔을 들어 올리지 못하겠다.

겨울이 지나는 동안 독사 패거리 중 유일하게 진전이 없는 사람은 독사뿐이었다.

'오공사수를 꺾어야 되는데…….'

　마음은 개미굴 속에 들어간 듯 번잡했고, 몸은 사흘 굶은 사람처럼 힘이 없었다.

　오공사수가 말한 절대무가 무엇인지는 모른다. 마단의 주공이라는 자가 어떤 절대무를 익히고 있는지도 모른다. 마단의 주공이라는 자를 본 적도 없는데 어떻게 알 것인가.

　독사는 오공사수가 제안한 절대무 대 절대무의 싸움에 응할 생각이 없었다. 그런 말도 안 되는 싸움을 기다리느라고 평생을 원시림 속에서 갇혀 지낼 생각은 더 더욱 없었다.

　이곳을 벗어날 것이다.

　무림에 나가서 도대체 무엇이 어떻게 돌아가는지 상황도 살펴보고, 얻을 정보가 있으면 얻고…… 그런 연후, 마단을 상대하든 현문을 상대하든 할 것이다.

　그럼에도 마천옥에게 즉각 방법을 생각해 보라고 말하지 않고 일 년이란 기한을 둔 것은, 자신이 거둔 패거리들 때문이다.

　그들은 무림에 나갈 준비가 되어 있지 않다.

　일부는 준비가 되어 있지만 골인 같은 경우에는 전혀 되어 있지 않다. 골인들의 경우에는 무공을 되찾는 것도 중요하지만, 골인의 모습으로 행동할 마음의 준비도 필요하다.

　그 생각이 옳았다.

　골인들은 유화신공에 진전을 보이고 있음에도 예전의 모습을 되찾지 못하고 있다. 지천도의 경우만 살피더라도 내력을 칠성 이상이나 회복했는데도 여전히 뼈만 앙상하게 남아 있다.

　그들은 평생 골인의 모습으로 살아가야 한다.

　무림에 나가서도 자신들을 보고 놀라는 사람들의 모습에 익숙해져야 한다.

또 한 가지가 있다. 마천옥은 좀 더 세밀하고 완벽한 방법을 찾아내야 한다.

기회는 한 번뿐이다. 절대무 대 절대무의 약조가 깨진다면 오공사수도 주공에게서 받은 명령, 골인들을 지상에서 없애라는 명령을 수행할 수밖에 없다.

오공사수가 이유도 묻지 않고 독사가 필요하다는 물자, 사람을 대준 것은 오로지 절대무에 대한 약조 때문이다.

그런 마음을 이용하는 것이 마음에 걸리는가? 그럴 필요 없다고 자위했다. 상대방이 약자에게 일방적으로 내건 조건은 약조가 될 수 없다.

일 년…… 일 년이면 독사 패거리도 어느 정도 준비가 되었을 테고, 마천옥을 비롯한 삼지도 방법을 찾아냈을 것이다.

그때까지 자신은 혹시 부딪칠지도 모를 오공사수와의 싸움에 대비해야 한다.

그런데 그것이 안 된다. 암혼사 구결을 부단히 참오하고, 수련을 반복해도 오공사수와의 싸움에서 느꼈던 진기의 감싸 안음을 느낄 수 없다.

'오공사수를 꺾지 못하는 한 빠져나갈 수 없다. 삼지가 아무리 좋은 방법을 찾아내도 한 명도 부딪치지 않고 빠져나가기란 불가능한 일. 오공사수와 부딪친다고 봐야 하는데…….'

독사의 눈길은 허공을 배회하는 독수리에게 머물렀다.

지난겨울 내내 눈에 띄지 않았는데 날이 풀리니 먹을 것을 찾아 나온 것 같다. 아니다. 겨울 동안에도 놈은 어디선가 먹을 것을 잡아먹었을 텐데, 마음이 어두워 보지 못했을 게다.

놈이 노리는 것은 무엇일까? 쥐일까 토끼일까? 아니면 겨울 한파를 이겨내지 못하고 얼어 죽은 동물의 시신이라도 발견한 것인가.

허공을 맴돌던 독수리가 쏜살같이 내리꽂혔다.

놈은 정말 빠르다. 화살처럼 빠르게 곤두박질치며 목표를 향하고 있다. 그러다가 땅바닥에 퉁기기라도 한 듯 벼락같이 솟구쳐 올랐다.

순간, 독사의 눈이 번쩍 뜨였다.

"저, 저건!"

자신도 모르는 사이에 경악성마저 터져 나왔다.

독사는 불현듯 깨달아지는 바가 있었다. 그것은 암혼사에 적혀 있는 것도, 불범성공이나 기타 그가 익힌 무공 중 어느 구결에도 없는 것이었다.

선의 흐름.

독수리는 먹이를 낚아채기 전과 낚아챈 후의 모습이 완연히 달랐다. 공격할 때의 긴박감과 먹이를 낚아챈 후의 안도감 차이랄까? 독수리가 그런 감정을 가진다면 분명히 그런 차이다.

독사는 다른 눈으로 보았다.

먹이를 잡은 후는 관심을 가질 필요도 없다. 날개를 활짝 펴고 훨훨 날아오르는 일반적인 모습이다. 거기서는 속도감도 긴박감도 느껴지지 않는다.

먹이를 잡을 때의 모습에 유의해야 한다.

독수리는 직선으로 내리꽂히지 않았다. 둥근 원을 그린 것도 아니다. 유선(流線)에 가까운 흐름을 보이면서 다가들었고, 낚아챘다.

왜일까? 땅 위에 있는 동물이라면 최대한 근접할 때까지 먹이가 눈치 채지 못하도록 은밀히 이동한 것이라고 생각할 텐데, 독수리는 하늘에 떠 있는 날짐승이다. 은밀히 이동할 필요가 없는 것이다. 공중에서는 먹이에게 다가갈 때까지 장애가 될 만한 것도 없다. 텅 빈 허공에 무슨 장애가 있으랴.

재빨리 낚아채는 것이 관건이고, 그러자면 가장 빠른 거리를 선택해 가장 빠른 속도로 다가서는 것이 급선무일 텐데……

독사는 독수리가 또다시 나타날 때까지 하늘에서 눈을 떼지 않았다.

독수리의 움직임은 직선이 아니다. 사선도 아니고, 원도 아니며, 포물선도 아니다. 뭐라고 설명할 수는 없지만 묘한 곡선을 그리면서 날아든다.

먹이는 꼼짝하지 못한다. 오히려 직선으로 내리꽂힐 때보다 정확도가 훨씬 뛰어난 것 같다.

정확도 때문에 묘한 곡선을 그리는 것일까?

한 번, 두 번, 세 번…….

독사는 독수리들의 움직임을 예의 관찰하느라 시간이 흐르는 것도 잊어버렸다.

'이건 정확도 문제가 아냐. 빠름이다. 가장 빠른 거리를 나는 거야. 직선보다 빠른 거리.'

독사는 독수리가 날았던 허공을 손으로 그려보았다.

거기에는 놀랍게도 일정한 법칙이 존재했다. 뭐라고 꼬집어 말할 수는 없어도 열이면 열, 백이면 백 모두 한결같은 움직임을 보였다. 그리고 그 움직임은 법칙에서 벗어나지 않았다.

독수리에게 먹이를 잡는 그들만의 법칙이 존재하는 것이다.

누가 가르쳐 줬을 리는 없다. 어미가 나는 것을 보고 본능적으로 배웠을 게다.

'원이 직선보다 빠르다는 것은 있을 수 없어. 거리가 더 긴데 훨씬 빠르다니. 있을 수 없는 일이야.'

상식적으로는 납득이 되지 않는 일이 현실적으로 벌어지고 있다.

독사는 며칠을 더 산정에 머물며 독수리의 움직임을 세세하게 관찰했다. 어떤 놈은 그냥 허공을 배회하는 놈도 있고, 나무에 앉아 있는 놈도 있지만…… 일단 허공을 나는 순간부터 독사의 손은 독수리를 좇아 움직였다.

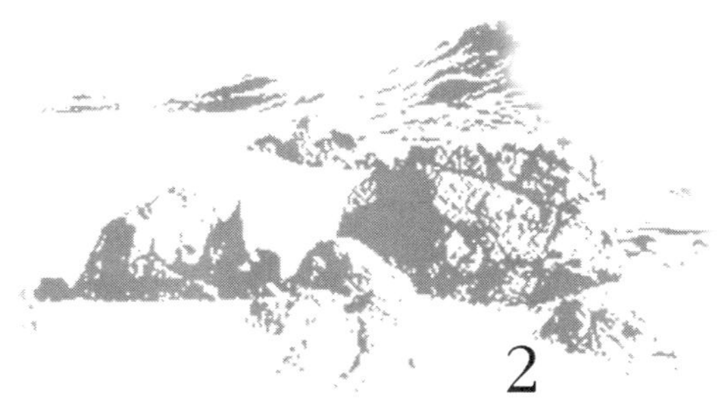

2

독사의 행동은 이상하다 못해 기괴하게까지 보였다.

엽수낭랑이 제일 먼저 독사의 기괴한 행동을 보았지만, 그녀는 아무 소리도 하지 않았다.

두 번째로 독사의 행동을 본 사람은 귀주사괴다. 그들도 고개를 갸우뚱거리기만 할 뿐 별다른 말을 하지 못했다.

"신령, 어때? 느낌이?"

"빌어먹을! 난 느낌으로만 사냐? 왜 밤낮 느낌만 묻고 그래?"

"아, 느낌이 좋아야 저런 모습도 좋게 보이니 묻는 거지. 뭘 그 딴 것 갖고 대뜸 성질부터 돋우나 돋우길."

"거참, 조용히들 해봐. 이거 귀에다가 솜을 틀어막던가 해야지 원."

"이봐, 통음은 난데 네가 왜 귀에 솜을 틀어막나? 넌 코에다 틀어막아야 되는 것 아냐? 코에다 틀어막는다…… 흐흐! 거 볼 만하겠네, 볼 만하겠어."

귀주사괴는 아무리 생각을 굴려봐도 독사가 하는 행동을 이해할 수 없었다.

독사는 진흙으로 커다란 모형을 만들었다.

하나는 칼로 벤 듯 반듯한 사선의 형태를 한 언덕이고, 또 하나는 둥그런 원의 형태를 띠었다. 그 옆에 있는 것은 원보다는 밋밋한 곡선이고, 마지막에 있는 것은 거의 사선에 가까운 원이었다.

독사는 곡선 부분을 불룩한 형태로 만들지 않고 오목한 형태로 만들었다.

높이는 어른 허리춤에 닿았고, 길이도 높이에 맞췄다.

독사는 어린아이 소꿉놀이 같은 장난에 온갖 정성을 기울였다.

사선과 원, 그리고 포물선에는 별반 손이 가지 않았다. 하지만 제일 마지막에 있는 사선에 가까운 곡선은 깎아내기도 하고 덧붙이기도 하면서 있는 정성 없는 정성 모두 기울였다.

잔심마도가 지나가다 이 모습을 보고 귀주사괴 옆에 와 섰다.

"이게 지금 뭐 하는 거야?"

"허! 여기 무식한 사람 또 한 명 왔네. 아, 그걸 알면 벌써 팔 걷어붙이고 나서서 도왔지 이렇게 있겠나. 사람이 생각을 하고 살아야지, 생각을. 그러나저러나 못 본 사이에 얼굴이 반쪽이 됐네그려. 허! 늦바람 나면 빨리 죽는다던데."

통음이 히죽거리며 말했다.

잔심마도는 통음의 말을 귓전으로 흘려버렸다.

결코 악의에서 한 말은 아니다. 통음의 낙천적인 성격이 한시도 입을 가만히 있지 못하게 만드는 거다.

그보다 그는 유화신공 생각에 다른 생각을 할 겨를이 없었다. 만약 독사만 아니었다면 일수일살이 발가벗고 춤을 추고 있다 해도 걸음을 멈추지 않았으리라.

한가장에서 만날 때만 해도 귀주사괴쯤은 안중에도 두지 않았지만, 세상이 얼마나 넓은지 절실히 절감했다.

다행히 기회는 주어졌다.

유화신공, 천고에 한 번 주어질까 말까 한 기연이지 않은가.

절학이라고는 구경조차 할 수 없었던 잔심마도에게 유화신공은 일류고수로 발돋움할 수 있는 발판이었다.

잔심마도는 어느 누구보다도 열심히 유화신공에 몰입했다. 골인들이 내력을 회복해야 한다는 절실함 때문에 유화신공을 수련한다면, 그는 평생 삼류무인들 사이에서만 전전하던 한을 풀기 위해 뼈를 깎는 인내를 감수했다.

두툼하고 살집 좋던 잔심마도는 광대뼈가 드러날 정도로 바짝 말랐다. 지난겨울 동안 고심참담하며 수련에 매달린 증거다.

"저걸로 뭘 하려는 거지?"

잔심마도가 중얼거렸다.

"허! 그 사람…… 우리도 모른다니까."

독사도 귀주사괴와 잔심마도가 나누는 말을 들었을 터인데, 무슨 생각에서인지 들은 척도 하지 않았다.

그는 열심히 소도로 진흙을 깎아냈고, 한참 동안 들여다보기도 하고 손으로 더듬어보기도 했다. 그리고는 또 깎았다.

기어이 사시와 삼화도 나왔다.

그녀들은 독사 패거리와 행동을 함께하면서도 어울리는 일이 없었다. 사내들도 골인으로 한평생 산다는 것이 큰 고통인데, 하물며 여인의 입장에서야.

삶에 대한 희망이 남아 있지 않은 여인들이다.

그녀들은 오로지 자신들을 유심동으로 끌어들인 백비를 부숴 버리겠다는 일념으로 아직까지 버티고 있다. 자신들을 탈출시키기 위해 요지성녀와 부딪친 유심동주의 넋도 목숨을 부지하는 한줄기 끈으로 남아 있다.

그 외에는 모두 무관심의 대상일 수밖에 없다.

그렇지만…… 그런 그녀들도 초옥 앞에서 벌어지는 독사의 기행에는 관심을 갖지 않을 수 없었다.

"허! 귀신도 아니고 사람도 아닌 사람들이 웬 바람이 불어 여기 서 있노. 이크!"

통음이 말을 하다 말고 목을 움츠렸다.

어느새 뽑혀진 골인의 백옥검이 통음의 목에 닿아 있었다.

"뚫린 주둥이라고 함부로 나불거리지 마라."

얼음장처럼 차가운 한성(寒聲)이었다.

그 순간, 통음의 귀가 쫑긋거렸다.

"오! 이건 북풍보다 싸늘하고, 얼음보다 차가운 음성이네. 차가움에도 종류가 많이 있는데, 소저의 음성은 바다도 얼려 버린다는 저 북극의 얼음. 연미심(淵靡沁) 소저구랴."

"네놈이 날 아느냐!"

"호호호! 강호 사람들은 이놈에게 귀 하나는 밝다고 해서 통음이란 별호를 붙여줬지. 그건 그렇고…… 네놈? 이놈의 세상은 무공만 높으면 이렇게 막 나가도 되는 건가? 이제 서른도 되지 않은 계집이 어른에게 네놈이라니? 정말 세상이 이래도 되는 거야?"

통음은 그녀들끼리 속삭이는 소리도 들을 수 있는 귀를 지녔다. 뿐만 아니라 음성만 듣고도 나이를 짐작할 수 있다. 소리로는 그를 속일 사람이 없는 것이다.

통음은 거의 같은 모습을 하고 있는 골인들. 보통 사람들은 나이도, 얼굴도 구분할 수 없는 골인들을 확연히 구분해 냈다. 소리만 듣고서.

삼화 중 일화인 연미심은 독기 서린 눈으로 파르르 떨다가 검을 거뒀다. 어차피 한솥밥을 먹는 사람들…… 게다가 귀주사괴의 기이한 능력에 대해서는 들어서 알고 있는 바이니.

"쯧! 젊은 계집에게 망신이나 당하고…… 네놈은 그놈의 주둥아리 때문에 언젠간 큰코다칠껴."

기어이 신령이 한마디 하고 말았다.

한 시진쯤 지나자 일수일살과 냉설이 왔다. 신검서생과 왕가달도 모습을 드러냈다. 지천도도 왔고, 숙식을 함께하고 있는 마천옥, 대물, 혜월도 왔다. 모두들 모이자 제일 마지막으로 가장 가까이에 있는 엽수 낭랑과 당한, 당옥도 나왔다.

자리에 모이지 않은 사람은 지천도에게 무공 전수를 받는 영은촌 패거리 네 명과 당호뿐이었다.

통음이 그새를 참지 못하고 한 바퀴 돈 것이다. 한마디를 하면서.

"드디어 대형이 돌았나 봐. 이상한 짓을 하네그려."

독사는 모두들 모여 빙 둘러서 있는데도 하던 행동을 멈추지 않았다. 귀가 있어도 듣지 못하고, 눈이 있어도 오직 한 곳밖에 볼 수 없는 듯했다.

그는 다른 모형은 손대지 않았다.

손댈 것도 없었다. 사선은 파리가 앉아도 굴러 떨어질 만큼 매끈했고, 밑으로 축 처진 원이나 포물선도 반질반질했다.

독사가 공을 들이는 것은 제일 마지막에 있는 사선에 가까운 곡선이다.

날이 어두워지자 엽수낭랑이 횃불을 밝혀 왔다.

독사는 엽수낭랑을 힐끗 쳐다보았을 뿐, 곧 다시 사선에 가까운 곡선에 신경을 집중했다.

그렇게 밤이 꼬박 지나고 날이 밝았다.

주위에 모여든 사람들은 독사의 기이한 행동에 두런거리다가 종래는 자신들의 이야기를 주고받으며 밤을 새웠다.

그들이 주고받는 이야기의 대부분은 유화신공을 수련했을 때 몸에 나타나는 징후였다.

여기서는 골인들과 정상인 사람들 사이의 구분이 생길 수밖에 없다. 골인들은 사활근맥단의 약효를 어떻게 밀어내는지, 유화신공이 어떻게 자리 잡는지에 대해서 이야기했다. 정상인 사람들은 자신의 진기와 유화신공의 진기가 어우러지는 과정에 대해서 말들을 주고받았다.

새벽이 가까워올 무렵에는 이야기 소리도 뜸해졌다.

일수일살과 냉설만이 작은 음성으로 쾌검에 대해 무론을 주고받을 뿐, 다른 사람들은 멍하니 독사의 모습을 지켜보았다. 성격이 편한 통음은 아예 잠꼬대까지 하며 코를 골아댔다.

날이 환히 밝아오자 엽수낭랑이 살그머니 일어났다.

오늘은 모두들 함께 모였으니 다 같이 아침이나 같이하기 위해서다. 그동안 같이 있으면서도 생각만 했지 식사 한 번 모두 모여서 한 적이 없다.

독사가 사선에 연검을 대고 살짝 눌러놓은 것 같은 곡선에서 손을 뗀 것은 그때다.

그가 몸을 돌려 사람들을 쳐다봤다.

"부르지 않아도 모두 모이는군."

독사의 입가에 번지는 웃음이 무척 편해 보였다.

"아!"

"이럴 수가!"

모두들 놀랐다. 세상 이치에 대해서 해박한 지식을 담고 있다는 마천옥과 혜월마저도 놀라 벌어진 입을 다물지 못했다.

독사가 귀주사괴를 불러 둥근 진흙덩어리를 굴려보라고 할 때만 해도 무슨 귀신 씨나락 까먹는 장난인가 싶었다.

같은 무게의 둥근 진흙덩어리를 동시에 굴렸을 때 어느 쪽이 가장 빨리 떨어지겠냐고 했을 때도 의아함을 감추지 못했다.

상식적으로는 사선이다. 사선이 제일 높은 곳에서 낮은 곳까지 가장 빨리 굴러 떨어진다. 왜? 물어볼 필요도 없다. 네 가지 모형 중 거리가 제일 짧지 않은가.

그런데 묘하게도 마음은 독사가 제일 마지막으로 다듬던 모형으로 기울어졌다.

독사의 물음에는 숨은 뜻이 담겨져 있다. 독사가 정성을 기울인 모형이니 당연히 뜻이 있을 게다. 그럼 사선보다 거리가 먼데도 더 빨리 떨어진단 말인가.

그랬다. 귀주사괴가 동시에 진흙덩어리를 놓자, 제일 마지막 곡선에서 굴린 진흙덩어리가 찰나의 차이로 제일 먼저 땅에 닿았다. 다음은 사선, 그리고 포물선, 제일 마지막으로 원의 순서다.

원이나 포물선에서는 거리와 속도의 상관관계가 성립되는데, 제일 마지막 곡선에서는 그런 원칙이 무너졌다.

독사가 웃는 얼굴로 말했다.

"이것은 독수리가 먹이를 잡을 때 그리는 선."

독사는 땅에 떨어진 둥근 진흙덩어리를 주워 조그만 나뭇가지를 꽂았다. 그리고 진흙덩어리를 빙글빙글 돌리며 말했다.

"진흙도 돌고 나무도 돌아. 두 바퀴째는 필요없어. 한 바퀴도 필요없고. 완전히 한 바퀴를 돌리면 진흙이나 나무나 둥근 원이 되니까. 반에 반 바퀴만 돌리면……."

독사는 천천히 진흙덩어리를 돌렸다.

진흙덩어리는 원을 그리며 돌았다. 진흙덩어리에 꽂혀 있는 나뭇가지도 원으로 그리며 돌았다.

제자리에서 돌면 둘 다 원이 되었다. 그러나 진흙덩어리를 앞으로 전진시키며 돌리자 두 개의 형태가 바뀌었다. 진흙은 여전히 원을 그리며 도는데, 진흙에 꽂힌 나뭇가지는 일정한 선을 그려냈다.

완만하면서도 부드러운 사선…… 아니, 곡선이다.

"이렇게 앞으로 전진시키며 조금만 돌렸을 때, 진흙은 원을 그리며 도는데, 나무는 사선 형태로 돌아. 아주 밋밋한 사선. 이건 나아가면서 가속이 붙게 되어 있고, 가속 때문에 사선에서보다 거리가 먼데도 더 빨리 떨어지지. 수많은 곡선 중 유일하게 직선보다 빠른 곡선이지."

독사가 말한 사행(斜行)에는 결정점이 있다.

진흙이 구르는 수평선을 기준으로 할 때, 수평선 위에서 나뭇가지가 그리는 곡선은 사선보다 위에 위치한다. 반대로 수평선 밑에서는 사선보다 밑에 위치하며 흐른다.

독사는 할 말을 다 한 듯 휘적휘적 걸어갔다.

사람들은 떠나지 못했다.

"내 검이 이 선을 따라가면 난…… 절대 쾌검을 얻을 수 있어."

일수일살이 중얼거렸다.

"칠십이파검에도 적용할 수 있을 것 같은데. 그럼 정말 무적이 될 거야. 방위나이에 칠십이파검. 그리고 기이한 사선이라. 독수리가 먹이를 잡을 때 그리는 선이라고? 후후! 대형답군."

"문제는…… 내 검이 이런 선을 따라갈 수 있느냐지. 찰나에 불과한 검초가 형(形)을 따라가자면 더 느려질 수도…….'

"후후후! 해내나 못해내느냐도 능력 아니겠어? 보아하니 대형은 이미 적용시키고 있는 듯한데 말야."

냉설과 일수일살이 그런 말을 주고받는 동안에도 다른 사람들은 입을 열지 못했다.

그나마 그들은 쾌검이라도 지니고 있으니 그런 말을 할 수 있는 것이다.

일수일살의 말대로 얼마나 난해한 일인가. 무공에 접목시킨다? 말은 쉽다. 하지만 그동안 주먹을 쭉 뻗어내는 것이 몸에 붙어버렸는데, 기이한 사선 형태로 뻗어내야 한다면…… 그게 가능한 일인가. 정말 이런 사행(斜行)으로 주먹을 쳐내도 직선으로 뻗어낸 것보다 빠를까?

가능하다면…… 그리고 정말 눈앞에서 시연한 것처럼 더 빨리 목표물에 적중할 수 있다면 무공이 진일보하는 것은 확실하다.

'이건 불가능해. 그림의 떡이야.'

모두 같은 생각이었다.

멍하니 쳐다보고 있던 사람들 중에 제일 먼저 잔심마도가 발길을 돌렸다.

그는 생각했다.

'꼭 얻고 말겠어. 이것만 얻으면…… 난 초일류고수가 될 수 있어. 은혜를 입는군, 대형께. 유화신공에 쾌공(快功)까지. 은혜에 보답하는 길은 전수해 준 것을 완벽하게 소화해 내는 것뿐.'

사시와 삼화는 서로를 쳐다봤다.

그녀들은 무언중에 서로 말을 주고받았다.

'이것만 몸에 붙이면…….'

'그래요, 언니. 이것만 몸에 붙이면 지금보다 배는 빨라질 수 있어요. 마단 고수도 상대할 수 있을 거구요.'

'해보자.'

'해봐요. 할 수 있으니까 가르쳐 준 것 아니겠어요.'

서서히…… 아주 서서히 불꽃이 피어나기 시작했다.

3

사행(斜行)

당호가 모습을 드러낸 것은 여름이 들어서고도 한참이나 지나 폭염
이 기승을 부릴 무렵이었다.

"고생 많으셨네요."

엽수낭랑은 간단한 말로 만언(萬言)을 대신했다.

당호는 거지 중에 상거지가 되어서 돌아왔다. 어떤 상황에서도 늘
깔끔하게 다듬던 머리는 산발해 있고, 윤기마저 없어서 귀신이 따로 없
었다. 사흘에 한 번씩은 빨아 입던 의복도 얼마나 빨지 않았는지 검은
땟물이 자르르 흘렀다.

"음경지의는 성질 좀 죽였니?"

"아직요. 쉽지 않네요. 적엽시균은요? 구하셨어요?"

당호는 고갯짓으로 등에 메고 있던 봇짐을 가리켰다.

"있다고 하지 않았니."

엽수낭랑은 옅게 웃었다.

붉은 입술 사이로 하얀 이빨이 살포시 드러났다.

근 반 년 만에 만나는 사람들치고는 밋밋한 대화. 하지만 표정에 담겨 나오는 수만 마디의 말들은 서로의 안위에 대해서 확인하고 또 했다.

"대형은 아직도?"

"네."

"절대무인가 하는 무공?"

"아닌 것 같아요."

독사는 그때의 곡선 사건 이후로도 기행을 계속했다.

그의 수련은 도무지 종잡을 수가 없었다. 어떤 때는 바람을 음미하는 듯 부드러운 미풍에 손을 살랑거리기도 했고, 비가 오는 날에는 빗방울을 잡으려는 듯 움켜잡는 모습을 취해 보이기도 했다.

처음에는 또 무엇이 있나 싶어서 모두들 촉각을 곤두세웠지만 이제는 만성이 되어서 보고도 지나쳐 버리는 수련이다.

"하하하! 네가 그런 말을 할 때도 다 있구나. 형님들은?"

"안에 계세요. 들어가요."

안에서는 어느 틈엔가 망치질 소리가 그쳐 있었다.

당문삼기와 엽수낭랑이 오랜만에 자리를 같이했다.

당문삼기가 있을 적에는 엽수낭랑이, 엽수낭랑이 있을 적에는 당호가 자리를 비웠는데, 오늘은 당문 혈족이 모두 한자리에 모였다.

당호는 봇짐 속에서 조심스럽게 버섯 하나를 꺼냈다.

갓은 붉은색이고, 모양은 잎사귀 형태를 띠어서 '적엽 이라는 말이 딱 어울리는 버섯이었다.

"이놈을 구하느라고 돌아다니지 않은 곳이 없습니다."

"수고했어."

"형님은 수리검을 다 만드셨습니까?"

"몇 달 전에. 아무리 감각이 둔해졌어도 그렇지 그런 것을 지금까지 끌면 체면이 안 서지."

"그렇죠?"

"그렇지. 하하!"

당한이 호쾌하게 웃었다.

당한의 수리검은 특성이 있다. 일반적으로 시중에서 구할 수 있는 수리검보다 두께도 얇고, 무게도 절반쯤 덜 나간다. 던질 때는 검지와 중지, 중지와 약지 사이에 끼우고 던지는 것이 일반적이나, 그는 손바닥으로 감싸서 던진다.

당한은 오래전부터 자신이 손수 만든 수리검을 사용해 왔고, 특별한 공을 기울였다. 인명을 해치는 병기인데, 누구의 목숨을 취할지 모르는 병기인데, 할 수 있는 조그만 정성은 기울여 줘야 한다는 것이 그의 지론이었다.

당한의 허리에는 서른여섯 자루의 수리검이 채워져 있다.

당호는 여우 가죽으로 만든 검대(劍帶)에 주목했다.

"그 검대는 형님 솜씨가 아닌데요?"

"하하! 금방 들킬 줄 알았지. 사실 이건 영아가 만들어준 거야."

"솜씨가 꼼꼼해서 영아가 만든 줄 짐작했습니다."

"알면서 묻기는…… 사람 무안하게."

"형님, 망치질 소리가 계속 들리던데, 지금 만드시는 것은?"

"병기들을 다시 만들고 있지. 이곳 사람들은 모두들 특성이 있어. 일수일살 같은 경우에는 될 수 있는 한 가벼운 검이 좋겠지. 검 중에 가장 가벼운 검은 연검이나 연검을 사용하지 않으니 두께를 줄이면서도 강도가 강한 검이 필요하겠지."

역시 당한은 할 일을 찾아서 할 줄 아는 사람이다.

당문에 있을 적에도 그랬다. 그는 한시도 쉬는 법이 없었다. 무공 수련을 하지 않으면 대장간에 있었고, 대장간에서도 찾을 수 없을 때는 외의원(外醫院)에 가면 틀림없이 환자를 진맥하고 있는 그의 모습을 볼 수 있었다.

당옥에 대해서는 물어볼 필요도 없었다.

방 안 가득히 널려 있는 온갖 암기들이 전부 그의 손에서 탄생했다.

수레가 있어야 전부 싣고 갈 수 있는 엄청난 양이다.

당옥은 이 많은 암기를 전부 사용할 욕심에서 만든 것일까? 사용할 수나 있는가?

사용할 수 있다. 그는 자신이 만들고자 하는 암기를 모두 만든 다음에는 자신의 손으로 끌 수 있는 손수레를 만들 것이다. 그리고 손수레를 끌고 다니며 세상을 온통 암기 천지로 만들리라.

밖에 손수레가 없다는 것은 아직 당옥 자신이 원하는 만큼 암기를 만들지 못했다는 것을 의미한다.

"모두들 바쁘셨다니 다행입니다."

"우리보다 더 바쁜 사람이 있지. 영아는 자리에 앉아 있을 시간도 없어. 하하! 정말 체면이 안 서지. 영아에게 힘든 일을 모두 맡겨놓고 나 몰라라 하고 있으니."

당호는 한구석에 다소곳이 앉아 차를 홀짝이고 있는 엽수낭랑에게 눈길을 주었다.

오공사수가 물자를 대주고 있지만 마시는 차까지 조달해 달라고 할 수는 없는 노릇이다. 생존에 필요한 물건을 조달받는 것으로도 염치가 없지 않은가. 적의 손을 빌려 삶을 영위하다니.

엽수낭랑은 산이라면 어디에나 지천에 널려 있는 소나무 잎을 따 말려 차로 만들었다.

이른 봄에 새순이 돋는 잎만을 골라서 딴 것이라 싱싱한 맛이 고스란히 우러나왔다.

'피는 속이지 못하는 모양이구나. 너 역시 당문의 피를 이어받았으니 한시도 몸을 가만히 내버려 두지 못하는 게지. 혼자 몸으로 이 많은 사람들의 뒤치다꺼리를 해내다니. 생전 해보지도 않은 일을……'

당호의 안쓰러운 눈빛과는 달리 엽수낭랑은 할 일을 하고 있는 것이라는 듯 담담한 표정이었다.

그런데…… 당호는 문득 콧속을 간질이는 향긋한 내음을 맡고 코를 씰룩거렸다.

"탕약을…… 다립니까?"

"하하! 그것도 저 애 몫이지. 아까 말했잖은가, 눈코 뜰 새 없이 바쁘다고."

"음……! 이 냄새는…… 천초근(茜草根), 석창포(石菖蒲), 자연동(自然銅)…… 창목이(蒼木耳)도 들어갔고……."

당호는 냄새만으로 탕약의 재료를 알아맞혔다.

그가 거론한 약재명은 무려 서른여섯 가지나 되었다.

"이건 처음 보는 처방인데……?"

"약력(藥力)에 쓰는 처방이에요."

엽수낭랑이 입을 뗐다.

"약력? 누가 무공을 수련하는 데 약력까지 사용해?"

당호의 얼굴이 금방 싸늘하게 굳어졌다.

정도를 밟지 않고 사도나 마도의 길로 무공을 수련하는 자들, 또한 노력을 기울이지 않고 감이 떨어지기를 기다리듯 속성무공을 연성하려는 자들을 가장 경멸한다. 당문은 이들을 위해 어떠한 노력도 기울여서는 안 된다. 털끝만치도 힘을 빌려줘서는 안 된다.

지금은 너무 멀리 있지만 영원히 잊어버려서는 안 될 당문 계율이었다.

그런데 당문도, 더군다나 엽수낭랑이 직접 약력을 이용하려는 자를 위해 탕약을 달이고 있다니.

엽수낭랑이 흔들림없는 표정으로 말했다.

"영은촌 독사 패거리요. 그 사람들이 무공을 수련해요."

더욱 기가 막혔다. 세상에! 할 일이 있고 하지 않을 일이 있지. 싸움질로 잔뼈가 굵은 자들에게 이제 와서 무공을 수련시킨다고 경지에 이를 수 있다고 생각하는가. 아무리 약력을 사용한다고 해도, 일 년이란 짧은 시간 안에?

"지금 달이는 것은 손을 단련하는 데 사용하는 서른여섯 가지 약물이에요. 지천도 어른께서는 서른 가지를 말씀하셨는데, 제가 여섯 가지를 더 추가했죠."

"철사장(鐵砂掌)과 같은 종류인가?"

"그것보다 더한 것 같아요. 지금 지천도 어른께서 전수하는 무공은 분뢰장이라고 하는데 연공 전에 외장비방(外壯秘方)이라는 열여섯 가지로 만든 단환을 복용해요. 그리고 연공 후에도 내장신효타호단비방(內

壯神效打虎丹秘方)이라는 단환을 복용하구요. 약재가 열아홉 가지 들어가요."

"외공이군."

"천산파 일맥이라는 말을 들었어요."

당호는 더 인상을 찡그릴 수도 없었다. 무공을 수련하는 사람이 무인도 아니고 파락호들이라면 극약 처방이 필요했을 터이다. 또한 천산파라면 대문파로 중원과는 교류가 뜸하지만 사파(邪派)로 분류되지는 않는다.

"이래저래 네가 고생이 많구나."

결국 이 말밖에 달리 할 말이 없었다.

당호는 돌아오는 날부터 부시균 제련에 들어갔다.

적엽시균은 햇볕이 닿는 순간 썩어버리므로 음지에서 말리는 것이 중요하다. 또한 적엽시균은 독물을 끌어들이는 야릇한 향을 뿜어내므로 밤낮으로 지키고 섰어야 한다. 조금이라도 방심을 하면 이끌려 온 독물이 적엽시균을 먹어버릴 것이고, 당호는 극독에 중독되어 꿈틀거리는 독물밖에는 건지지 못한다.

"그때는 한겨울이라 그렇다 치고, 지금이라면 다른 독도 구할 수 있는데 왜 그렇게 부시균에 집착하는가? 오공사수 때문인가?"

"잊으셨군요."

"뭘……?"

"강변에서 싸울 때, 우리는 강으로 도주하지 못했습니다. 강으로 뛰어들기만 했어도 도왕이나 섭혼살호가 죽지는 않았을 겁니다. 잘하면 빠져나갔을 수도 있고."

"후후! 알고 있었군. 자넨 내가 수리검을 만든 게 오공사수 때문이라고 생각하나?"

"그럼 형님도?"

"둘째도 마찬가지지. 우린 오공사수 상대가 안 돼. 비참하지만 인정할 것은 인정해야지. 우리가 상대할 자는 두 무리. 오수창으로 내 뱃가죽을 찢어놓은 자의 사부. 그리고 강물 속에 숨어 있던 무리. 그들을 상대하는 데 최선을 다할 생각이었지."

"저도 그렇습니다. 그들을 상대하기 위해서는 부시균이 아니면 안 된다고."

"그렇군. 하하하!"

"하하하!"

적엽시균은 참으로 제런이 까다롭다. 놈은 말라가면서 산산이 부서져 바람에 흩날린다. 가만히 내버려 두면 흔적조차 없이 허공 중에 비산하고 만다.

당호는 가죽 주머니로 적엽시균을 감쌌다가 살며시 바람을 쐬어주곤 했다. 적엽시균의 가루를 손에 묻히거나 들이킨다면 당장 중독되고 만다.

그 일을 적엽시균이 완전히 말라 한 줌 고운 가루로 변할 때까지 끊임없이 해줘야 한다.

당한과 당호는 크게 웃지도 못했다.

엽수낭랑은 두 장의 인피(人皮)를 놓고 고민했다.

한 장은 골인의 인피이며, 또 한 장은 마단 고수의 인피다.

하나는 먹물을 칠해놓은 듯 새카맣고, 다른 하나는 보통 사람의 가

죽이다.

색깔로 보면 전혀 다른 가죽이지만 두 가죽 간에는 공통점이 있다.

썩지 않는다는 것.

엽수낭랑은 탁자 위에 올려놓고 근 한 달간을 지켜보았지만 두 인피에는 벌레조차 달려들지 않았다.

분명히 정상은 아니었다.

공기 중에 노출되어 있으니 하다못해 구더기라도 꼬여야 하는데.

생각 같아서는 새로운 것을 접했을 때, 당문에서 하던 것처럼 즙액에도 담가보고, 태워도 보고, 물에 불려도 보고 싶지만 함부로 손댈 수가 없었다.

인피는 겨우 손바닥 크기 정도밖에 되지 않는다.

또 구할 수도 없다.

이렇게 적은 양을 주면서 왜 썩지 않는지 알아보라고 시킨 독사가 야속하기만 하다.

이걸 주면서 독사는 얄밉게 말했다.

"골인들은 썩어, 빙굴에서 봤듯이. 땅에 묻으면 썩기 때문에 빙굴에 안치한 거야. 하지만 이 골인은 썩지 않았어. 목내이(木乃伊)처럼 바짝 말라 있었지. 그렇다고 회를 두껍게 바른 것도 아냐. 회를 발라놓기는 했지만 벌레가 꼬이려면 얼마든지 꼬일 수 있다. 이게 이 골인을 본 모든 사람의 공통된 생각이었어."

"제가 따라갈 걸 그랬군요."

"이건 더 기가 막히지. 검으로 베어도 베어지지 않아."

"그런데 어떻게 베어왔어요?"

"죽은 다음에는 베어지더군. 진기 운용과 밀접한 관계가 있을 것 같

다는 생각은 드는데…… 그래도 검에 베이지 않는 살갗이라…… 흥미
가 돋더군. 죽은 다음에 베어봤는데, 베어졌어.”

“썩지는 않구요.”

“썩지는 않고.”

“이걸 어떻게 하라구요?”

“알아봐 줄 수 없을까? 왜 썩지 않는지.”

“여긴 아무것도 없어요. 그리고 이렇게 적은 양으로는…… 난감하
군요.”

“…….”

“난감하다구요.”

“…….”

“알았어요. 알아볼게요.”

알았다고는 했는데, 도무지 알 길이 없다.

이 인피는 당문으로 가져가야 한다. 당문에 가져가서 당문십독을 모
두 모아놓고 다 같이 숙의해야 한다. 한 사람의 지식으로는 도저히 파
헤칠 수 없다.

그러나 여건이 그렇지 못하니.

아니다. 그건 잘못된 생각이다. 인피를 당문으로 가져간다면 자신은
빠지고 당문십독에게 맡기는 결과가 되고 만다.

자신은…… 자신은 빠져야 한다.

엽수낭랑은 당문에서 태어났으나 여인의 몸이기에 당문의 의독술을
수련하지 못했다. 그녀가 지닌 의독술은 당문십독과 버금갈 정도로 정
통하고, 당문십독도 인정하는 바이지만 당문에서 체계있게 배운 것은
아니다.

여인으로 태어나 가문의 비기조차 수련할 수 없었던 비운.

그녀는 좌절하지 않았다. 그녀가 당문에서 배운 것은 곁눈질로 익힌 의독술뿐이지만, 거기에 안주하지 않았다. 지독하게 파고들었다. 자신의 몸에 직접 시침(施鍼)하기도 하고, 세상을 떠돌며 돈이 없어서 약 한 첩 못 쓰는 사람들을 치료해 가며 익히고 다듬었다.

당문 사람들은 천상 문주의 피를 타고났다고 한다.

'사내로 태어났으면……' 하고 한탄하는 소리도 들었다. 딱 한 번이지만 술에 잔뜩 취한 아버지가 얼굴을 쓰다듬으며 한 말이다.

그런 노력의 결과로 그녀의 몸에는 당문십독에 버금가는 의술과 독술이 함축되어 있다. 여인의 몸이었기에 당문십독 선출에 참가하지 못했지만, 참가했다면 당호와 더불어 당당하게 당문십독으로 선정되었으리라.

천하의 의술을 집대성한 당문에서 태어났지만, 그녀가 익힌 의독술은 스스로 터득한 그녀 혼자만의 의독술이다.

당문 사람들 말대로 문주의 피를 타고 태어났기에 가능했는지도 모르겠다. 그러나 분명한 것은 당문에 널려 있는 많은 의서들, 많은 약들, 그리고 친인척의 해박한 조언이 없었다면 결코 이룰 수 없었다는 것이다.

엽수낭랑의 의독술은 당문 것과는 다르다.

맥을 같이하는 것은 사실이지만, 시침을 하는 것도, 약재를 가감하는 것도 확연히 다르다.

그런 연유로 엽수낭랑이 음경지의에 몰두하고 있다는 것을 알면서도 당문삼기 누구 한 사람 팔 벗고 나서서 도와줄 수가 없는 게다. 엽수낭랑과 당문의 의술은 서로 성격을 달리하기에 오히려 혼선만 부추

길 우려가 있기 때문에.

인피도 마찬가지다. 자신이 해결해 내거나 당문에 맡기거나 둘 중 하나를 선택해야 한다.

'이걸 어디서부터 어떻게 시작하나…….'

새삼 독사가 얄미웠다. 그리고 자신에게 이토록 어려운 일을 맡겨준 독사가 고마웠다.

第四十七章

기지개를 켜려는데

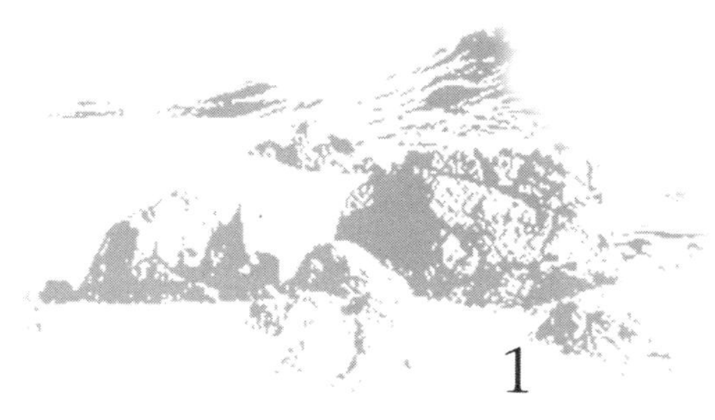

"완공(緩功)······."

오공사수는 지네 한 마리를 손바닥 위에 올려놓고 꿈지럭거리는 모습을 보며 신음을 토해냈다.

"독사가 완공을 수련하고 있다는 말인가요?"

요지성녀가 꾀꼬리처럼 가늘고 고운 목소리로 말했다.

완공이란 무공을 처음 배우는 사람들이 초식의 형태를 뚜렷하게 취하기 위한 수련 방법 중 하나다. 초식을 완벽하게 터득했다는 절정고수들도 때로는 완공을 취해서 다시 한 번 초식에 깃든 의미를 되새겨보곤 한다.

하지만 독사는 그 어느 경우에도 해당되지 않는다.

그는 무공을 갓 배우는 자가 아니다. 초식에 깃든 의미를 되새겨 본다고 하기에는 내젓는 손발의 형태가 일정한 틀을 갖추고 있지 않다.

독사를 감시하는 자는 '괴상한 행동'을 한다고 보고해 왔다.

틀린 눈이다.

오공사수는 독사가 틀림없이 완공을 취하고 있을 것이라고 추측했고, 자신의 생각이 옳을 것이다.

"그럴 수도 있고, 아닐 수도 있겠지."

"헐헐! 사형의 생각이 옳을 겁니다. 독사 그놈, 지금 완공을 수련하는 듯한데…… 헐헐! 재미있는 놈이에요. 보면 볼수록 재미있는 놈이에요. 헐헐!"

만무타배가 이빨 빠진 입을 헤벌쭉 드러내며 웃었다.

오공사수는 웃을 기분이 아니었다.

'재미있는 놈이라…… 완공이라…… 어떤 무공인가.'

독사는 참 재미있는 자다. 사람을 깜짝 놀라게 하는 특이한 재능이라도 지니고 태어난 듯하다.

독사와 싸웠을 때를 생각하면 지금도 의아하기만 하다.

처음 그는 상대가 되지 않았다. 첫 번째 격전이 지나가고 두 번째 격전으로 돌입했을 때, 그는 엇비슷한 실력으로 성장했다. 세 번째로 다시 부딪쳤을 때는 팽팽한 지경에까지 이르렀다.

그 싸움은 자신이 이겼지만 오공사수는 자신이 이겼다는 생각이 들지 않았다.

독사는 마치 무공은 알고 있는데 활용을 하지 못하는 숨은 보석 같다. 싸움이라는 경험을 통해 흙 속에 묻힌 보석이 조금씩 진가를 드러내는. 그렇지 않고서야 그 짧은 순간에 그토록 빠른 진전을 이룰 수는 없다.

'주공의 좋은 상대가 될 거야.'

오공사수는 다시 한 번 독사와 겨룬다면 그때는 자신이 패할 것이라는 생각이 들었다.

그래서 부딪치지 않으려고 한다.

패하는 것이 두렵지는 않다. 그것이 죽음으로 이어져도 상관없다. 하지만 평생을 기다려 온 절대무의 존재는 두 눈으로 확인하고 싶다.

절대무는 독사의 손에서 탄생하는 것이 아니라 주공의 손에서 피어난다. 그것만은 단 한 번도 의심해 본 적이 없다. 지금 주공이 절대무를 완성하지 못하더라도 반드시 마단에서 완성된다. 마단만이 절대무를 완성할 능력이 있다.

주공이 절대무를 완성한 다음 곧바로 은거에 들어가도 여한이 없다. 중원 패자를 노린다고 해도 그건 주공의 뜻이다.

절대무가 완성되는 순간 오공사수는 삶의 의미를 잃어버리게 된다.

오공사수는 자신이 무엇을 기다리고 있으며, 왜 살고 있는지에 대해서 명확히 알고 있다.

중원인들이 생각하면 정녕 이해할 수 없는 기나긴 기다림도 그런 욕망이 있기에 견딜 수 있는 것이다.

독사가 필요하다고 들여온 사람들, 약재들……

그것이 절대무를 완성하는 데 조금도 도움이 되지 않는다는 사실도 알고 있다. 그것은 독사 패거리를 강하게 만들어줄 뿐 절대무에는 티끌만큼도 도움이 되지 않는다.

알고 있으면서도 도와주었다. 하고자 하는 대로 해주었다.

무공이란 평정심이 밑바탕에 깔려 있어야 최상의 경지를 드러낸다. 평정심을 잃는 순간, 그는 이미 무인이 아니라 죽은 송장에 불과하다.

독사가 자신의 식솔들에게 신경 쓰지 않도록 해주어야 한다.

지금에 와서 오공사수의 바람은 오직 하나뿐이다. 독사가 성급한 마음에 뛰쳐나가지 않기만을. 차분히 무공을 수련하다가 조만간 출관(出關)할 주공과 상대해 주기를.

끝이 날카로운 송곳은 주머니를 뚫고 나오는 법인데…… 독사에게 너무 힘을 실어준 것은 아닌지.

오공사수가 음울한 마음을 떨치지 못하고 있을 때, 일마가 회색 비둘기 한 마리를 보듬어 안고 왔다.

"어디서 온 전서냐?"

"현문에서 왔습니다."

오공사수의 눈썹이 꿈틀거렸다.

"읽어봐라."

"제가 꺼내서 읽어도 되겠습니까?"

"……."

오공사수가 대답을 않자, 일마가 비둘기 발목에 매달린 전통을 풀어 전서를 꺼냈다.

"읽겠습니다."

"……."

"일(一). 현문 십대(十代) 칠잔앙(七轊昴) 출(出). 이(二). 십일대 제자 출(出). 삼(三). 현문 십이대 제자, 낙성곡(落星谷) 입곡(入谷). 이상입니다."

오공사수의 어깨가 가늘게 떨렸다.

"다시 한 번 읽어봐라."

"일. 현문 십대 칠잔앙 출."

"됐다."

오공사수는 그 말뿐, 가타부타 말이 없었다.

일마는 아무런 하명도 듣지 못하자 조용히 물러갔다.

일 다경(一茶頃)이라는 시간이 죽음처럼 길게 지나갔다.

"모두 놀라운 소식뿐이군요. 칠잔앙이 드디어 나섰네요. 십일대 제자들도 출관했고. 이번 일에 충격을 많이 받은 모양이죠? 호호호!"

요지성녀는 요녀(妖女)였다. 그녀의 말 한마디, 웃음 하나에도 달짝지근함이 묻어 나왔다. 술이라도 한 잔 걸치고 있다면, 몸에 취기가 흐르고 있다면 자제심을 잃고 껴안고 말았을 게다.

"헐! 주공에겐 우리가 필요할 텐데 너무 여기에만 매달려 있는 것 아닐까요? 여긴 일마에게 맡기고 우린 돌아가는 게 어떨지."

'그럼 모두 죽어.'

오공사수는 확신했다.

독사는 가볍게 볼 자가 아니다. 철망을 거두고 물러간다면 독사를 죽이고 돌아가야 한다. 그냥 철망을 거둔다는 것은 있을 수 없다. 골인들이 중원에 나돌아다니는 일이 있어서는 절대 안 된다.

그러나 일마가 가져온 전서도 마음에 걸렸다.

칠잔앙. 그들이 누구인가. 자신과 동배(同輩)의 인물들로 무공이 화후에 이른 최고 고수들이다. 현문의 주춧돌이기도 하다.

무림인들은 현문에 대해서 너무 모르고 있다.

동천주 삼태의 현문은 빙산의 일각일 뿐이다. 겉으로 드러난 현문을 이끄는 현문주 빙천검객은 십일대 제자 오십사 인 중 한 명에 불과하다.

정작 무서운 자들은 아직까지 죽지 않고 살아 숨 쉬는 일곱 명의 노괴(老怪) 칠잔앙이다.

현문의 전력 모두가 쏟아져 나왔다.

아직은 그럴 때가 아닌데…… 무슨 허점이 있었나? 마단은 감쪽같이 잠적했고, 멸혼촌에 들어왔던 무인들은 물론 골인들까지 깨끗하게 정리했고……

"이, 이런!"

오공사수는 너무 놀라 주먹을 불끈 쥐었다.

손바닥 위에서 꿈틀거리던 지네가 와싹 부서지며 초록색 진액을 흘려냈다.

오공사수는 현문이 어디를 노리는지 비로소 깨달았다.

여기다. 자신이 머물고 있는 이곳을 노리고 있다.

틈은 독사가 벌여놨다. 독사가 필요하다는 물품을 조달해 주느라고, 그가 필요한 사람들을 구해주느라고 잠시 중원에 나간 것이 화근이다.

현문의 이목은 아직도 떠나지 않았다.

아니다. 그럴 리가 없다. 두 번, 세 번 확인을 하면서 다녀온 중원행이다. 다른 사람은 믿을 수 없어도 일마와 신신은 믿을 수 있다. 그들은 절대 실수를 하지 않는다. 현문 따위의 눈길을 피하지 못한대서야 자신의 제자라고 할 수 없다. 그럼 어디서……

"타배."

"말씀하세요."

"골인들 중 죽이지 않은 자가 있었는가?"

"헐헐! 살아남은 자들은 모두 독사와 함께…… 아뿔싸!"

"누군가?"

"사, 삼비마룡!"

"삼비마룡…… 현문에서 들여보낸 군웅들 중 한 명이겠군."

“그, 그자만 보이지를……”

일은 벌어졌다. 지금에 와서는 만무타배의 실책을 추궁해 본들 아무 도움이 되지 않는다. 그보다는 어떻게든 사태를 수습해야 한다.

맞상대는 곤란하다. 자신들 사형제로는 칠잔앙을 상대할 수 있을 뿐이다. 자신들처럼 단 한 번도 무림에 나서지 않고 오로지 무공만 수련한 현문 십일대 쉰네 명의 무공을 감당할 사람이 없다.

오공사수는 흔들리지 않았다. 세상에 그를 놀라게 할 것은 절대무밖에 없다.

“성녀, 타배. 지금 즉시 독사에게 가도록 해. 만나거든 한 명도 빠짐없이 모두 데리고 마단으로 가도록.”

“사형, 마단으로는……”

“모든 책임은 내가 지지.”

“휴우! 늙어서 주책이라더니 내가 그런 모양이오. 사형, 미안하오.”

“일을 하다 보면 잘될 때도 있고, 안 될 때도 있는 법이지. 너무 자책 말게. 바로들 움직이도록 해. 현문이 움직였다면 질풍처럼 달려들 거야.”

요지성녀와 만무타배가 퉁기듯 일어나 달려나갔다.

말은 편안하게 주고받았지만 사실 상황은 무척 급박했다. 현문이 마단을 어려워하는 것처럼 마단도 현문이 어렵다. 아직은 서로를 어쩌지 못하는 처지다.

한편으로는 현문이 전력을 몰아쳐 움직이는 것도 이해할 수 있다.

적의 근거지를 알고 있는 것과 모르고 있는 것은 천양지차. 지금까지는 대충이나마 알고 있었는데, 하루아침에 증발해 버렸으니 다급할 수밖에 없으리라.

그들은 자신을 노리고 있다. 이곳에서 철망을 치고 있는 마단 무인들만이 마단 본타와 연결되는 유일한 끈이기에.

"일마, 신신!"

키 큰 사내와 검흔이 새겨진 사내가 신속하게 달려왔다. 신신도 일마에게서 전서의 내용을 전해 들었는지 긴장의 빛이 역력했다.

'아직 덜 컸군. 긴장이라니. 그토록 오랜 세월을 가르쳤건만.'

자신이 직접 중원으로 나가 뛰어난 재질을 지녔다는 자를 골라서 데려와 가르쳤건만, 겨우 이 정도라니.

"너흰 지금 즉시 주변을 샅샅이 뒤지도록 해라. 은밀하게. 삼비마룡이 숨어 있을 터, 제거하고 흔적을 지워라."

"존명!"

일마와 신신이 바람처럼 날아갔다.

"암신."

오공사수는 마지막으로 암신을 불렀다.

일마, 신신과 함께 들어서다가 자신을 부르지 않자 다시 돌아 나가려던 암신이 몸을 돌려 세웠다.

"사암마는 잘 묻어주었느냐."

"네."

암신은 침착하게 대답했다.

"네가 그토록 소중하게 가르치던 제자였는데, 이제 한 명밖에 남지 않았구나."

"……."

"나도 마찬가지다. 제자 네 명을 거뒀는데, 여기서 두 명의 시신을 묻어야 할 것 같구나."

암신의 어깨가 격정으로 떨렸다.

"할 수 있겠느냐?"

"칠잔앙, 십일대 무인들 중 이곳으로 달려오는 사람은 마흔아홉 명. 그 정도라면 목숨을 버려도 아깝지 않습니다."

"후회하지 않느냐?"

"무공을 수련만 했지 펼쳐 보지는 못했습니다. 마음껏 펼쳐 보고 가겠습니다."

오공사수는 고개를 끄덕였다.

암신은 조용히 재배(再拜)를 올렸다.

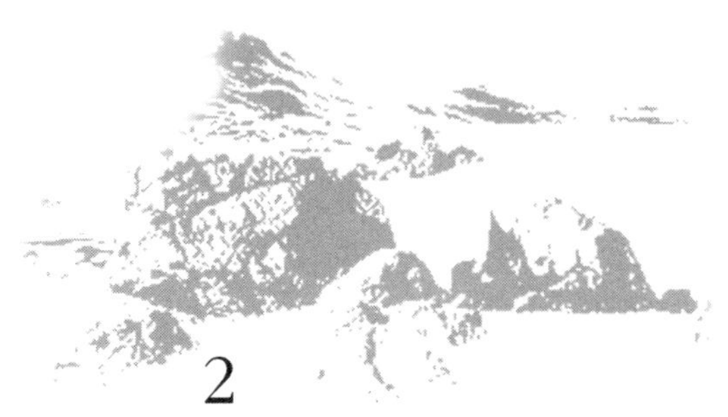

2

독사를 대면한 만무타배는 흐뭇했다.

사형의 생각은 옳았다. 독사는 절대무에 가장 가까이 다가갈 수 있는 인재다.

만무타배가 보고 있는 독사는 일대종사(一代宗師)의 면모를 보일 정도로 성장했다.

서로 보지 못한 지 겨우 반년. 반년이 조금 넘어 일 년 가까이 근접하고 있지만, 아무래도 좋다. 일 년이라고 쳐도 그렇게 짧은 시간에 이토록 다른 기도를 보이는 인물은 흔치 않다.

독사는 냉정해 보인다. 침착함이라고 해야 하나? 어찌 보면 산전수전 다 겪어 세상사에 달관한 고승(高僧)처럼 비쳐지기도 한다. 그러면서도 투지가 뿜어져 나온다.

자신을 포함하여 누구든 독사를 대면한 자는 함부로 건드려서는 안 될 자리는 인상을 받게 될 게다.

'많이 컸어. 빠른 시간에 많이 성장했어.'

만무타배는 처음 독사가 멸혼촌에 들어올 때의 모습을 떠올렸다.

그때의 독사는 외로운 늑대였다. 건드리기만 하면 이빨을 곤두세우고 달려들 기세가 역력했다.

지금은 그런 느낌이 들지 않는다. 자신의 무공만 믿고 고슴도치처럼 가시를 곤두세우고 있다는 느낌은 들지 않는다. 대신 치밀한 조직력을 바탕으로 한 강한 권력이 느껴진다.

대체로 이런 느낌은 대문파를 방문했을 때 받게 된다.

뛰어난 무인들이 보여주는 일사불란한 행동들, 개개인이 지니고 있는 상승무공, 오랜 역사에 바탕을 둔 경륜 등을 접할 때 방문자는 위축감을 느끼게 된다. 방문자가 일파의 종주(宗主)라면 자신의 문파와 견주어 생각하게 될 것이고.

독사는 그런 대문파의 종주도 아니면서 그런 느낌을 갖게 만든다.

만무타배는 주공이 절대무를 완성했을 때 어떤 일이 벌어질지 짐작하고 있다.

혈세(血洗).

무림은 피로 물들게 된다.

사천오주라는 청성파, 아미파, 당문, 도림, 무천문은 어느 누구도 혈겁을 피할 수 없다.

문파를 몰살할 생각은 추호도 없다. 하지만 결과는 그렇게 되리라.

마단이 원하는 것은 각 파의 최고수와 주공의 대결.

생사결전(生死決戰)은 원치 않는다. 서로의 무공을 비교해 보고 어느 무공이 더 강한지 결과만 내면 된다. 그들을 이길 경우, 그들 스스로 패배를 인정하고 절대무를 인정해 주기만 하면 된다.

물론 그들은 한결같이 입을 모아 말할 것이다.

'절대무란 존재하지 않는다. 누군가는 반드시 당신을 꺾을 사람이 나올 것. 무림은 넓다는 점을 잊지 마라.'

물론이다. 잊지 않는다. 그렇기에 싸움은 끝없이 지속된다. 아마도 주공이 목숨을 다하는 그날까지 싸우고 또 싸우게 되리라. 절대무를 인정하지 않는 사람들과 인정시키고 싶은 사람들 간에.

마단은 순수한 비무를 원하지만…… 상황은 그렇게 풀리지 않을 것이다.

무림문파는 미련한 아집(我執)을 가지고 있다.

장문인의 패배는 곧 문파의 몰락으로 인식하고 있다. 사실 장문인의 패배가 가져오는 후유증은 클 것이고, 문파가 쇠락의 길을 걸을 수도 있겠지만, 그건 무림인의 숙명이지 남의 탓이 아니다.

장문인들은 문파의 몰락을 보느니 차라리 목숨을 끊겠다는 생각으로 결전에 임하리라. 각 문파의 문도는 장문인을 죽인 사람은 불구대천지수(不俱戴天之讎)라는 생각으로 달려들 것이고, 피비린내 나는 혈겁으로 이어지리라.

불을 좇아 날아드는 불나방들.

마단이 내린 결론은 하나다. 상황이 그렇게 된다면 응해준다는 것. 그들 모두를 죽여야 한다면 죽이겠다는 것.

무림이 어떤 반응을 보이든 상관없다. 오히려 좋다. 그런 상황이 된다면 더욱 확실하게 절대무를 확인할 수 있다.

마단은 강자의 출현을 반긴다.

강한 문파가 탄생하는 것도 좋고, 초강자가 등장하는 것도 좋다.

그런 의미에서 독사의 등장은 그가 멸혼촌에 들어설 때와는 다른 입장에서 반길 수 있다.

유화신공은 끝났다. 백비도, 멸혼촌도, 유심동도, 골인들도…… 더 이상 존재 가치가 없다. 그것들은 절대무를 완성하는 밑거름이었을 뿐이다.

독사는 그 시기에 들어왔으나 운 좋게도 골인이 되지 않았다. 유화신공이 실패했을 경우에 대비해 그의 목숨을 살려뒀지만, 주공은 유화신공을 가미하여 절대무를 탄생시키고 있다. 살려둘 필요가 없는 자를 살려준 셈이다.

그것도 좋다. 그것이 오히려 마단에는 상대할 강자 한 명을 탄생시키는 결과가 되었다.

사실 골인들을 전부 죽일 필요는 없었다. 마단이 원하는 것을 얻은 이상 소용없는 자들은 방면해 줘도 무방했다. 중원무림은 골인들의 모습을 보고 치를 떨겠지만, 절대무 앞에 무릎을 꺾게 될 게다.

그럼에도 골인들을 전부 제거했고, 살아남은 골인들마저 흔적을 지우려고 한다.

혈겁을 원하지 않기 때문이다.

혹, 마단의 진정한 뜻이 알려져 각 파의 무공과 견주어보는 것만으로 끝나기를 바라는 마음 때문이다.

다시 한 번 말하지만 마단은 절대 혈겁을 원하지 않는다. 피하지도 않지만, 이쪽에서 먼저 일으킬 생각은 없다.

그렇기에 무림에서 치를 떨 만한 과거를 지우려는 게다.

아무리 목적이 순수해도 과정이 나빴다면 잘못이다. 알고 있다. 하지만 어쩔 수 없었다. 마단이 찾아낸 절대무는 골인이 아니었다면 완성시킬 수 없었다.

유화신공만이 목적은 아니었다. 유화신공을 가졌다고 해도 골인들은 만들어야만 했다. 그들이 왜 필요했는지 이유가 밝혀지면 중원무림은 결코 마단을 용서하지 않겠지만.

"노룡검을 가져왔네. 벌써 줬어야 하는 건데, 자네 사정이 좋지 못했지."

만무타배는 정들었던 노룡검을 풀어 원래 임자인 독사에게 건네주었다.

전에는 독사의 행동을 제약할 수 있는 물건이었지만, 지금은 아무런 영향도 주지 못한다. 아니다. 그때도 노룡검은 독사를 어쩌지 못했다. 차라리 노룡검보다는 흔하디흔한 전낭이 더 위력적이었다.

"고맙소."

독사는 사양하지 않고 노룡검을 받아 허리에 찼다.

그가 엽수낭랑을 보며 말했다.

"늘 미안했는데……."

"괜찮아요. 명검은 주인을 알아본다고 해요. 봐요, 다시 찾아왔잖아요."

엽수낭랑의 웃음은 정말 사람의 마음을 편안하게 해준다.

둥그런 눈가에는 사랑이 묻어나고, 살짝 벌어진 입가에는 달콤함이 배여 있다.

만무타배가 헛기침을 한 후 서둘러 본론을 꺼냈다.

"헐헐! 상황이 조금 바뀌었네. 이곳 이십 리를 자네 영역으로 주었지만, 영역을 조금 바꿔야겠어."

"오랜만이오."

"헐! 내가 너무 야박했나? 그렇지. 인사부터 나눠야겠지. 신태(身態)가 훤해 보이는 게 보기 좋네."

"차 맛이 어떻소?"

"향이 아주 좋군. 이 솔잎차는 잘못 만들면 떫은 맛이 우러나는데 떫지도 않고. 아주 좋아."

"내 동생이 정성을 다해 만들었소."

"호오! 엽수낭랑이 동생인가? 난 연인인 줄 알았는데?"

다소곳이 앉아 차 시중을 들고 있던 엽수낭랑의 어깨가 흠칫했다.

그녀는 자신도 모르게 볼을 붉혔다.

독사가 정성을 다해 만들었다는 말을 해주는 것도 기분 좋았다. 만무타배가 연인인 줄 알았다는 말도 기분을 들뜨게 만들었다. 모두가 듣기 좋은 말이며, 싫지 않았다.

그녀는 한 번도 독사를 오라버니로 생각한 적이 없다.

그는 연모하는 연인이지 오라버니가 아니다. 그의 가슴속에 깃들어 있는 요빙의 흔적이 지워질 때까지 기다리고 있을 뿐. 일 년이 걸릴지, 십 년이 걸릴지…… 평생 기다림으로 보낸다고 해도.

만무타배가 차를 홀짝이며 말했다.

"용케 살았어. 네가 살아 있다는 말을 듣는 순간 얼마나 놀랐는지…… 고혈단에 중독되고도 살아난 사람은 무림 역사상 네가 처음일 게야. 고혈단뿐이었으면 괜찮게? 강검이 심장을 꿰뚫었는데, 어떻게 살아났나?"

독사는 즉답을 피하고 옅은 웃음을 흘렸다.

만무타배를 보는 순간 이 문제를 꺼내고 싶었다. 그가 찾아온 목적도 중요하겠지만, 자신이 알고 싶은 문제를 먼저 알아야겠다.

“그 자리에 있었군요.”

“헐! 이젠 능구렁이까지 된 겐가? 전낭이 없어진 걸 보고 다녀갔다는 사실을 알았지. 서로 꺼내놓을 것은 꺼내놓세. 어떻게 살았나?”

“영아가 고생을 많이 했죠.”

“헐헐! 꺼내놓을 마음이 없는 게로군. 당문의 의술이야 익히 아는 바지만…… 고혈단에 심장 관통…… 어림없지. 틀림없이 다른 무엇이 있었을 거야.”

“나도 하나 물어봅시다.”

“물어보게.”

“마단과 현문…… 언제부터 앙숙입니까?”

“아픈 데를 찔러오는군. 언제부터라…… 언제부터지?”

만무타배가 요지성녀를 보며 말했다.

“호호호! 햇수를 헤아리지 않아서…… 그걸 어떻게 말해야 하나? 아마 백 년은 되지 않았을까?”

독사가 고개를 끄덕이며 다시 물었다.

“백년이라면 장구한 세월…… 그동안 충돌이 몇 번이나 있었소?”

“호호호! 동생은 참 재미있는 것만 묻네. 그걸 어떻게 헤아려? 시도 때도 없이 싸웠는데. 동생은 여기 와서 몇 번이나 싸웠어?”

“여기 와서 싸운 싸움은 내가 싸운 것이오. 상대가 누구인지도 모르면서. 다 당신들 덕분이지. 고맙소.”

“헐헐! 천만에.”

“마단과 현문…… 정면충돌한 적은 있었소?”

“있지.”

“몇 번이나 충돌했소?”

"전체 전력끼리 부딪친 것을 묻는 거라면…… 네 번이네. 그걸 알아서 뭐 하려고?"

"승부가 어떻게 났소?"

"그야 물론 우리가 이겼지. 동생, 우리가 질 것 같아? 싸울 때마다 현문 놈들은 재기 불능의 타격을 입곤 했어."

'거짓말.'

독사는 마단과 현문의 전력을 대충 가늠할 수 있었다.

마단과 현문이 정면충돌해서 현문이 재기 불능의 상태에 빠지도록 타격을 입었다면 지금까지 현문이 활동할 수는 없다. 아마도 도태되었기 십상이다.

정면충돌은 있었던 것 같다. 하지만 어느 쪽도 우위를 점할 수 없었기에 지금까지 이 상태를 유지하고 있는 것이다.

현재 마단의 전력이 어느 정도인지는 추측할 수 없다. 하지만 마단의 전력이 일(一)이라면 현문도 일(一)이다.

마단과 현문은 동수(同手)다.

독사가 다시 물었다.

"내가 보기에 현문은 정(正), 마단은 마(魔). 정과 마가 앙숙인 점은 이해하겠는데, 정작 이해하지 못하는 것은 사천무림이오."

"사천무림이 현문을 도와서 우릴 쳐야 한단 말인가?"

독사는 고개를 끄덕였다.

누가 보더라도 현문과 사천 정도문파들 간에 우위는 돈독하다. 서로 양보할 것은 양보하고, 지켜야 할 것은 지켜주면서 건전하게 발전하고 있다.

만일 사천무림에 흉악한 마인이 나타나 혈겁을 자행한다면, 그리고 마인의 무공이 어느 한 파가 상대할 수 없을 만큼 지고하다면, 현문을 포함한 사천무림은 손을 맞잡을 것이며, 척살할 것이다.

그것은 무림인이 아니라 길 가는 어린아이를 붙잡고 물어봐도 당연하게 튀어나오는 대답이다.

"헐헐헐! 그렇지. 그게 당연한 말이지. 누구라도 그렇게 생각할 거야. 하지만 이걸 생각해 봤나? 만일 내가 자객이 된다면 몇 명이나 죽일 수 있을 것 같나?"

"……."

독사는 쉽게 대답하지 못했다.

만무타배의 무공이라면 정확히 판단할 수는 없지만, 정도무림인들로서는 상당히 골치 아픈 자객이 될 게다.

"호호호! 이유는 또 있어, 동생. 우린 현재로서도 사천오주 중 하나를 멸문시킬 능력이 돼. 우리도 상당한 타격을 받겠지만 틀림없이 그렇게 될 거야. 자! 그럼 말해 봐. 누가 고양이 목에 방울을 달 것 같아? 알겠어, 동생? 우리가 그렇게 하지 않으리란 건 현문이 알아. 무림도 알고. 그래서 궁지로 몰아넣지 않는 거야. 어떻게든 현문이 알아서 해 주길 바라고 있지. 호호호!"

이제는 조금 알 것 같다.

죽은 골인들 중에는 대문파 사람들도 상당수 섞여 있다.

본인들이 밝히지 않아서 그렇지 발설을 했다면 놀랄 만한 사람이 한두 명이 아니었을 게다.

도림 출신의 지천도, 청성파에서 온 홍검쌍살, 당문의 당진도…… 보지는 못했지만 당문십독도 백비를 찾았고, 행방불명이 되었다고 들었다.

그만큼 비중있는 사람들이 잡혀 있는데도 정작 본타에서는 손도 쓰지 못했다.

누구도 마단과의 정면충돌을 원하지 않은 것이다.

'어쩌면…… 훨씬 뿌리가 깊을 수도 있겠군. 어쩌면 장문인들은 알고 있을지도 몰라. 좀 더 상세한 내용을. 현문과 긴밀한 연락을 취하고 있을지도 모르고…….'

"동생, 이제 차도 잘 마셨고 하니, 슬슬 출발해 볼까? 장소만 조금 옮기면 되니까 불안해할 건 없어."

아직은 아니다. 이제는 정말 궁금한 것을 물어볼 차례다.

독사는 차를 한 모금 마시면서 태연하게 물었다.

"천리검과 백단살 노부부가 사라졌는데, 마단에서 한 일이오?"

"헐헐! 그들 부부와는 꽤 오래 같이 있었지. 내가 멸혼촌을 지킨 역사와 그들 부부가 잠입한 역사는 같을 거야. 헐! 그 말을 들으니 보고 싶기도 하군."

"……."

"우린 그들 부부를 건드리지 않았어. 때로는 건드리는 것보다 살려서 보내는 것이 나을 때도 있지. 그때가 그런 때였네."

그것은 짐작했다. 천리검의 모옥에는 싸운 흔적이 전혀 없었다. 뿐만 아니라 누가 보더라도 급히 떠났다는 것을 역력히 알 수 있었다. 묻고자 하는 것은 이것이다.

"사부님과 천리검이 만났을 터인데, 내가 당하기 며칠 전인지 알고 있소?"

입 안이 바짝 말랐다.

"헐헐! 뇌천은 독자적으로 움직였지. 뇌천과 천리검은 맡은 일이 전혀 달랐어."

대답이 나왔다!

오랫동안 미심쩍었던 일이 속 시원하게 해결됐다.

한 가지만 더. 마지막으로 하나만 더!

"우리가 처음에 만났을 때를 기억하고 있소?"

"물어보게."

만무타배도 눈치없는 사람은 아니다. 그는 독사가 물음을 통해 무엇인가를 알려고 한다는 사실을 눈치 챘다.

"당시 난 십이천공마를 펼쳤소. 기억하고 있소?"

"기억하네."

"나도 기억하고 있소. 사문을 물었지. 광무 신승의 신법, 벽력도제의 사리일잠도, 천요문의 십이천공마."

"맞네."

"지금도 묻고 싶소?"

"헐헐! 이미 다 아는 걸 물어서 뭐 하누."

"어디요?"

"……?"

"내 사문이 어디라고 생각하고 있소?"

"허허허! 놀리는 것은 아닐 테고…… 솔직히 말해 주지. 전에는 천요문이라고 생각했네. 유화신공은 천요문의 무공. 우리가 가장 반기는 사람이 천요문도지."

"……."

"뇌천을 보지 않았다면, 그리고 자네와 나누는 말을 듣지 못했다면 나도 꼼짝없이 천요문도인 줄 알았을 걸세. 천요문의 무공이 어떻게 해서 현문에 흘러들었는지는 모르겠지만…… 자네는 현문도일세. 틀렸나? 아니군. 틀렸군. 여기 들어온 현문도는 모두 반쪽짜리야. 최자범, 정성사, 자네, 그리고 이효기. 모두 다. 유화신공을 우리 쪽에 흘리고는 죽을 운명이지. 현문에서는 그걸 보고 청광검이라고 하던가?"

청광검이 무엇인지는 모른다. 하지만 만무타배의 말은 신빙성이 있다. 무엇보다 그는 사부를 보았고, 뇌천검객이라고 말했다.

뇌천검객…… 한때는 그들 오천검객을 사부로 모시고자 현문까지 찾아간 적이 있으니 잊을래야 잊을 수 없는 명호다.

"나도 궁금한 게 있는데 물어봐도 되겠나?"

독사는 대답을 하지 않았다. 그는 깊은 생각에 잠겨 있느라 만무타배의 말을 듣지 못했다.

"난 지금까지 현문이 왜 암혼사를 자네에게 전수했는지 이유를 모르겠네. 여기 들어온 자는 자신이 지닌 무공을 토설하게 되어 있지. 의지가 아무리 굳어도 총단에 들어가면 불게 되어 있어. 그렇다면 암혼사를 노출시켜도 상관없다는 것인데…… 아무리 생각해도 그게 이해가 가지 않는단 말이야. 현문이 왜 그런 결정을 내렸는지 말야. 암혼사는 수련하는 자에 따라 천양지차로 성격이 달라지는 무공이란 말은 들었네만…… 상승무공도 될 수 있고, 한낱 암수에 불과할 수도 있고…… 아무리 그렇다고 해도 현문 삼대무공 중 하나를 그렇게 흘려보낼 수 있을까?"

"……."

"대답하기 싫은 게군. 헐헐! 욕심꾸러기야, 자네는. 자네 듣기 좋은 것만 듣고 말하기 싫은 것은 하지 않고."

'사부님, 사형…… 모두 현문도다. 내가 익힌 무공도 현문의 무공. 귀궁이란 애당초 없었어. 그럼 왜……? 현문을 찾아가 제자로 받아달라고 간청까지 했는데, 그때는 거절하고 왜……?
　독사는 불현듯 만무타배가 한 말을 떠올렸다.

　"유화신공을 우리 쪽에 흘리고는 죽을 운명이지. 현문에서는 그걸 보고
청광검이라고 하던가?"

　'청광검!'
　독사는 고개를 쳐들며 물었다.
　"청광검이 무엇이오?"
　"또 묻나?"
　"말해 주시오."
　"우린 자네들을 이동시키려고 왔네."
　"가지 않으면 어쩔 작정이오."
　"동생, 가는 게 좋아. 우린 흔적을 지우려고 왔거든."
　요지성녀가 온화한 미소를 지으며 말했다.
　"난 두 사람을 상대할 수 있다고 생각하는데…… 우린 한자리에 앉
아 있으면서 동상이몽(同床異夢)을 꿈꾸고 있었군."
　"호호호호! 동생, 그러지 마. 사형과 싸우는 것을 봤어. 비록 사형에
게는 졌지만 놀라운 무공이었어. 동생이 그런 말을 하는 걸 보니까 지
지 않았다고 생각하는 것 같은데, 그래?"
　"진 것은 진 것이오. 졌다고 생각하고 있소."
　"그럼 지금은 이길 것 같아?"
　"싸워봐야 알겠지."
　"호호호! 패기만만하네? 그래서 이 누나와 영감탱이를 상대할 수 있

다고 말한 거야?"

"헐헐!"

"그러지 마. 동생을 위한 충고야. 동생이 뛰어나긴 하지만 아직은 아냐. 여기 있는 사람들, 다 죽이고 싶어?"

그때였다. 지금까지 한마디도 거들지 않고 수발만 들던 엽수낭랑이 조용히 끼어들었다.

"방심은 금물이라고 들었어요. 한데 적지에 들어와서 마음을 풀어놓고 있군요. 여기서 싸운다면 오라버니가 손을 쓰기도 전에 죽을 거예요."

"호호호! 예쁘네, 말하는 모습도."

"전 당문 여식이거든요."

순간 만무타배와 요지성녀의 안색이 싸늘하게 굳었다. 편안하던 모습도, 넉넉하던 웃음도 일시간에 사라져 버렸다.

"빠…… 르군."

만무타배가 허탈한 표정으로 말했다.

독사가 엽수낭랑을 쳐다보았다. 이번 일은 독사 역시 생각지 못한 듯했다.

무형(無形), 무취(無臭), 무색(無色).

알고 있어도 방비할 수 없다고 하여 만독지왕(萬毒之王)이라는 무형지독(無形之毒).

현재 중원에 알려진 무형지독은 다섯 종류가 있다.

엽수낭랑이 사용한 무형지독은 무엇일까? 당문도가 있음을 알고, 독이 될 만한 것은 사전에 모두 걸러냈는데, 어떻게 만들 수 있었을까? 보통 독도 아니고 무형지독을.

만무타배가 씁쓸한 표정으로 말했다.

“우리가 백비를 만든 목적은 두 가지. 하나는 유화신공을 얻고자 함이고, 또 하나는…… 이건 이해하게. 이 자리에서 피를 토하고 죽어도 말하지 못하겠네.”

독사가 이해한다는 표시로 고개를 끄덕였다.

“유화신공은 천요문의 절기지. 유독 몽환소에 중독되지 않기에, 백비에서 바로 판가름할 수 있지. 몽환소에 전혀 중독되지 않고 들어온 사람은 세 명. 자네는 뺐네. 중독되기는 했으니까. 전에 들어온 두 명은 천요문의 문도였네. 그렇게 알았지. 천요문의 절기가 현문에 들어갔다는 것을 가르쳐 준 사람은 자네네. 자네는 천요문의 절기를 익혔으면서도 유화신공은 모르는 특이한 자였어. 후에 이효기가 들어왔지만 그때까지만 해도 우리는 천요문도가 들어온 줄 알았지, 현문에서 수작을 부리는 줄은 몰랐네. 우리가 알게 된 것은 자네가 뇌천에게 당하는 모습을 본 순간이지. 자네가 모든 의문을 일소해 줬어.”

궁금증을 일소한 것은 마단뿐만이 아니다. 독사는 만무타배의 이야기를 들으면서 모든 상황을 확실히 깨달았다.

이용당하고, 이용당하는 줄도 모르면서 죽는 것. 그것이 청광검의 운명이다.

“촛불처럼 세상을 밝히다가 죽는 것이 청광검이네. 헐헐! 세상을 밝히다가 죽는 청광검을 우리에게 보내다니. 현문은 우릴 악마쯤으로 생각하는 모양이야.”

“우리에게 시간이 얼마나 있소?”

“얼마 없네. 한 시진 정도?”

“움직이느냐, 당신들하고 결전을 벌일 것이냐의 결정을 내리는 시간은?”

그 대답은 엽수낭랑이 했다.

"반각이에요. 반각이면 두 사람이 죽어요."

독사는 삼지와 함께 폭양을 피해 숲길을 걸었다.

팔뚝만한 모기가 왱왱거리며 달려들었지만, 독사는 조금도 귀찮지 않았다.

그의 몸에는 독물이나 곤충이 달려들지 않았다. 암혼사를 수련한 다음에 얻은 신묘한 효능 중 하나다.

"거처를 옮겨서는 안 됩니다."

마천옥이 말했다.

마천옥을 비롯한 삼지는 주변 형세를 샅샅이 파악해 왔다. 마단과의 격전에서 반드시 승리한다고 장담할 수 없는 이상, 탈출로를 모색해야 한다. 탈출을 하다가 발각되면 싸우는 것이지 처음부터 싸울 필요는 없다.

그러기 위해서는 세밀하게 지형을 파악하고 있어야 한다.

"거의 다 됐습니다. 마단에 발각되지 않고 빠져나갈 탈출로를 거의 완성했습니다. 이제 와서 거처를 옮긴다면 만사휴의(萬事休矣)로 돌아갑니다."

"대형, 일지 형님의 말이 맞는 것 같아. 만무타배와 요지성녀는 이 자리에서 죽일 수 있다며? 형수님이 작심하고 전개한 무형지독인데 그놈들이라고 어쩌겠어?"

"형수님?"

"아! 미안…… 아이구, 이놈의 머리는 돌머리라니까. 아무래도 내가 계두인가 봐. 동생이라고 했는데도 자꾸 형수님 소리가 빙빙 돌아서."

"농담할 때가 아니다."
"……."
대물은 풀 죽은 모습으로 입을 다물었다.

풀 죽지 않았다. 독사가 면박을 줄 때는 언제나 그런 표정으로 동정을 구했다. 옛날 영은촌에서부터.

"이지 말이 맞습니다. 만무타배와 요지성녀가 독에 당한다면 남은 사람은 오공사수와 그의 수하들인데, 우리 모두 강해졌습니다. 당문삼기는 암기도 충분히 장만해 놨고, 무형지독도 있습니다. 지금 당장 부딪친다고 해도 싸우지 못할 것은 없습니다."

마천옥은 탈출을 종용했다.

독사는 한마디도 하지 않고 있는 혜월을 바라보며 물었다.

"소저 생각은 어떻소?"

"여기 오긴 왔지만 도와준다는 말은 하지 않았어요. 아직 도와줄 생각이 없네요."

찬바람이 횡 부는 듯 쌀쌀한 음성이었다.

독사에게 혜월은 목에 걸린 가시였다. 그녀가 무시해도 멸시해도 참아야만 하는 죄인이었다. 혜월이 그렇게까지 하지도 않았지만…… 쌀쌀한 태도쯤은 인상조차 찡그려서는 안 된다.

독사는 결정했다.

'아직은 아니야.'

마천옥을 쳐다보며 말했다.

"모두에게 전해요. 간단하게 행낭을 꾸리라고."

삼지의 눈이 일제히 반짝였다.

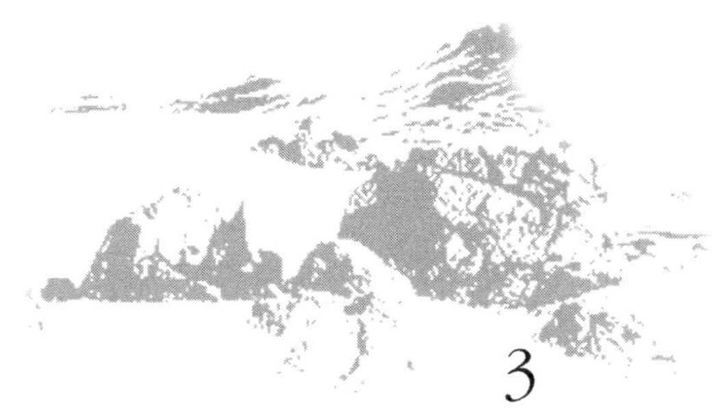

만무타배와 요지성녀는 운기조식으로 무형지독을 풀어내려고 했지만 흔적조차 찾지 못했다.

몸은 아무런 이상이 없었다.

독에 중독된 것은 확실하다. 진기가 얼어붙은 듯 꼼짝하지 않고 있으니, 지금과 같은 상황이라면 독사가 아니라 삼류고수와 대적해도 버거울 판이다.

"음……!"

만무타배는 기어이 신음을 토해냈다.

"이게 무슨 독인가?"

엽수낭랑은 곱게 웃기만 할 뿐 대답하지 않았다.

독술(毒術)이란 어느 독에 중독되었는지 모를 때 효과가 배가된다. 독의 명칭만 알아내도 대처나 해독하기가 훨씬 쉽다. 그렇기에 당문도는 같은 당문도끼리도 자신이 자주 사용하는 독은 극비에 붙인다.

만무타배와 요지성녀는 몸에 일어나는 증상과 진기 운용으로 파악한 현상을 바탕으로 독의 성분을 알아내야 하는데, 독에 대한 전문 지식이 없이는 여간 어려운 것이 아니다.

누구나 쉽게 파악해 내고 대처해 낸다면 당문이 사천오주의 일각에 자리 잡지도 못했으리라.

"해독약은 있는 것이오?"

"있어요. 안심하세요."

"호호! 그렇다면 너를 제압하고 해독약을 빼앗으면 되겠네?"

"잘 아시잖아요. 그 몸으로는 무리예요."

엽수낭랑에게는 자신밖에 모르는 비밀이 있다.

의독술에 뛰어나다는 것은 비밀이 될 수 없다. 그녀 자신만 알고 있는 비밀은 바로 무공 부분이다.

과거 그녀의 무공은 형편없었다. 비항파의 무공을 익혀서 호신 정도는 할 수 있지만, 일류고수와 손속을 마주친다는 것은 꿈도 꾸지 못했다.

지금은 아니다. 누구와 손속을 마주칠 경우가 생기면 과감하게 부딪치리라.

빙굴에서 독사의 도움으로 몽환소의 저주에서 벗어난 후부터, 그녀에게는 특이한 능력이 생겼다.

사람의 움직임을 파악할 수 있는 능력.

독사 패거리 중 검이 가장 빠른 사람은 단연 일수일살이다. 그의 검은 정말 빠르다. 전 같으면 굉장히 빠르다는 생각만 했을 게다. 하지만 이제는 파해 방법이 떠오르고 몸으로 시전할 수 있다.

엽수낭랑은 이러한 현상이 진기에 기인하고 있음을 파악해 냈다.

빙굴에서 독사가 알려준 심공, 암혼사가 그녀에게 안겨준 행운이다. 암혼사는 몽환소의 저주만 풀어준 것이 아니라 초일류고수로 발돋음할 수 있는 발판을 마련해 준 것이다.

현재 그녀는 자신의 무공이 어느 정도인지 알지 못한다. 하지만 만무타배와 요지성녀가 독에 중독되지 않았다고 해도 손속을 부딪칠 자신은 있었다.

"소저, 우리 솔직히 말해 보자고. 독사의 무공은 상당한 경지야. 나나 성녀는 사형의 십초지적에 불과하지. 그런데 독사는 사형과 십 초 이상을 싸웠어. 솔직히 우리가 합공한다고 해도 결과가 어떻게 나올지는 미지수야. 그런데 왜 독까지 사용했는가?"

엽수낭랑은 쉽게 대답했다.

"힘을 얹어주고 싶었거든요."

"헐헐!"

"마음껏 결단을 내리고 마음 내키는 대로 하라고 말하고 싶었어요. 제가 가진 무형지독이라면 일류고수 한 명이 더 있는 것과 다를 바 없으니까요."

"마단을 너무 과소평가했구먼."

"아뇨. 마단과는 상관없어요. 천하무림을 상대한다고 해도 전 독사가 마음대로 행동하기를 바라요."

"쯧! 그 나물에 그 밥. 누가 독사의 여자가 아니랄까 봐."

만무타배는 혀를 차며 목청을 돋웠다.

"차나 한 잔 더 줘봐."

독사 패거리는 의외로 차분했다.

거처를 옮길 것이니 간단하게 행낭을 꾸리라는 명을 받자, 어찌 된 영문이냐는 말 한마디 없이 주변을 정리했다.

"한 시진 안에 모두 모일 겁니다."

마천옥이 결과를 보고했다.

그때까지 독사는 해독약을 주지 않고 있었다. 혹시 자신의 결정에 불만을 드러내는 사람이 있을지도 모르고, 그런 사람이 있다면 구속하지 않을 생각이었다. 그들은 자신의 의지대로 멀리 사라질 것이고, 만무타배와 요지성녀가 뒤를 쫓지 못하도록 금제를 가해둘 필요가 있다.

"이제…… 됐지 않나?"

만무타배가 힘들게 말했다.

그의 음성만큼이나 표정도 일그러졌다. 이마에 구슬 같은 땀이 송골송골 맺혀 있는 것으로 보아 상당히 고통스러운 듯했다.

반각이란 시간은 결코 넉넉한 시간이 아니다.

"상태가 어떻소?"

"헐! 놀리는…… 음……! 겐가? 늙은이를 희롱하면…… 벌…… 받는 게야."

독사가 엽수낭랑을 쳐다보자, 그녀는 싱긋 웃으며 가죽 주머니를 꺼냈다.

'저건!'

독사는 무형지독이 어디서 나왔는지 비로소 알게 되었다.

음경지의.

엽수낭랑이 음경지의에 매달린 것이 전혀 성과없지는 않았다. 사활근맥단을 속 시원히 몰아내고 내공을 증진시키는 영단은 만들지 못했지만, 대신 독분(毒粉)은 끄집어냈다.

엽수낭랑이 가죽 주머니 속에서 콩알만한 흑단(黑丹) 두 알을 꺼내 나눠주었다.

"몸이 풀릴 거예요."

만무타배와 요지성녀는 흑단을 받아 든 후, 생각도 해보지 않고 꿀꺽 삼켰다.

그들은 눈을 감고 운기조식에 들어갔다.

곧 얼굴에 화색이 돌고 편안한 기색이 엿보이는 것으로 보아 굳어져 가던 경맥이 풀리고 있는 것 같다.

만장지저에서 엽수낭랑은 음경지의를 잘못 복용하여 몸이 꽁꽁 얼어붙었다. 기혈이 얼어붙어서 몸이 몽둥이처럼 딱딱해졌다.

엽수낭랑이 음경지의에서 뽑아낸 무형지독은 그때와 같은 효능을 지니고 있을 것이다.

잠시 후, 요지성녀와 만무타배가 깊은 숨을 토해내며 눈을 떴다.

만무타배가 엽수낭랑을 보며 말했다.

"그 검은 환단 몇 알 더 줄 수 없나?"

"왜요?"

"다음에 또 독을 전개하면 재빨리 복용하게."

독사 패거리가 모이는 데 한 시진은 너무 길었다.

가지고 갈 물건이 있는 것도 아니다. 몸뚱이 하나, 입고 있는 옷 한 벌, 그리고 병기만 챙기면 끝이다.

가장 곤란한 사람은 당옥이었다.

그는 아직도 자신의 손수레를 만들지 못했다. 아직도 만들어야 할 암기들이 상당수 남아 있다.

당옥은 물자를 실어오는 수레에 그동안 만들어놓은 암기들을 차곡차곡 쌓아 올렸다. 남아 있는 쇳덩이들은 거의 대부분 버렸지만 상질의 것은 따로 골라서 챙겨두었다.

"어디로 가는 거요?"

"가는 곳은 걱정 말게. 여기보다 한결 나았으면 나았지 못하지는 않을 걸세."

만무타배는 말을 하다가 문득 이상한 느낌이 들어 요지성녀를 바라봤다.

요지성녀의 안색이 창백하게 질려 있었다.

"성녀……."

만무타배가 요지성녀를 불렀지만 그녀의 귀에는 아무 소리도 들리지 않는 듯했다. 뿐만 아니라 귀신에 홀린 사람처럼 한 발짝, 한 발짝 걸음을 떼어놓았다.

그녀가 보고 있는 사람은 골인, 그녀의 걸음이 옮겨지는 방향도 골인이 있는 곳이다.

"성녀!"

만무타배가 다시 한 번 불렀지만 그녀는 역시 못 들었다.

"네가…… 네가…… 살아 있었구나."

요지성녀는 알아들을 수 없는 소리를 중얼거렸다.

'죽은 줄 알았어. 내 검에 찔려 죽은 줄 알았어. 살아 있었구나, 살아 있었어.'

요지성녀가 관심을 가졌던 사람들은 탄력있는 살결을 가진 젊은 여인들뿐이었다. 피골이 상접한 골인들은 그녀의 관심 대상이 되지 못했다. 천하절색의 미인이라도 골인이 되어 볼품없어지면 거들떠보지도 않았다.

오직 한 사람…… 그녀만은 달랐다. 천하절색은 아니지만 아름다웠고, 매력적인 여인은 아니었지만 이상하게도 그녀만 보면 정신없이 빨려 들어갔다. 세상에서 가장 아름다운 여인으로 비쳐졌다. 물론 그녀 역시 골인이 된 다음에는 아름다운 추억이 깨질 것 같아서 더욱 쳐다보지 않았지만.

그래서 유심동에서는 알아보지 못한 줄 알았다. 자신의 검에 죽어간 많은 골인들 중에 그녀 역시 끼어 있는 줄 알았다. 모습이 비슷비슷한 골인들 중에 그녀만을 골라낼 방도는 없었기에 일단은 모두 죽이기로 작심하지 않았던가.

살아 있었다. 한눈에 알아볼 수 있다. 다른 골인들은 아직도 분간이 가지 않지만 그녀만은 한눈에 들어온다. 골인이 되었어도, 피골이 상접해 있어도 옛날 모습을 아직도 간직하고 있다. 그녀의 행동, 걸음걸이…… 곳곳에서 그녀의 옛날 모습이 되살아난다.

'살아 있었어!'

하지만 그녀가 보고 있는 골인의 반응은 전혀 달랐다. 멀리서도 확연히 알아볼 수 있을 만큼 몸을 부르르 떨어댔다. 두 눈에서는 뜨거운 화염을 연신 뿜어냈다.

누가 보더라도 분노의 표시였다.

골인은 자신의 분노를 폭출시키기라도 하듯 쾌속하게 달려나왔다.

주춤주춤 다가서는 요지성녀, 무섭게 질주하는 골인.

"위험햇!"

만무타배가 경고를 토해냈지만, 넋이 나가 버린 요지성녀에게는 그마저도 들리지 않았다.

퍼억!

요지성녀의 가슴에서 둔탁한 격타음이 터져 나왔다.

일순, 요지성녀는 끈 끊어진 연처럼 둥실 떠오르더니 힘없이 나가떨어졌다.

쒜에엑!

골인은 공격을 멈추지 않았다. 땅바닥에 나뒹굴고 있는 요지성녀를 향해 질풍처럼 달려들었고, 발을 높이 쳐들어 힘껏 내리찍었다.

하지만 요지성녀는 초절정고수, 두 번씩이나 당하지는 않았다.

첫 번째는 정신을 놓은 상태인지라 무방비로 당했지만…… 두 번째는 이성을 되찾은 후에 전개된 공격, 당할 리 없었다. 가슴을 진탕시킨 충격이 잠시나마 빠져나갔던 넋을 제자리에 돌려놓았다.

요지성녀는 발길을 피해 몸을 일으켰다.

반격은 하지 않았다. 몸을 일으키기 무섭게 재공격의 여지를 주지 않으려는 듯 훌쩍 뒤로 물러나 거리를 벌였다.

쉬이익!

골인은 요지성녀의 뜻을 비웃는 듯 맹렬히 공격을 가했다.

깡마른 발에서 뻗어나는 기세가 창날처럼 날카롭다. 일권을 내뻗을 때는 비수로 찌르는 듯하다.

묘한 것은 어느 것 하나 일직선으로 내뻗는 공격이 아니었으며, 둥근 호선을 그리지도 않았다. 직선에 가까우면서도 부드럽게 호선을 그리는 공격이었다. 그리고 그녀의 그런 공격은 무척 빨랐다.

요지성녀의 머리카락이 흩날렸다.

요지성녀의 모습에서는 매서운 공격에도 불구하고 싸우려는 의지가 조금도 비쳐지지 않았다.

"그만 해."

쒜엑쉑! 쒜쒜쒜쒜쒜!

짧은 순간에 두 번의 주먹과 다섯 번의 발길질이 이어졌다.

요지성녀가 물러가면 그만큼 따라가 공격했고, 또 물러나면 또 따라붙었다.

"그만!"

요지성녀가 진기를 주입해 일성(一聲)을 내질렀다.

산천초목이 부르르 떠는 듯했다. 멀리 떨어져 있는 사람도 깜짝 놀랄 만큼 거센 고함 소리였다.

골인이 공격을 멈췄다.

여자 골인의 공격은 무모했다. 빠르고 날카롭기는 했지만, 요지성녀의 신법을 잡아내지는 못했다. 요지성녀가 반격을 가했다면 틀림없이 곤욕을 치렀을 형국이다.

여자 골인도 그 점을 인식한 것 같다.

요지성녀가 반갑다는 표정을 지으며 말했다.

"살아 있어서 고맙다."

"죽일 거야."

"그래야지. 죽여야지. 꼭 네 손으로 죽여줘. 하지만 지금은 아닌 것 같아. 넌 내 옷깃도 건드리지 못했잖아?"

여자 골인이 몸을 돌려 골인들이 있는 곳으로 걸어갔다. 그런 그녀의 등 뒤에 대고 요지성녀가 말했다.

"넌 내게 돌아올 수밖에 없어. 너도 알지? 내게 길들여졌다는걸."

여자 골인이 홱 몸을 돌려 무섭게 노려보았다.

다른 여자 곤인이 다가와 그녀의 옷깃을 잡아끌 때까지.

"헐! 누구야?"
"몰라도 돼."
"짐작은 가는데…… 전에 말했던 예광이란 여잔가?"
"……."
"헐헐! 오공사수 사형도 실수할 때가 있군. 유심동을 불바다로 만들었다더니 빠져나간 사람이 있는 건 몰랐나 보네."
"그만 입 다물어."
"뚫린 입을 어떻게 다무노. 헐헐헐! 도대체 알 수가 없단 말야. 사내도 좋아하고, 계집도 좋아하고…… 도대체 성벽(性癖)이 어떻게 되는 거야."
쉬익! 퍼억!
만무타배는 기어이 일장을 얻어맞고 말았다.

곤인과 요지성녀의 일전을 보고 놀란 사람은 또 있다.
일수일살, 냉설, 당문삼기, 신검서생…… 독사 패거리들 모두가 놀랐다.
그들은 유심동 곤인들을 귀주사괴보다 낮게 보지는 않았다. 그래서 천리검의 초옥을 떠날 때도 그녀들은 엽수낭랑과 함께 은신해 있도록 조처했다.
잘못 봐도 크게 잘못 봤다.
요지성녀를 공격한 곤인은 세기(細技)가 다듬어지지 않았을 뿐, 사내들에 비해서 조금도 못하지 않았다. 특히 발길 속에 내포된 경력(經力)

은 아무도 방심할 수 없는 창날이었다.

"방명(芳名)을 알 수 있소?"

일수일살이 여자 골인 곁을 걸으며 물었다.

모두들 귀를 쫑긋 세웠다.

여자 골인들은 신비의 대상이다. 그녀들은 독사 패거리와 합류한 다음에도 행동을 따로 했다. 자신들끼리 모여 생활했고, 무공 수련도 자신들끼리만 했다.

"……."

여자 골인은 대답하지 않았다.

이번에는 신검서생이 물었다.

"저쪽 네 분은 사시로 부른다고 알고 있소. 여기 세 분은 삼화라는 말을 들었고. 우리 연배가 비슷한 것 같은데 편하게 지냅시다. 같은 밥을 먹으면서 서먹서먹해서야 되겠소."

"얘는 예광(倪匡), 얘는 연미심(淵麋沁)이에요. 전 은초홍(殷苕紅)이라고 하고요."

다른 골인이 대신 대답해 주었다.

요지성녀와 일전을 벌인 골인의 이름이 예광이다. 그녀보다 조금 더 마른 여인이 연미심이며, 셋 중 가장 키가 작은 여자 골인이 은초홍이다.

멸혼촌 골인들은 여자 골인들의 용모를 알아봤고, 구분해 냈다. 하지만 늦게야 골인들을 접한 사람들은 도무지 분간해 낼 수가 없었다.

이들을 분간해 내는 것은 고양이를 분간해 내는 것보다 어렵다.

고양이도 얼굴만 가지고 분간해 내라면 주인도 분간해 내지 못할 게다.

골인들이 그렇다. 모두 뼈만 남은 몰골에 살색까지 검은색으로 변색되어 그 사람이 그 사람인 것 같다. 실례를 무릅쓰고 뚫어지게 쳐다본다면 각기 다른 점을 찾을 수 있기는 하다. 그러나 그럴 수도 없는 일이고……

현재는 체형이나 말투로 골인들을 분간해 내고 있는 상태였다.

"요지성녀와 겨루는 것을 보니 무공이 상당하던데…… 소저의 방명을 들어보지 못해서. 하하! 용서하시오. 이 사람이 워낙 둔한 사람인지라."

"무림에 있을 때 별호를 묻는 건가요?"

은초홍은 골인임에도 발랄했다.

"그렇게 단도직입적으로 물어오니 묻는 사람 얼굴이 뜨겁소."

"사시 어른들은 별호가 있지만 그건 직접 여쭤보세요. 우리 삼화는 별호가 없어요. 백비에 들어오기 전에는 무림인이 아니었거든요."

"그…… 렇소? 그런데 어떻게 그런 무공을……?"

"유심동이 가만히 있었을 것 같아요? 우린 모두 합심해서……."

"은초홍!"

은초홍의 조잘거림은 사시의 제지로 뚝 그쳤다.

하지만 독사 패거리는 이미 어느 정도 상황을 파악해 버렸다.

멸혼촌 골인들은 서로 담을 쌓고 살았다. 출행이라는 목숨을 거는 일이 있기에 합심을 하기는 했지만 출행에 나설 때뿐이고 멸혼촌에 돌아오면 자신의 움막에 틀어박혀 혼자 생활했다.

다른 골인들은 무료함을 해소하는 말벗일 뿐이다.

다소 뜻이 맞는 사람들과는 이것저것 상의도 하고, 비밀도 토설했지만 전체가 합심하지는 않았다.

유심동 골인들은 달랐다.

은초홍이 아주 약간만 말했지만 전체적인 윤곽을 그려내는 데는 그리 어렵지 않다.

여자 골인들은 그 누구를 막론하고 자신의 절학을 모두 공개했다. 그렇게 해서 취합된 무공을 견주어보고 연구해 가며 새로운 절학을 탄생시켰다.

그것이 지금 사시와 삼화의 몸에 축적되어 있다.

사시와 삼화는 독사 패거리도 무시하지 못하는 고수인 것이다.

그녀들은 유화신공을 수련하여 내력을 되찾고 있는 중이다. 유심동에 들어와서야 무공을 수련하게 된 삼화의 경우에도 사활근맥단의 약효로 넓어진 단전 공간이 있기에 유화신공으로 새로운 진기를 형성하는 데 어려움이 없다.

또 하나 놀라운 점도 보았다.

예광이라는 골인은 적수공권에 독사가 참고하라고 일러준 사행(斜行)을 담았다.

독수리의 비행(飛行).

사내들은 사행에 대해서 다시 한 번 생각하는 계기가 되기도 했다.

사내들은 눈으로 보기는 했지만 실제로 자신의 무공에 응용시킨 사람은 없었다. 아니다. 서로 무공에 대해서는 말을 한 적이 없으니, 누가 응용시켰는지는 알지 못한다.

한데 여자 골인들은 거의 완벽하게 응용시키고 있다.

요지성녀 같은 고수가 머리카락마저 흩날릴 정도로 신법을 쾌속하게 전개했다. 비록 옷깃 한 자락 건드리지 못했다지만 놀라운 무공이다.

독사 패거리도 요지성녀와 맞싸워서는 필승의 자신을 갖지 못한다.

예광이 잘 싸운 거다.

사행이 예광의 무공에 빛을 더해준 거다.

"난 신검서생이라는 사람입니다. 그리고 이쪽은……."

"알아요. 일수일살이죠? 일 수에 한 목숨이 사라진다. 그쪽은 이름까지 알아요. 기송이죠?"

은초홍의 재잘거림이 다시 시작되었다.

第四十八章

허무한 죽음

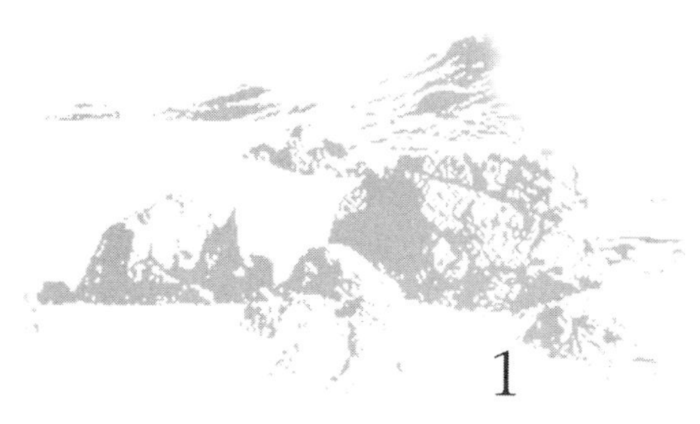

1

처음 검을 잡을 때, 나중에 고수가 되어서 무림을 피로 물들이겠다고 생각한 사람은 없을 것이다.

만인으로부터 존경을 받고, 넉넉하게 베풀면서 살겠다는 심정으로 검을 잡았다. 더러는 자기 수양의 일환으로 무공을 수련한다지만, 목구멍에 풀칠을 하기도 어려운 형편에 부닥뜨려 본 사람이라면 자기 수양이라는 말이 얼마나 낯간지러운 말인지 알 거다.

가난을 벗어나고 싶었다.

그러나 가진 것이라고는 맨몸뚱이 하나밖에 없는 사람에게 세상은 너그럽지 않았다.

세상은 요구했다. 가난을 벗어나고 싶으면 네 목숨을 걸라고.

요구대로 목숨을 걸었다. 그 종말이 겨우 이것이다.

삼비마룡은 멸혼촌을 찾았다.

현문 고수에 이끌려 발길을 들여놓을 때까지만 해도 무림에서처럼 가볍게 몇 놈 죽이고 돌아서면 그만이라는 생각을 했다.

한데 일이 꼬여도 아주 더럽게 꼬였다.

이건 장님이 모르는 길을 더듬어가는 것보다 더하다. 도대체 뭐가 어떻게 돌아가는 것인가.

삼비마룡은 다른 사람 일에는 신경 쓰지 않았다.

도왕이 왜 독사와 행동을 같이하는지에 대해서도 알려고 하지 않았다.

중요한 것은 도왕이 죽었다는 사실이다. 그가 죽이려고 했던 독사 일당은 아직도 건재하고, 현문도 상대할 수 없을 것 같은 초절정고수들이 득실거린다는 것.

세상에서 완전히 격리된 것 같은 오지(奧地)에 무슨 놈의 고수들이 그렇게 많은 것인지.

삼비마룡은 최초로 좌절을 맛봤던 움막을 찾았다.

모든 것이 불타 버리고 잔재만 남아 있는 마을. 뻥뻥 뚫린 구덩이만이 사람이 살았던 흔적을 말해 주었다.

"이쯤 되는 것 같은데……."

독사가 숨어서 무인들을 암살했던 장소도 찾기 어려웠다.

당시에는 집들이라도 있어서 눈여겨볼 수 있었지만, 황무지만 남은 곳에서 예전의 기억을 되살리는 것은 쉽지 않았다.

삼비마룡은 잿더미를 뒤져 조그만 공간을 찾아냈다.

"여기가 맞군."

예전에는 나무판자가 있었다. 판자를 들추면 조그만 공간이 나왔고, 조그만 공간 밑에는 암실(暗室)이 있었다. 판자를 들추자마자 갖가지 약재에서 뿜어지는 독특한 냄새가 코를 자극했다.

지금은 아무것도 남은 것이 없다.

나무판자가 있었음 직한 곳을 더듬어도 암실은 나오지 않았다. 어설프게 지어놓았던 암실인지라 가벼운 충격이었는데도 무너져 버린 것 같다.

삼비마룡은 품에서 피로 물든 헝겊 쪼가리를 꺼냈다.

자신이 이곳에 오게 된 경위, 이곳에서 만난 사람들, 그리고 그 후에 자신 앞에 나타나 가족들에게 편안한 삶을 보장해 줄 테니 목숨을 달라고 했던 현문 고수와의 대화가 고스란히 담겨진 헝겊이다.

'독사…… 널 숨겨주겠어. 왜인 줄 아나? 오공사수가 널 살려준 것과 같은 이유지. 하지만 대상은 달라. 넌 현문과 싸워야 해. 나를 이곳으로 보낸 현문. 넌 그놈들을 죽여야 해. 내 서신…… 내 서신이 꼭 너에게 전해지기를.'

현문은 철망으로 에워싸여 있는 곳에 누가 있는지 궁금해했다. 골인들인지, 아닌지. 골인들이 아니라면 누군지.

마단 무인들이 쳐놓은 철망은 삼비마룡도 뚫어볼 엄두가 나지 않았다. 그곳은 죽음의 호구(虎口)였다. 하지만 꼭 뚫고 들어가 봐야 아는가. 느낌만으로도 알 수 있다. 그들은 독사와 골인들이다. 또한 자신과 함께 골인들을 공격했던 무인들이다.

나중에…… 인생의 마지막 거래를 하면서 그들이 독사 패거리라는 것을 확실하게 알았다. 마단이 왜 그들을 죽이지 않았는지도 듣게 되었다. 가장 정확하게 말해 줄 수 있는 마단 무인에게서.

하늘이 죽어가는 자를 보살펴 은혜를 베푸는가.

삼비마룡은 절망 속에서 희망을 발견했다.

이대로 죽을 수는 없다.

언제 어디서 어떻게 죽을지 모르는 것이 무인들의 운명이지만, 자의(自意)가 조금도 섞이지 않은 싸움에 질질 끌려 다니다가 개죽음을 당하기는 싫다.

싫어도 어쩔 수 없다. 죽이려고 달려들면 죽을 수밖에 없다.

무공이 약하다는 생각은 해본 적이 없지만, 이놈의 곳에 와서는 자긍심이고 뭐고 송두리째 날아가 버렸다. 죽이려고 달려들면 죽을 수밖에 없다고 생각할 정도가 되었으니 말해 무엇 하랴.

피 묻은 헝겊을 가죽으로 감싼 다음 구멍 안에 들이밀었다. 그리고 그 위에 새까만 재를 뒤덮었다.

저벅! 저벅……!

산책이라도 하듯이 유유히 걸어오는 두 무인.

삼비마룡은 생명이 끝났다는 걸 직감했다.

오랫동안 궁금해 왔다. 언제 어디서 어떻게 죽게 될지.

이제 알게 되었다. 골인들이 머물던 곳에서 한여름에, 알지도 못하는 두 무인에게 생을 마감한다.

이곳이 바로 뼈를 묻을 곳이다.

삼비마룡은 주위를 둘러봤다.

"현문의 개."

키 큰 사내가 말했지만, 대꾸할 기분이 들지 않았다.

어차피 죽는 놈이 말은 해서 무엇 하는가.

스르릉……!

검을 뽑았다. 마지막으로 삼비마룡이란 외호를 안겨준 절정 쾌검을 마음껏 발휘해 보리라.

쉬이익!

상대도 말할 기분이 나지 않는지 다짜고짜 짓쳐들어왔다.

'빠르닷!'

상대의 신법을 보자 전신 근육이 긴장으로 잔뜩 얼어붙었다. 상대는 삼 장이란 거리를 눈 깜빡할 사이에 좁혀왔다. 단연코 삼비마룡이 겪었던 상대들 중에서 가장 빠른 자다.

빠름에도 종류가 있다. 신법이 빠른 자가 있고, 공격이 빠른 자가 있다. 상대는 전자이며, 자신은 후자이다.

쉬익! 쉐에엑……!

검이 천수나한(千手羅漢)의 팔짓을 했다. 검광이 채 사그라지기도 전에 새로운 검광이 피어났다. 그는 검 한 자루를 휘두르고 있지만 세 개의 팔에서 세 개의 검이 뻗어 나온 듯했다. 그래서 무림인들은 삼비마룡이라고 불렀다.

상대는 가랑이를 쭉 찢으며 밑으로 주저앉았다. 아니다. 앉았다고 생각한 순간 번개처럼 퉁겨 일어났으며, 등을 돌렸다. 동시에 왼발이 치켜지면서 아랫배를 가격해 왔다.

삼비마룡은 뒤로 한 걸음 물러나 일각을 피한 후, 다시 검을 고쳐 잡았다. 하지만 내뻗을 시간은 없었다. 일각에 이어 몸을 빙글 회전하며 차올려진 발길이 면상으로 짓쳐왔다.

그가 검을 들어 막으려는 순간, 얼굴을 차오던 발길이 변화를 일으키며 밑으로 떨어졌다. 동시에 다른 발이 엇박자를 이루며 얼굴을 차왔다.

삼비마룡은 다시 뒤로 물러섰다.

이번에는 각법이 따라붙지 않았다. 대신 훨씬 더 커다란 덩치, 몸이 직접 따라왔다.

검을 내뻗었다.

서풍조벽수(西風凋碧樹)라는 초식으로 강한 서풍에 푸른 나무가 시든다는 말뜻처럼 키 큰 사내의 전신을 노리고 찔러 들어갔다.

얼굴을 가리면 몸을 노린다. 몸을 돌리면 다리를 노리고, 다리를 피하면 팔을 노린다. 서풍이 나무를 후려칠 때는 어느 한 부분만 치는 것이 아니다. 전체를 친다.

검의 빠름이 신기에 이르지 못하면 전개해 낼 수 없는 검초다.

그러나 삼비마룡은 검을 내뻗는 순간 무엇인가 잘못되었다는 것을 깨달았다.

이성으로 깨달은 것이 아니라 순간적으로 뇌리를 강타한 느낌이다.

키 큰 사내가 보이지 않았다. 분명히 눈앞에 있어서 검을 뻗어냈는데, 상대가 증발해 버렸다.

'위험!'

경각심을 돋웠지만 이미 늦었다.

그는 등 뒤에서 막강한 경풍이 불어오는 것을 감지했고, 척추가 부러지는 듯한 큰 충격에 헛바람을 토해냈다.

"컥!"

어디를 어떻게 맞았는지 느낌도 없었다. 그가 생각할 수 있는 것이라고는 숨을 쉴 수 없다는 것뿐.

퍼억!

이번에는 눈에서 불똥이 어른거렸다. 세상이 캄캄해지고 노란 별이 번쩍였다.

신신은 척추가 부러지고, 머리가 으깨진 삼비마룡의 시신은 거들떠 보지도 않았다. 그는 편히 죽었다. 머리를 가격당하는 순간이 그의 목숨이 끊어지는 순간이었다.

신신은 삼비마룡이 머물렀던 곳에 가서 쭈그려 앉아 잿더미를 뒤적거렸다.

곧 그의 손에 삼비마룡이 묻어놨던 가죽이 들려졌다.

"전서인가?"

신신은 고개를 가로저었다.

서신은 보잘것없었다. 그저 한 많은 무인의 넋두리에 지나지 않았다. 그나마 관심을 끄는 부분이 있다면 서두에 적힌 '독사(毒蛇) 전(前)'이라는 글귀뿐이다.

삼비마룡은 왜 이런 하찮은 서신을 독사에게 전하려고 했을까? 또 하필이면 멸혼촌에 묻어놓은 것일까. 독사와 만나기로 약조된 건가? 아니면 언젠가 독사가 찾아올 것이라고 생각한 겐가.

독사는 오지 않는다. 그는 영원히 돌아올 수 없는 길을 걸어가고 있을 게다.

"전해줄까?"

신신의 어깨 너머로 서신을 힐끗 쳐다본 일마가 말했다.

"기회가 닿으면."

일마와 신신이 떠난 지 일 다경쯤 흘렀을 때, 숲속에서 한 인영이 슬그머니 일어섰다.

그는 조심성이 많은 사람인지 주위를 살피고 또 살폈다.

이윽고 아무도 없다고 확신한 그는 삼비마룡의 시신을 향해 살그머니 걸어갔다.

삼비마룡의 시신은 처참했다. 머리에서 흘러나온 뇌수와 피가 땅을 흥건히 적시고 있었다.

"가족들은 걱정 마라. 현문은 약속을 지킨다."

그는 혼자밖에 듣지 못할 작은 소리로 중얼거린 후, 당진도의 움막 터로 들어가 잿더미를 뒤적거렸다.

찾고자 하는 것은 어렵지 않게 찾았다.

당진도의 암실 터에는 하찮은 사연의 편지만 들어 있던 것이 아니다. 일마와 신신은 가죽 주머니를 들어내고, 그 밑으로 한 겹을 더 뒤져서 비밀 서신까지 꺼냈어야 한다.

그의 손에 흙이 잔뜩 묻은 작은 헝겊 한 조각이 들렸다.

"철망이 해체되기 시작했군. 완전히 물러나는 거야. 그래서는 안 되지. 도마뱀처럼 꼬리만 잘라내고 도망치게 내버려 둘 수는 없어."

헝겊에는 깨알 같은 글씨로 여러 가지 사연이 적혀 있었다. 그중에 그가 가장 알고 싶어하던 부분도 있었다.

마단의 이동 경로.

마단이 완전히 숨기 전에 총단의 위치를 파악해 내야 한다.

약은 놈들…… 총단을 이전해 버리다니.

지금 현문이 잡을 수 있는 자는 철망을 형성하고 있던 무인들. 그들만 잡아도 총단의 위치를 알아내는 것은 어렵지 않다. 철망을 형성한 무인들은 총단에서도 상당히 비중이 높은 자들이니까.

다른 궁금증도 풀어주었다.

마단 무인들이 철통같이 지키고 있어서 그로서는 가보고 싶어도 가

보지 못했던 곳. 그곳에 머물러 있던 사람들. 삼비마룡이 남겨놓은 비서에는 그들의 내력이 기재되어 있었다.

그들은 뜻밖에도 이미 죽은 줄 알았던 도왕을 비롯한 무인들이다. 그들이 이십여 명이나 살아 있다니 놀랍기 그지없다. 또한 골인들 중 몇 명이 살아서 그들을 죽였던 원수와 생활을 같이하고 있다.

그 점은 놀랍지 않다. 마단 무인들에게 사로잡힌 자라면, 목숨이 아까운 자라면 마단이 시키는 대로 같이 살아야 하니까. 아무리 원수지간일지라도.

그는 고개를 갸웃거렸다.

마단은 왜 그들을 살려뒀을까.

모르긴 해도 이번에 중원에서 데려온 몇 명과 연관이 있을 게다. 상관없다. 그들이 누구건 간에 이번 공격은 예정대로 진행된다. 이번 공격에 변수로 작용하지 않을 인물들이라면 백 명이 모여 있어도 상관없다.

그는 삼비마룡에게 눈길을 주었다.

솔직히 일을 시키기는 했지만 이토록 훌륭하고 완벽하게 처리하리라고는 생각하지 않았다. 어느 정도까지 파고들다가 마단 고수들의 손에 잡혀서 죽을 것이라고 생각했다.

삼비마룡은 썩 잘해줬다.

그의 가족은 이미 풀려났다. 오공사수의 거처를 탐지해 내고, 전서를 날렸을 때. 평생 호의호식할 만큼 넉넉한 은자를 쥐어서 보냈으니 어딘가에 정착해서 잘살게 될 거다. 자식이, 지아비가, 아비가 이렇게 죽은 줄도 모르고. 자신들 손에 쥐어진 은자가 어느 날 아침 소리없이 사라진 한 사내의 목숨값인지도 모르고.

잘 죽었는지도 모른다.

삼비마룡은 광동성에서는 모르는 사람이 없는 흉마(兇魔)다. 그의 손속은 냉정하기 이를 데 없어서 걸리는 사람은 한 명도 요행을 바라지 못했다.

삼비마룡의 말로 역시 그와 같았을 것이다. 사람은 뿌린 대로 거두는 법이니까.

이렇게 가족들이나 편안하게 해주고 죽는 것도 괜찮다 싶다.

'지금은 그냥 가마. 현문에서 사람들이 오고 있으니 곧 다시 와서 네 시신을 묻어주마.'

그는 마지막으로 일별을 던진 후, 바람처럼 사라져 갔다.

일마와 신신은 가지 않았다.

그들은 숲 속에 몸을 은신한 채 천리검의 행동을 처음부터 끝까지 확인했다.

"이로써 암신은 확실하게 죽었군."

신신이 중얼거렸다.

"우울한 이야기는 하지 마라. 그런 이야기는 입 밖으로 낼수록 더욱 우울해지니까."

일마가 침울한 음성으로 말했다.

삼비마룡과의 처음이자 마지막 거래는 이렇게 끝이 났다.

삼비마룡은 오공사수가 퇴각하는 퇴로 대신 암신이 일전을 벌일 장소를 현문에 넘겨줬다. 그리고 죽었다.

그는 현문과 마단, 양쪽에서 이득을 얻어냈다.

어차피 죽을 목숨, 최대한 가치를 끌어내고 죽었다.

그가 염려하던 유가족은 편안한 삶을 살 것이고, 그를 이곳에 끌어들이고 이용한 현문은 조그만 대가를 치를 것이다.

현문은 그동안 삼비마룡을 이용했으니 대가를 치러야 한다.

마단도 바라는 것을 현문에 넘겨줬으니 대가를 치를 것이다. 암신과 일암마의 목숨으로. 그리고 삼비마룡의 유가족을 찾아 현문에서 베푼 것만큼 베풀 것이다. 그 약속만은 반드시 지킨다. 삼비마룡은 반신반의하면서도 현문에 조그만 응징이라도 하겠다는 심정으로 거래에 응했지만, 걱정할 것 없다. 반드시 약속을 지켜줄 터이니까.

"가자. 최대한 빨리."

일마는 암신이 터뜨리는 폭음을 듣기 싫었다.

언제 일전이 벌어질지는 모르지만…… 자신이 멀리 사라져 폭음이 들리지 않을 거리까지 벌어진 후에 싸움이 일어나기를 바랐다.

이번에 들릴 폭음은 정말 우울하다.

검신의 죽음도 우울했지만, 암신의 죽음까지 듣는다는 건.

쉬이익……!

일마는 진기를 최대한으로 돋워 신법을 전개했다.

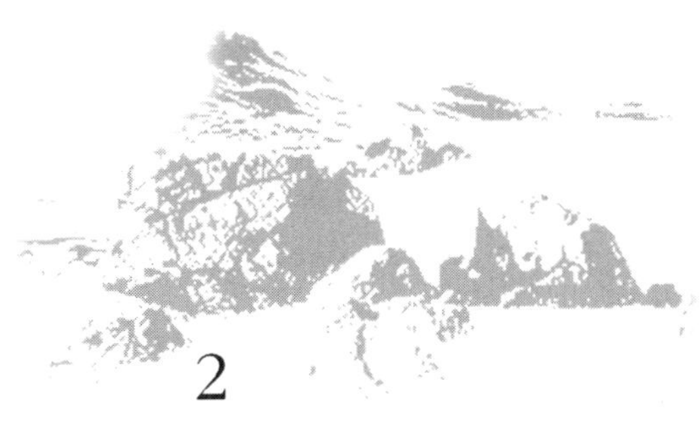

2

　암신은 모두가 떠나 쓸쓸한 바람만 횅뎅그렁하게 불어대는 마당을 걸었다.

　바람조차도 한여름의 열기를 뿜어냈지만, 암신이 마음으로 받아들이는 바람은 차갑기만 했다.

　평생 이곳에 머물지는 않을 것이라고 생각했다.

　잘못된 생각이다. 오공사수를 따라 무공을 배우고자 이곳까지 따라왔는데…… 지금 생각해 보니 무덤 자리를 찾아온 셈이 되었다.

　후회는 없다.

　무공으로 일가를 이루겠다는 야망을 품었고, 거의 이룩했다.

　꼭 세상에서 두각을 나타내야만 성공한 것이 아니다. 마음에 정한 바를 충실히 따라왔고, 거의 달성했으니 성공한 인생이다.

　한이 남는다면 절대무를 보지 못하는 것.

주공이 절대무를 완성하면 한번 겨뤄보려고 했다. 물론 질 것이다. 사부님의 무공에조차 미치지 못하는 어쭙잖은 실력으로 감히 주공과 싸워서 이길 생각은 하지 않는다.

암신은 자신이 평생 동안 수련한 절기와 절대무란 무공 간에 격차가 얼마나 벌어져 있는지 알고 싶었다.

그것뿐이다. 차후 주공을 따르는 사람들은 어떤 마음으로 따를지 모르겠지만, 현재 따르고 있는 사람들은 오직 절대무를 완성하는 데 일조를 했다는 마음 하나로 따르고 있다.

얼마나 멋진 일인가. 세상에 어떤 무공도 꺾을 수 있는 무공, 패배를 모르는 무공이 탄생된다는 것이.

"지금도 사람들 말소리가 들려오는 것 같습니다."

조용히 뒤따르던 일암마가 말했다.

"넌 무엇 때문에 마단에 들어왔느냐?"

일암마는 즉시 대답했다.

"무공을 배우고자 들어왔습니다."

"다른 문파도 많이 있는데 왜 하필 마단이냐?"

"하하! 사부님도…… 놀라운 무공을 봤죠. 다른 문파에서는 볼 수 없었던…… 신기하게 느껴졌습니다."

'수무전(收武殿)…….'

암신의 입가에 미소가 번졌다.

마단에서는 필요한 무인들을 충원하기 위해 십 년에 한 번씩 무림에 나가 무재(武才)를 골라온다.

그 일을 하는 사람들이 수무전 고수들이다.

수무전 고수들은 무재들의 눈을 현혹시키기에 충분한 무공을 지녔다. 그들의 무공은 현란하고 화려하기도 하지만 굉장히 실전적이어서 감탄을 자아내게 한다.

중원에 있는 여타 문파와도 차별성을 두었다.

무재들의 관심을 마단으로 끌어들이기 위해서는 단번에 현혹될 만한 무공을 선보여야 한다. 단 일 초에 상대를 끝장내거나, 공격을 시작하면 도저히 막을 수 없다고 느끼게 만들어야 한다.

그들의 무공은 유령둔(幽靈遁)에 지옥화(地獄火)를 가미했고, 섬광을 토해내기 위해 뇌광검법(雷光劍法)을 덧붙였다.

이제 갓 무공을 배운 자이거나, 무공에 뜻을 둔 자들은 현혹될 수밖에 없다.

수무전 고수들의 무공이 얼마나 형편없는 것인지는 마단에 들어와 무공을 배우고 난 후에야 알게 된다.

그들의 무공은 단지 눈을 현혹시킬 뿐이다. 실전에 돌입하면 형편없이 무너질 삼류무공에 지나지 않는다. 일류고수들은 유령둔을 쉽게 간파해 낼 것이고, 지옥화에 현혹되지 않는다. 뇌광검법 정도는 가볍게 무너뜨릴 수 있다.

그러나 마단 고수들은 속았다는 걸 깨달은 다음에도 떠나지 않는다. 마단에서 진실한 무공을 수련하고 있으니까. 철저하게 세뇌당해 형성된 광신도(狂信徒)를 능가하는 무에 대한 신념이 떠날 마음조차 죽여 버렸으니까.

일암마도 그렇게 해서 마단에 들어왔고, 암신의 눈에 띄어 절기를 전수받은 무인이었다.

"그런 무공을 보니 다른 무공은 보이지도 않는 게…… 마음이 혹하더군요. 마단에 들어올 수밖에 없었죠."

“후회는 하지 않나?”

“후회하지 않습니다. 오히려 잘 들어왔다는 생각을 하는걸요.”

“가족을 못 본 지 얼마나 됐지?”

“전 이제 겨우 십 년밖에 되지 않습니다.”

“보고 싶다는 생각을 가져 본 적도 없나?”

“보고 싶기야 하죠. 부모님도 뵙고 싶고…… 사실 그게 제일 힘들었죠. 사람들 속에서 북적거리며 살다가 산속에 틀어박히니. 지금은 다 잊었습니다. 무소식이 희소식이라고 잘들 살고 계시겠죠.”

암신은 가족과 인연을 끊은 지 삼십여 년이 넘어섰다.

다른 무인들과 마찬가지로 그 역시 그 부분이 가장 힘들었다. 공명심(功名心)도 억누르기 힘들었지만, 혈연을 그리워하는 마음이 제일 강했다.

“저, 사부님.”

“왜.”

“몇 명이나 죽이고 죽어야 제 몫을 다 한 겁니까?”

“몇 명이라…… 한 명만 죽이도록 해.”

“한 명이요? 좋습니다. 반드시 저승 길동무로 삼고야 말겠습니다. 어떤 놈을 죽여야 할지 꼭 가르쳐 주십시오.”

“아무나 죽이도록 해.”

“예?”

“아무나…… 아무나 죽이도록 해라.”

‘불쌍한 놈.’

일암마가 측은했다.

그는 아무도 죽이지 못할 것이다. 상대는 마단을 치러 오는 자들이다. 그들의 무공은 하나같이 경천동지(驚天動地). 한 명이라도 죽이고 죽을 수 있으면 대성공이다.

암신과 일암마의 임무는 적을 죽이는 데 있지 않다. 마단 무인들이 조용히 빠져나갈 수 있도록 시간을 벌어주는 데 있다.

개죽음이랄까? 평생 무공을 수련한 끝이 개죽음이라면 너무 허망하기에 말을 해주지 않았다.

'닥쳐 보면 저절로 깨닫게 되겠지.'

현문의 행동은 신속했다.

오랜 세월 동안 서로 관찰했던 사람들답게 철망 안으로 쉽게 파고들어 왔다. 지리에 달통한 안내자를 내세운 사람들처럼 거침없이 치달려 왔다.

일암마가 눈짓을 보내왔다.

암신은 눈짓으로 가만히 있으라는 신호를 보냈다.

무공이 절정에 이른 고수들이니 조금만 더 가까이 다가오면 매복이 있다는 것을 눈치 채겠지만…… 최대한 가까이 다가오도록 기다려야 한다.

일암마는 지금이 기다릴 수 있는 한계라고 느낀 것이고, 암신은 조금 더 기다려도 된다고 생각했다.

쉬이익! 쉬익……!

비조의 몸놀림이 따로 없었다. 무려 오십여 명이나 되는 무인들이 신형을 날리고 있는데, 어느 한 사람 뒤처져 보이는 사람이 없었다.

이들은 정말 고수들이다. 단 다섯 명만 중심을 잡아도 현문같이 강한 문파를 만들 수 있는 사람들이다. 마단 고수들에게는 익숙한 별호,

오천검객과 어깨를 나란히 하는 사람들.

그들이 오 장을 더 짓쳐왔을 때, 암신이 손을 들어 제일 앞장서서 달려오는 무인을 가리켰다.

일암마가 번개같이 양손을 활짝 폈다.

파파파곽! 파파파팟……!

태양이 작열하는 하늘에서 느닷없이 검은 비가 쏟아졌다. 검은 비는 물방울보다도 더 가늘었고, 더 빨랐으며, 지독한 살기를 내포했다.

현문 고수들은 동요하지 않았다. 달려오는 속도를 늦추지도 않았다. 소맷자락을 들어 가볍게 흔드는 것으로 쇠털같이 가는 비침을 모조리 빨아들였다.

'모리흡추공(毛離吸抽功)! 틀렸다…….'

절망이 앞을 가렸다.

모리흡추공은 암기의 천적이다. 강철처럼 단단해진 소맷자락은 단단한 방패가 되어 앞을 가려줄 것이다.

모리흡추공이 나타났다고 해서 전부 틀린 것은 아니다. 창과 방패의 사이라면 어느 쪽이 더 강한지 부딪쳐 보아야 한다. 암신은 자신있다. 방패를 뚫고 창을 찔러 넣을 자신이. 하지만 일암마는 아직 미숙하다. 일암마와 현문 고수의 싸움은 일암마가 밀린다.

암신은 주먹을 쥔 후, 재빨리 엄지와 검지를 활짝 펴서 가위를 내보였다.

일암마가 씁쓸한 미소를 보내왔다. 그리고 암신이 화답을 보내기도 전에 신형을 솟구쳐 뛰쳐나갔다.

꽈콰콰콰콰쾅……!

엄청난 폭발음이 지축을 뒤흔들었다.

아는가! 십이추시의 자폭이 암신의 걸작품이라는 것을. 단순히 육신을 폭발시키는 행위는 예전에도 많이 있어왔지만, 폭발과 더불어 수십 개의 암기를 발사하는 행위는 암신이 처음 창안했다는 것을.

폭발은 상대의 무공을 무용지물로 만들어 버린다. 폭발에 더해진 암기는 무방비 상태의 상대를 죽음으로 이끈다.

십이추시는 암기에 정통하지 못했다. 그렇기에 비침 한 무더기만 쏟아낼 수 있었다. 일암마는 암기에 정통하다. 그가 폭발과 동시에 날린 암기는 개수를 헤아릴 수 없다. 그것도 모자라서 비늘 갑옷까지 입었다. 비늘갑옷은 폭발과 동시에 갈가리 찢겨져 사방으로 비산한다. 그 위력은 능히 최고고수가 비수 이백 개를 한꺼번에 던진 것과 맞먹는다.

암신은 일암마의 최후를 보지 못했다.

일암마가 튀어 나감과 동시에 고개를 숙여 폭발에서, 비침에서, 비늘 갑옷의 파편에서 몸을 보호해야만 했다.

매캐한 화약 냄새가 콧속을 파고들 즈음, 폭발음의 잔성(殘聲)이 아직도 귀를 멍멍하게 만들고 있을 때, 암신은 숨어 있던 곳에서 뛰쳐나와 현문 고수들에게 짓쳐갔다.

뛰쳐나가며 순간적으로 사방을 쓸어보았다.

현문 고수들의 움직임이 둔해졌다. 하기는 그런 폭발과 암기세례를 받고도 여전히 제 속도를 낼 수 있다면 절대무를 완성하기 위해 이토록 희생할 필요도 없다.

부상당한 무인들도 눈에 들어왔다.

죽었는지 부상만 당했는지는 알 수 없다. 그것까지 파악하기에는 시간이 너무 짧았다.

일암마는 흔적도 없이 사라졌다. 살점은 고사하고 핏방울까지 모조리 증발해 버렸다.

암신은 순간적으로 한 사람을 노렸다. 그는 가장 가까이에 있었으며, 폭발을 피해 나무 뒤로 몸을 숨겼다가 막 나오던 참이었다.

눈과 눈이 마주쳤다.

쒜에엑……!

오수창이 번개같이 튀어 나갔다.

당문삼기에게 죽은 오암마가 사용하던 병기.

지금 폭발을 일으키는 것은 너무 빠르다. 될 수 있는 한 현문 고수들이 모습을 많이 드러낸 다음 폭발시켜야 한다. 그전에 죽일 수 있는 자는 확실하게 죽여놔야 한다.

쉬익! 쉿쉿쉿……!

첫 번째 오수창은 사내의 머릿결을 스치며 지나갔다. 빠르게 던진다고 던졌지만 상대도 만만치 않았다. 얼굴을 옆으로 홱 돌려 간신히 피해내는 모습이었지만 피하기는 피했다.

첫 번째 오수창을 회수하며, 두 번째 오수창을 날렸다.

사람들은 암기 고수 하면 뒤에 숨어서 비겁하게 암기나 날리는 사람으로 잘못 알고 있다. 그런 자들도 없다고는 할 수 없지만 진정한 암기 고수와는 대별해서 말해야 한다.

진정한 암기 고수는 단병의 대가다. 암기란 것이 손아귀에 들어갈 만한 작은 것들이고, 때로는 암기를 병기처럼 사용해서 장병과 싸울 때도 있다.

그때도 전혀 밀림이 없어야 진정한 암기 고수다.

오수창이 날아가는 속도는 검이 쏘아지는 속도보다 빨랐다. 거리는 이 장이나 떨어져 있지만 코앞에서 던진 것처럼 눈 깜빡할 사이에 날아들었다.

파앗! 촤르륵!

현문 고수가 검을 들어 오수창을 휘어감았다.

비조와 같이 끈으로 이어진 병기를 사용하는 적과 조우했을 때, 상용하는 방법이다.

'걸렸어!'

암신은 오수창에 이어진 끈을 살짝 잡아당겼다. 순간,

파파팟……!

오수창의 다섯 개 날이 용수철에 튕겨진 것처럼 비산했다.

암신은 현문 고수의 얼굴이 피로 물드는 것을 보았다. 하지만 계속 그를 지켜볼 틈은 없었다. 다른 자들이 어느새 주위를 포위했으며, 검을 날려오고 있다.

'조금 더, 조금만 더…….'

푸욱!

검이 배를 뚫고 들어왔다.

파아앗!

다른 검은 왼팔을 잘라 버렸다. 그래도 암신은 웃었다. 지금처럼 가깝게 달려들수록 그에게는 유리했으니까. 적어도 자신의 몸에 검을 댄 두 사람만은 함께 갈 수 있을 테니까.

또 없는가! 몸에 검을 꽂아 넣을 수 있는 절호의 기회! 어서들 틀어박게나.

암신은 뒤에서 한 명이 또 달려드는 느낌을 받았다.

그가 노리는 부위는 머리. 머리를 가격당하면 이쪽의 패배다. 생각이고 자시고 할 틈도 없이 숨이 끊어질 테니까.

마지막이었다.

'모두들 함께 가세.'

암신은 허리춤에 매달려 있던 끈을 힘껏 잡아당겼다.

꽈쾅! 콰콰쾅……!

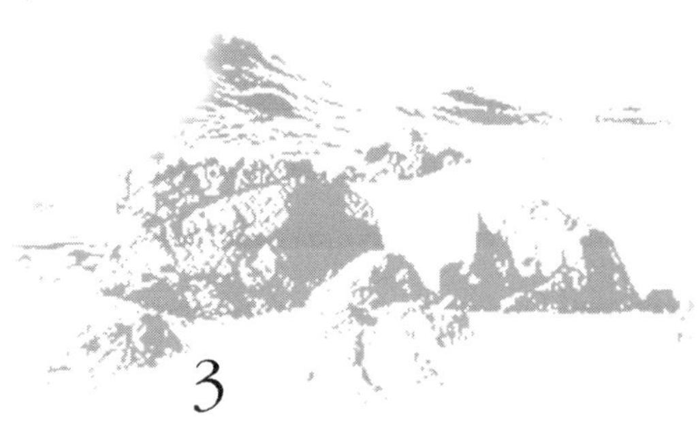

3

헛무된 죽음

"이 사람들 정말 못된 사람들이군. 사람이 어떻게 이렇게 악독할 수가 있나."

빙천검객은 분노했다.

그의 공식적인 직함은 현문 문주다. 하지만 본인 스스로는 한 번도 현문 문주라고 생각해 본 적이 없다. 많은 동문들을 대신해서 전초 기지를 맡고 있었다는 편이 솔직하다.

그의 일생은 전초 기지의 발전과 부흥에 있는 것이 아니라 마단의 동태를 감시하고, 행동을 제약하는 데 있었다.

그런 만큼 누구보다도 마단에 대해서는 소상히 알고 있다.

마단이 추구하는 목적도 알고 있으며, 그들이 행한 행동도 파악하고 있다.

한마디로 마단은 세상에 존재해서는 안 되는 무리들이다.

자신의 이익을 위해서는 굶주린 사람들에게서 양식을 빼앗는 도적 무리와 다를 바 없다. 목적을 탓하는 것이 아니다. 목적을 위해서 다른 사람에게 위해를 가하는 행동을 탓하는 것이다.

절대무를 이루겠다는 뜻은 좋다.

하나 절대무를 이루기 위해 다른 사람을 해쳐서는 안 된다. 같은 소리를 멸혼촌이나 유심동에서 죽어간 골인들에게 해보라. 절대무를 완성하기 위해서는 당신들의 희생이 필요했다고 말해 보라.

빙천검객은 청광검이라는 계획조차도 마음에 들지 않았다.

그런 방법이 아니고서는 마단을 묶어둘 수 없었다.

유화신공을 얻을 수 있다는 유혹만이 그들을 한자리에 묶어놓을 수 있고, 감시할 수 있다.

그들을 감시하기 위해서 많은 희생을 감수했다.

골인들에게 죽은 무인들은 또 무슨 죄가 있는가.

그들이 정말로 힘이 없어서 골인들에게 죽었다고 생각하는가!

정의를 위해 한목숨 기꺼이 내놓은 사람들. 마단의 눈을 속이기 위해 골인 몇 명 정도 죽인 후에 칼끝에 목을 들이민 사람들.

그들의 죽음이야말로 개죽음이다.

마단에 간자(間者)만 투입시킬 수 있었어도 애꿎은 희생은 필요없었다. 그들이 죽을 필요도 없었고, 출행이라는 이름 하에 나선 골인들을 죽일 필요도 없었다.

정말 지독하고 치밀한 자들이다.

현문에는 그들의 간자가 숨어 있는데, 현문은 마단에 간자를 심어놓지 못했다. 현문은 모든 틈을 봉쇄했는데도 뚫고 들어왔고, 현문은 그들의 봉쇄를 뚫지 못했다.

현문도 폐쇄적인 문파이지만, 마단은 폐쇄적이다 못해 꽁꽁 봉인(封印)된 집단이다.

그때부터 알아봤다. 마단에 모여 있는 사람들이 얼마나 지독한지.

그래도 이건 너무하지 않은가. 어떻게 인간이 자신의 육신을 폭발시킬 수 있단 말인가. 이것이 소위 그들이 말하는 절대무인가. 절대무를 지향한다는 무인들이 취할 행동인가.

"사형의 잘못이 큽니다. 우린 적극적인 행동을 취했어야 합니다."

뇌천검객이 불붙은 장작에 기름을 끼얹었다.

"어떻게 말인가! 무작정 치고 들어가서 전년의 뼈아픈 실수를 되풀이했어야 옳단 말인가!"

"사형…… 흥분했군요. 오랜만입니다. 흥분하신 모습을 뵌 지."

그들의 대화는 쾌천검객의 다가섬으로써 중단됐다.

"영천(靈天), 화천(火天), 미천(泥天), 은천(撎天), 상천(霜天)이 당했습니다. 현천(玄天)과 기천(崎天)은 중상(重傷)이고 네 명이 미미한 경상을 입었습니다."

빙천과 뇌천검객은 할 말을 잃었다.

단 두 명의 공격에 동문 다섯 명이 죽고, 두 명은 중상이다. 공격에 나선 쉰네 명 중 일곱 명이 당했다.

"……."

분주하게 살점을 수습하는 동문들. 그들을 쳐다보는 빙천검객의 눈길은 공허했다.

사위는 어둑했다. 비가 오려는지 하늘은 온통 검붉은 먹장구름으로 가득했다. 아직 해가 넘어가려면 한 시진이나 남아 있는데도, 횃불을 밝혀야 할 만큼 어두웠다.

"뇌천, 어디서부터 잘못됐나?"

"길을 잘못 들었습니다."

뇌천은 즉시 대답했다.

"마단은 우릴 기다리고 있었습니다. 이것은 삼비마룡의 정보가 잘못되었다는 것을 뜻합니다."

"그럴 리가 없네. 내 이 두 눈으로 똑똑히 죽는 모습을 보았네. 그는 사력을 다해 이 정보를 넘겨줬어."

천리검이 주름살 가득한 이마를 잔뜩 찡그리며 말했다.

"그 정보가 잘못되었다는 겁니다. 두 번째로 우릴 공격한 자는 굉장히 냉정하고 침착했죠. 죽음의 시간을 정확히 읽어냈으니까. 그만한 자가 괜히 여기서 기다리지는 않았을 겁니다. 우린 엉뚱한 길로 들어선 거예요."

암울한 침묵이 흘렀다.

누구도 해답을 찾아내지 못했다.

마단을 놓쳐서는 안 된다는 절박함만이 가득할 뿐, 그들의 꼬리를 어떻게 잡아내야 할지에 대해서는 누구도 입을 열지 못했다.

동문들의 죽음은 애통하다. 중상을 입은 사제들도 빨리 치료를 해줘야 한다. 그런 급박한 상황이 있는데도 뒤로 미루고 머리를 맞댔지만 뾰족한 수가 생각나지 않았다.

현문의 행동은 마단보다 늘 한 박자 늦었다.

공격할 기회다 싶으면 벌써 빠져나간 후였고, 종적을 잡았다 싶으면 만반의 준비를 갖춘 후였다.

지금도 옛날의 전철을 답습하고 있다. 주공이란 자가 빠진 마단은 허수아비, 공격할 기회다 싶어서 치고 들어왔는데 벌써 빠져나가고 없다.

이제 어디 가서 그들을 잡을 것인가. 앞으로 마단의 움직임은 어떻게 감시할 것인가. 손 놓고 기다리다가 뒤통수를 얻어맞아야 된단 말인가.

"우린 방법이 없어요. 길을 잘못 들었으니 지금이라도 바른 길을 찾아가야 되는데…… 바른 길을 모른다는 게. 바른 길을 알 때까지 기다려야 합니다."

이럴 줄 알았으면 천리검이 남았어야 했다. 지금까지 마단을 면밀히 살펴온 천리검이 남았다면 적어도 잘못된 길로 들어서서 동문이 희생되는 사단만은 막았으리라.

아니다. 그가 남았어도 별수없다. 천리검이 남았다면 만무타배가 가만있을 리 없고, 오히려 삼비마룡이 건져 올린 것조차 파악해 내지 못했을 게다. 그전에 죽었을 테니까.

마단 무인들에게 삼비마룡은 삼류무인에 불과할 터, 관심을 두지 않을 것은 자명하고…… 그래서 그를 이용했는데.

현문 고수들은 더 숙의할 것도 없었다.

남은 길은 오직 하나, 현문으로 돌아가는 길뿐. 하지만 돌아가지 않았다. 말은 나누지 않았지만 돌아가지도 않았다.

그들은 기다리고 있었다.

밤이 깃들면서 소나기가 내리기 시작했다.

산중에서 맞는 소나기는 한여름인데도 불구하고 소름이 돋을 만큼 추웠다.

현문 고수들은 누구 한 사람 움직이는 사람이 없었다.

그들은 앉은 모습 그대로, 누워 있는 모습 그대로 하늘에 구멍이라도 뚫린 양 좌락좌락 쏟아지는 소나기를 고스란히 맞았다. 그때,

파아앗……!

한줄기 섬광이 솟구치더니 붉고 푸른 섬광이 화려한 꽃무늬를 만들어냈다.

현문 고수들은 일제히 일어섰다.

"저 정도면 삼십 리는 떨어져 있겠는데요."

뇌천검객이 제일 먼저 입을 열었다.

빙천검객은 그의 말을 듣고 있지 않았다. 그는 어느새 신형을 뽑아 저만큼 달려나가는 중이었다.

일사불란한 행동이 곧바로 이어졌다. 뇌천검객을 비롯한 천자배 동문들은 신속하게 빙천검객의 뒤를 좇았다.

"우린 가지."

뒤에 남은 사람들은 세 명. 그중 두 명이 중상을 입은 두 명을 부축했고, 다른 한 명은 죽은 동문들의 뼈와 살을 담아놓은 포대기를 짊어졌다.

죽은 사람은 다섯 명이나 되는데…… 살아남은 사람들이 숲을 이 잡듯 뒤져서 거둬들인 뼈와 살점은 조그만 행낭도 채우지 못할 만큼 적었다.

섬광은 그 후로도 두 번이나 더 터졌다.

현문 고수들은 그때마다 방향을 바꿔 달렸고, 날이 밝을 무렵에 터진 섬광은 지척에서 볼 수 있었다.

쉬익! 쉬이익……!

현문 고수들의 신형은 비호(飛虎)를 연상케 했다. 현란하고, 빠르고, 조용한 몸놀림은 환상적인 아름다움을 연출해 냈다. 비호 수십 마리가 일제히 한 방향으로 치달리는 장관이었다.

산을 내려와 계곡을 따라 질주했다.

소나기만 아니라면 물 한 방울 없었을 척박한 계곡이다.

계곡을 타고 내려가 산자락을 굽이돌자, 눈에 익은 가마와 사람들이 보였다.

가마 일곱 개, 그 위에 앉아 있는 노인들.

노인들 주위로는 선택받은 후기지수 열네 명이 늘어서서 날카로운 눈초리로 사방을 경계했다.

그들은 칠잔앙의 가마를 들어주는 가마꾼 노릇을 하고 있지만 칠잔앙에게서 간접적으로 무공을 사사(師事)받으니 복을 받았다고 할 수 있다.

칠잔앙에게서 무공을 전수받아도 배분이 달라지지는 않는다. 입문 시 부여된 배분이 그대로 유지된다. 무공을 직접 전수해 주지만, 사제지간(師弟之間)이 아니라 사조(師祖)나 사숙조(師叔祖)의 입장에서 조언해 주는 형식을 취하기 때문이다.

후기지수 중 차기 현문주로 거론되던 석정하의 모습도 비쳤다.

석정하는 사문의 어른들이 달려오는 모습을 보았을 때부터 손을 들어 한곳을 가리켰다.

쉬익! 쉬이익……!

십일대 천자배 고수들은 석정하가 가리키는 방향을 향해 쏜살같이 치달려갔다.

누구도 안부를 묻거나 말을 나누지 않았다.

석정하는 사부인 소천검객이 곁을 스쳐 지나가도 눈인사조차 하지 못했다.

오직 한 사람, 천자배 고수들 중 유일한 여자인 백단살만이 같이 행동을 하지 않고 칠잔앙 앞으로 달려와 포권지례를 취했다.

"몰골이 말이 아니구나."

가마에 앉아 있던 노인이 자상한 음성으로 말했다.

백단살도 노파지만 칠잔앙에게는 아직도 앳된 소녀로만 보인다.

"형제를 잃었어요. 방심했어요."

"허허허! 방심이 아니지. 마단을 그토록 오랫동안 살폈으면서도 아직 마단을 모르는가? 마단이 원래 그래. 중원의 방식으로 마단과 싸울 수는 없는 게지. 누가 당했는가?"

가마에 앉아 있는 노인은 작은 점으로 변해가는 제자들을 쳐다보며 물었다.

"영천, 미천, 화천, 상천, 은천이 당했어요. 현천과 기천은 부상이 심해서 본문으로 보냈고요."

"쯧쯧!"

노인이 혀를 찼다.

"악연이로군, 악연이야…… 마단과 현문은 서로 만나지 말았어야 해. 만나지 말았어야."

앞으로 치달려간 현문 고수들은 강가에 도달했다.

그들은 멈추지 않았다. 강을 따라 신속하게 달려나갔다.

현문 십이대 제자들은 마단에 대해서 귀가 따갑도록 들어왔지만 직접 그들과 싸우기 위해 나선 것은 처음이었다.

싸우는 것도 아니다. 싸움은 문주를 비롯해 십일대 어른들이 도맡고, 그들은 선택받은 몇 명만이 가마꾼으로 참관했을 뿐이다.

홍분으로 가슴이 뛰었다.

조그만 움직임 하나에도 솜털이 곤두서는 긴장감을 맛봤다. 비무는 밥 먹듯이 해봤고, 실전도 많이 치렀지만 어느 한쪽이 끝날 때까지 목숨을 걸고 싸워야 할 상대를 만난다는 생각은 격심한 전율을 안겨다 주었다.

칠잔앙 사조의 말대로 마단과 현문은 질기디질긴 악연으로 이어졌다. 두 문파는 서로 만나지 말았어야 할 운명이다. 그랬다면 마단은 아무런 간섭도 없이 자신들이 원하는 절대무인가 하는 것에 경주할 수 있었을 테고, 현문은 구파일방에 버금가는 대문파로 성장했으리라.

솔직히 말하면 구파일방도 우습게 여겨진다.

무림의 태산북두(泰山北斗)라는 소림사(少林寺)의 무공이 어느 정도 인지 모르지만, 청성파나 아미파의 무공과 견주어 추측해 보면 상대할 수 있을 것 같다.

사천오주? 웃기는 말이다.

마단만 없었다면, 그래서 누구도 알아주지 않는 싸움에 매달리지만 않았다면 사천성(四川省)에는 현문의 이름이 우뚝 서 있을 게다.

십이대 제자들은 마단과 현문의 숙원(宿怨)이 어떻게 맺어졌는지 모른다. 그러나 두 문파 중 한 문파는 지상에서 사라져야 이 싸움이 끝난다는 것은 알고 있다.

"과거, 마단과 현문은 네 번을 싸웠다."

열네 명의 고수들은 백단살의 말에 귀를 기울였다.

이 싸움은 멀지 않은 장래에 자신들의 싸움이 될 것이다. 명목은 참관이지만 마단의 터에 들어섰으니 지금 이 순간부터 자신들의 싸움이 되었는지도 모르겠다.

사문 어른들은 마단에 대한 이야기를 깊이 해주지 않았다.

어쩌다가 마단에 대한 이야기를 입에 담을 양이면 따끔한 질책이 떨어지곤 했다.

"현문을 벗어나 낙성곡에 입곡할 때까지는 마단에 대해서 몰라도 된다. 혹, 마단의 습격을 받아서 현문이 멸문이라도 하는 날에는 마단에 대한 기억은 영원히 잊어버려라. 너희들은 아직 마단에 대해서 알 때가 아냐."

최초로 마단에 대해서 알게 된 때는 열여덟 살이 지난 후다.

그전에도 의문은 가지고 있었다.

현문은 오 년에 한 번씩 문도를 받아들인다. 최소한 십여 명씩.

열 명씩만 잡더라도 오 년이면 열 명, 십 년이면 이십 명…… 삼십 년이면 육십 명이다.

서로 간에 나이 차도 많이 난다.

현문은 열두 살 이상 된 아이들은 받아들이지를 않으니 삼십 년 터울이라면 열두 살 대 마흔둘이다.

다른 문파 같았으면 사제지연(師弟之緣)을 맺어도 백 번은 맺었을 나이 차.

현문에서는 절대로 사제지연을 맺지 못하게 한다.

사부는 오직 오천검객뿐이며, 나머지는 모두 배분이 같은 사형지간이 된다.

이해할 수 없는 문규다.

의문은 또 있다. 오 년에 한 번씩 문도를 받아들이니…… 십이대 제자가 육십 명이라면 십일대도 육십 명이 되어야 한다.

현문 십일대는 다섯 명뿐이다. 다른 사람들은 모두 어디로 사라졌는가.

열여덟 살이 되는 해, 의문은 풀렸다.

칠잔앙을 만나뵈었고, 다른 사백, 사숙님들과도 조우했다.

중소문파에 불과한 줄 알았던 현문 조직은 대문파 못지않게 방대했다. 도림과의 비무에도 사 년이나 내리 져서 존폐마저 위태로운 줄 알았는데, 잠재력을 가늠할 수조차 없는 대문파였다.

사문 어른들을 만나뵈면서 그들이 숨어서 무공만 수련해야 하는 사정도 들었다.

마단에 대해서 들은 것은 그때가 처음이다. 그리고 이제 백단살 사숙의 입을 통해서 상세한 내력을 들을 수 있게 되었다.

열네 명의 사내는 숨소리조차 죽였다.

"네 번을 싸웠는데…… 결과는 양패구상(兩敗俱傷)이다."

꿀꺽!

누군가 침을 삼켰다. 다른 때 같았으면 들리지도 않을 작은 소리였지만 지금은 천둥 소리보다도 컸다.

"서로 심각한 타격을 받았지. 특히 마단의 주공이란 자가 보여준 신위는 천신(天神)에 버금갔어. 사천(四天)이라고 불렸던 수하들의 무공도 일파의 장문인 못지않았고. 진정 강했어. 진정……."

백단살은 과거를 회상하는 듯 잠시 말을 멈췄다. 그러다 다시 입을 열었다.

"그러나 그들보다 더 두려웠던 사람들은 바로 목숨을 초개같이 여기는 하위 수하들이었어. 오늘 다섯 사숙이 죽고, 두 사숙이 중상을 입었다. 단 두 명에게. 찔러오는 검을 피하지 않고 몸에 받았지. 그래야 거리가 가까워지니까. 그 다음에 화약을 터뜨린 거야."

상상만 해도 부들 몸이 떨렸다.

자신들이 그런 자들과 부딪친다면 여지없이 당할 수밖에 없다. 싸우면서 검을 쳐내지 않을 수도 없는 노릇이고.

"마지막 싸움에서…… 현문 십대(十代) 문도는 단 일곱 명만 살아남았다. 일당백(一當百)의 무인들이 힘없이 쓰러져 갔지. 타 문파 같았으면 장로(長老)로 대우받을 사람들인데. 추풍낙엽(秋風落葉)처럼 쓰러져 들 갔어. 살아남은 일곱 사숙도 무사하지는 못했지. 모두들 두 다리가 절단되었으니까."

칠잔앙(七轏昂).

수레에 앉은 존귀한 사람들이라는 이름 속에는 아픈 과거가 새겨져 있었다.

"불행 중 다행이라면 십대 문주께서 주공이란 자와 동귀어진(同歸於盡)을 했다는 것이지. 문주가 죽었는데 다행으로 생각해야 했지. 십대에서 단 일곱 명만 살아남았는데, 그것도 모두 두 다리가 절단된 불구의 몸이 되었는데도 다행으로 생각해야 했어."

백단살이 십 장쯤 떨어진 곳에 앉아서 두런두런 이야기를 나누고 있는 칠잔앙을 쳐다봤다.

칠잔앙은 백단살이 자신들의 이야기를 하는데도 개의치 않았다. 어차피 마단 이야기를 해주자면 자신들의 이야기 또한 빠질 수 없는 부분이니.

"결국은 양패구상. 준비를 갖춘 마단과 싸운 결과는 뼈아팠단다. 단파라는 최고의 무공을 상실한 현문이 겪어야 할 치욕이었지. 당시 마단의 주공이란 자는 죽으면서 말했다. 자신의 무공은 미완성이라고. 완성된 무공이 세상에 드러나는 날, 현문은 단 일 인에게 전멸하게 될 것이라고."

"그럴 수가!"

침착하게 듣고 있던 석정하도 놀라서 경악성을 토해냈다.

모두들 놀란 표정이 역력했다. 유독 침착한 사람은 뇌천 사숙에게 무공을 사사받은 막세건과 곽상뿐이다. 그들은 백단살이 해주고 있는 말을 알고 있기라도 한 듯이 태연했다.

"우리가 마단을 친 것도 그것 때문이다. 주공이란 자의 무공이 완성되지 않았기에 치면 승산이 있다고 생각한 거지. 힘들게 총단 위치를 알아내고 공격을 했는데, 결과가 그렇게 된 거지."

저쪽은 미완성의 무공, 이쪽은 완성된 무공. 그렇다면 저쪽이 완성된 무공으로 나올 때, 이쪽은 무엇으로 막는단 말인가.

백단살이 바람에 날리는 머리카락을 쓸어 올리며 말을 이었다.

"현문에는 세 가지 절공이 있다. 뭐냐?"

"두…… 가지가 아니고 세 가지입니까?"

누군가 되물었다.

백단살이 덤덤한 표정으로 말을 이었다.

"현문에는 묵천신공, 단파, 그리고 너희는 처음 들어보겠지만 암혼사라는 무공이 있다. 암혼사는 일인지맥(一人支脈), 어쩌면 여기 있는 너희들 중 누군가 이어가고 있을지도 모르지."

열네 사내는 약간의 질투심이 일어 서로를 쳐다봤다. 난생처음 듣는 절공인데, 자신들 중 누군가가 이어가고 있다고 생각하니 부러운 마음이 들었다.

"암혼사는 생각하지 마라. 철저한 일인지맥이라 누가 수련하고 있는지 알지 못하니까. 본인 스스로 완성됐다 싶으면 나타날 터인즉. 단파를 찾을 수 있으면 좋겠으나, 실전(失傳)된 무공에 미련을 갖는 것처럼 우둔한 짓도 없을 터. 단파도 연연하지 마라. 너희는 지금 너희가 익히고 있는 묵천신공에 더욱 정진해야 한다.”

열네 사내의 얼굴에 약간의 실망감이 맴돌았다.

낙성곡에 입곡하면 무엇인가 색다른 절공을 전수받을 줄 알았다. 십일대 어른들과 자신들의 무공을 비교해 볼 때 엄청난 차이가 있으니 그렇게 생각할 수밖에 없다. 그런데 지금까지 수련한 묵천신공이라니.

“묵천신공을 가볍게 보지 마라. 묵천신공은 천하의 절공이다. 장보진 사조는 묵천신공 하나만으로도 천하를 오시했다. 마단의 주공이란 자가 무학에 대한 자부심을 말했다면, 우리 현문도 같은 말을 해줄 수 있다. 십대 현문주께서는 묵천신공을 칠성밖에 수련해 내지 못했지. 그것도 지금까지 묵천신공을 수련한 사람들 중에 최상의 경지였어. 그래서 마단을 공격했던 것이고. 묵천신공을 절정으로 깨우친다면 그 위력은 상상할 수도 없단다.”

평소 마단의 위치를 알면서도 공격하지 않는 이유가 궁금했다.

칠잔앙의 가마를 들고 이곳까지 오면서는 궁금함을 넘어서 회의(懷疑)가 치밀었다.

현문은 정말 강한 문파인가, 아니면 허울만 좋은 문파인가.

칠잔앙과 십일대 어른이 모두 병장기를 챙겨 나설 때는 마단 총단을 공격하는 줄 알았다. 한데 총단은 이미 빠져나가고 없으며, 전력을 기울여 공격하는 것이 고작 경계를 담당했던 몇몇 무인이라니.

이제는 알 것 같다. 현재까지 현문에서는 묵천신공을 칠성 이상으로 연성해 낸 사람이 없다. 십일대 현문주인 빙천검객도 칠성에 미치지 못한다.

공격을 해도 승산이 없는 것이다.

더군다나 총단의 위치를 추정만 할 뿐 정확히 알지 못하니…… 그래서 감시만 하고 있었다. 마단의 행동을 예의 관찰하느라고 끊임없이 멸혼촌 골인들과 무인들을 충돌시켜야만 했다. 그들 사이에 조그만 변화라도 일어난다면 곧바로 큰 싸움으로 번질 테니까. 마단이 무공을 완성했다면 골인들을 앞세울 필요가 없을 테지. 그때는 숨어 있을 이유가 없으니까.

그러면서 이쪽 역시 묵천신공의 정진에 모든 노력을 경주했다.

지금 상황도 납득이 된다.

마단 총단이 변수다. 그들은 멀리 사라졌을 수도 있고, 아주 가까이에 있을 수도 있다. 만일 그들이 함정이라도 파놓고 유인한 것이라면……

일단은 대비해 두어야 한다.

마단을 가장 잘 알고 있는 칠잔앙이 몸소 나선 것도 그 때문이다. 그리고 지금에 와서 십일대만 앞으로 내보내고, 뒤에 처진 것은 총단의 공격이 없다고 확신했기 때문이다.

마단은 무서운 자들이다.

어떤 자들이기에 단 두 명으로 십일대 사숙 다섯 명을 죽음으로 내몰 수가 있었을까.

모르긴 해도 무공이 상당한 경지에 이른 자이리라. 그런 자가 과감하게 자신의 목숨을 내던졌다는 것이 더욱 두렵다.

"묵천신공을 대성할 방도는 없습니까?"

석정하가 물었다.

"길은 항시 열려 있다. 찾지를 못할 뿐. 낙성곡에서…… 너희들이 찾아주길 바란다."

백단살은 여전히 무표정했다.

第四十九章

협곡(峽谷)을 지나면

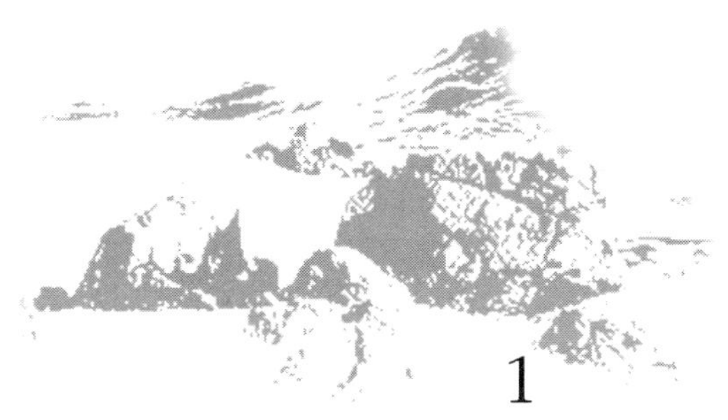

1

협곡(峽谷)을 지나면

이동은 신속했으며, 여유로웠다.

산에서 내려와 강가에 도착한 독사 패거리는 소선(小船) 십여 척에 나누어 승선했다.

배는 본 적이 없는 형태였다. 한 사람이 앉으면 꼭 찰 만큼 폭이 좁았다. 폭에 비해 길이는 삼 장 정도로 긴 편이었다. 뱃전에는 사람이 앉을 수 있게끔 횡목(橫木)을 설치했고, 좌우 노걸이에 노가 한 개씩 있는 특이한 형태였다.

"이걸 타고 가잔 말이우? 거참, 신기하기도 해라. 어찌 어린아이들 장난감같이 생긴 게 물에 뜨기는 하나? 이거야 원, 물살이 조금만 급해져도 벌러덩 뒤집어져 버리겠는데?"

퉁음이 수다를 늘어놓았다.

"헐헐! 걱정 마라. 웬만한 물살에는 끄덕도 하지 않으니까."

만무타배가 히죽 웃으며 말했다.

"그걸 어찌 믿누. 물귀신이 되면 나만 손햇걸."

"걱정 말고 어여 타기나 혀. 물에 빠져 죽을 물귀신은 없겠어."

신령이 대뜸 면박을 주자, 통음은 입을 내밀며 작은 소리로 궁시렁거렸다.

"느낀 게 있으면 빨리 말할 것이지 유세를 떠는 것도 아니고…… 어머니도 그렇지. 기왕 이상하게 만들 것 같았으면 머리나 회까닥 돌게 만들 것이지, 왜 엄한 귀는 이상하게 만들어 가지고……."

연신 중얼거리던 통음의 안색이 갑자기 굳어졌다. 통박을 주던 신령도 눈을 가늘게 뜨며 산 언저리를 바라봤다. 그들뿐이 아니다. 이미 배에 타고 있던 광안이 벌떡 일어서더니 고개를 돌렸다.

"손님이 오고 있군."

소선에 오르려던 독사도 귀주사괴와 같은 방향을 보았다.

만무타배는 한발 늦게 사태를 직감했다.

'이럴 수가 있나! 나보다 한발 앞선다!'

그의 놀라움은 컸다. 손님이 오고 있다는 것보다도 귀주사괴와 독사의 영민한 오감(五感)에 놀랐다. 귀주사괴야 선천적으로 타고난 능력 때문이라지만, 독사의 경우에는 순수한 내력의 효능이다. 그것은 독사의 내력이 자신을 능가한다는 것을 의미한다.

이럴 수는 없다.

멸혼촌에 들어설 때만 해도 독사는 상대가 되지 않았다. 자신은 독사의 초식을 모두 읽어냈고, 여유있게 가지고 놀았다. 오공사수와 십초 이상 겨뤘다는 말을 들었을 때부터 소록소록 피어나던 불길한 직감이 현실로 드러나는 순간이다.

“칠잔앙이 왔다더니…… 움직임을 읽고 있었네. 저들은 분명히 오십사천(五十四天)일 거야.”

요지성녀가 다소 놀란 듯 말했다.

이제는 모두가 손님을 보았다. 그들은 경탄이 절로 튀어나올 만큼 빠른 속도로 치달려오고 있었다.

“칠잔앙이 누구요?”

마천옥이 물었다.

요지성녀의 말속에서 마단을 잘 알고 있는 사람이라는 인상을 받았으니 궁금하지 않을 수 없다.

“저 사람들은 현문 오천검객과 동배의 인물들이야. 모두 쉰네 명이라서 우린 그냥 오십사천이라고 불러. 칠잔앙은 저들의 사백이나 사숙이 되는 사람들이고.”

“현문주 빙천검객과 동배의 인물들? 내가 잘못 듣지는 않았소?”

“호호호! 똑바로 들었는데 왜 또 물어? 나랑 이야기를 나누고 싶어서 그래? 호호! 골인 사내는 사양이야. 뼈가 부딪쳐서 아프거든.”

요지성녀는 다급해하지 않았다.

현문과 마단이 적대 관계에 있고, 빙천검객과 동배의 인물들이 쉰 명 넘게 다가온다면 위험에 처했다는 건데, 서두르는 기색이 전혀 없었다. 오히려 색깔 짙은 농담까지 할 정도로.

“뭣들 하고 있어? 빨리들 타라고. 이 배는 밑바닥에 부목(浮木)을 받쳐 놔서 웬만한 흔들림에는 수평을 유지하게 되어 있네. 마음 놓고 노를 저어도 돼. 바람을 받지 않고 순전히 노를 저어야 나아가는 배이니 부지런히들 저어야 할 게야.”

만무타배가 소선에 올라타며 말했다.

현문 고수들은 닭 쫓던 개 신세가 되었다.

그들은 거의 따라잡기는 했지만, 강물 속으로 뛰어들 수는 없었다. 더군다나 소선은 빠르기가 천리마(千里馬)를 능가하는 듯 질풍처럼 빠져나갔다. 겉보기에도 날렵해 보이는 소선이었지만 막상 노를 젓자 별 힘을 들이지 않고도 쭉쭉 뻗어 나갔다.

그래도 현문 무인들은 포기하지 않았다. 소선이 나아가는 속도에 맞춰서 강안을 질주했다.

만무타배와 요지성녀는 편안한 표정으로 그들을 쳐다봤다.

말을 건네면 들릴 수 있을 정도의 거리였지만, 현문 고수들과의 사이에는 강이 가로막고 있다.

"현문 고수들이 뛰어나다는 소리는 들었지만 막상 보니 정말 뛰어나네. 저 사람들은 우리가 배를 탈 것까지 알고 있었잖아."

진취가 양쪽 강안을 살피며 말했다.

현문 무인들은 한쪽에만 있는 게 아니었다. 인원을 절반으로 나눠 양쪽 강안에서 균등한 수의 무인들이 따라왔다.

발을 땅에 딛기 위해서는 배를 강안에 대야 한다. 그러자면 이쪽이든 저쪽이든 어느 한쪽에는 붙여야 한다.

현문 무인들은 배를 강안에 댈 때까지 따라올 모양이었다.

독사는 그들 속에서 낯익은 얼굴을 찾아냈다.

빙천검객…… 본 적이 있다. 소천검객…… 구불산을 같이 등반까지 했다. 반갑다. 하지만 마냥 반가울 수만은 없다. 강안에서 치달리는 무인들 중에는 사부 뇌천검객도 섞여 있다. 사숙인 줄만 알았던 천리검의 늙은 모습도 보인다.

그들은 모두 자신들의 문파를 귀궁이라고 했다.

귀궁…… 얼어죽을 귀궁.

이렇게 현문 문도가 되어 뒤를 쫓게 될 것을.

독사는 행낭을 풀어 검은 무복을 꺼냈다.

"갑자기 옷은 왜요?"

엽수낭랑이 물었지만 대답할 기운도 없었다.

사부의 손에 암살당하는 제자의 비운을 알고 있는가. 그것으로 인연이 끝났다고 생각했는데, 다시 만난 심정을 짐작하겠는가.

부욱!

옷 찢는 소리가 육신을 찢는 소리만큼이나 아팠다.

독사는 찢어진 옷가지로 얼굴을 감싸기 시작했다.

'아!'

엽수낭랑은 소리없이 탄식을 불어냈다.

그녀는 암살된 독사를 찾아 상처를 치료해 줬다. 큰 충격을 받아 정신적 공황 상태에까지 빠진 독사를 보며 괴로워했다. 그 사람들……독사를 그 지경으로 몰아넣은 사람들이다.

"뒤를."

엽수낭랑은 노 젓던 손을 멈추고 독사의 뒷머리에 손을 댔다.

찢어진 옷가지가 얼굴을 감싸 진면목은 알아볼 수 없지만, 솜씨가 몹시 엉성했다. 옷 색깔만 누리끼리하다면 나병(癩病) 환자(患者)로 착각할 만하다.

뒤 매듭을 야무지게 묶으면서 말해 주었다.

"됐어요. 웬만해서는 풀어지지 않을 거예요."

소리없는 추적은 한 시진이나 지속되었다.

시간이 흐를수록 강폭은 점점 넓어졌고, 한 시진이 흐를 즈음에는 모습을 식별해 내기가 곤란할 만큼 멀어졌다.

"끈질기게 따라오네요. 대책이라도 있는 걸까요?"

엽수낭랑은 독사의 입이 열리기를 기다렸다.

독사는 한 시진 동안 단 한 마디도 하지 않았다. 묵묵히 노를 젓기만 할 뿐, 강안을 향해 눈길조차 주지 않았다. 말로는 잊었다고 하지만 마음으로는 잊지 못하고 있는 것 같다.

엽수낭랑은 그 심정을 이해했다.

변화는 독사 패거리에게도 일어났다. 삼지가 조금씩 거리를 당겨오더니 독사의 소선과 부딪칠 정도로 가까이 댔다.

독사와 엽수낭랑은 한쪽 노를 저을 수 없었다.

"대형."

속삭이듯 작게 말하는 마천옥의 눈이 반짝 빛나는 듯했다.

"여기가 어딘지 알아냈습니다."

말이 없던 독사의 눈에도 기광이 출렁였다. 독사는 급히 고개를 들어 마천옥을 바라봤다.

"이 강은 반 각쯤 더 가면 양 갈래로 갈라집니다. 가운데 섬이 있죠. 무인도지만 꽤 큰 섬입니다."

마천옥은 은밀히 말했다. 말을 하면서도 연신 만무타배를 쳐다보며 눈치를 살폈다.

"섬을 지나면 다시 강이 합류합니다. 그리고 두 시진쯤 더 가면 비락봉(枇珞峰)을 볼 수 있을 겁니다."

"비락봉이라구요!"

엽수낭랑도 비락봉을 알고 있는 듯 소리를 높였다.

마천옥이 황급히 입술에 손가락을 갖다 댔다. 눈으로는 만무타배와 요지성녀를 흘겨보았다.

"비락봉, 그렇게 말해서는 잘 모르겠군요."

독사가 설명을 요구했다. 그는 사천에서 태어나 사천에서 자랐지만 사천의 지리에 대해서는 강서성(江西省) 사람이나 마찬가지였다.

그가 알고 있는 지리는 영은촌 주변으로 한정되었다. 요빙이 죽은 후, 현문을 찾아가며 또 돌아 나오며 두 발로 밟았던 땅이 유일하게 영은촌을 벗어나 알게 된 지형이었다.

"조몽산(鳥蒙山). 일명 봉운령산(鋒云靈山)이라고도 부르는 산의 한 봉우리입니다. 사천과 운남(雲南)의 경계에 위치하죠."

사실이 그렇다면 상당히 멀리 왔다. 백비를 머리 속에 담고 있는 사람이라면 조몽산을 생각할 수 없다.

"확실합니까?"

마천옥은 대답 대신 살며시 손을 들어 멀리 보이는 산봉우리를 가리켰다.

그가 가리키는 산봉우리는 희미했다.

시력을 돋워 자세히 보지 않는 한 산이 있다고 알아볼 수도 없다. 마치 한 조각 구름덩어리가 하늘에 붙박여 있는 것 같다.

"저게 조몽산?"

"여기서 반나절 거립니다."

"확실하게 장담할 수 있어야 되는데…… 장담합니까?"

"저는 긴가민가했지만…… 혜월이 또렷하게 알아봤습니다."

독사는 혜월에게 눈길을 주었다.

혜월은 독사를 쳐다보지 않았다. 그녀는 독사와는 반대쪽으로 고개를 돌려 외면해 버렸다.

"대형, 상황이 아주 좋습니다. 현문이 만무타배를 쫓고 있으니……우릴 막을 수는 없습니다. 여기가 어딘지 알고 있는 한, 빠져나가는 것도 확실하다고 장담드립니다."

"……."

독사는 쉽게 대답하지 않았다.

마단이 무서운 것은 아니다. 일 년이란 기한을 두고 빠져나갈 준비를 했다. 그러던 중 만무타배와 요지성녀가 찾아왔고, 빠져나갈 기회를 마련해 주었다.

엽수낭랑의 무형지독은 두 사람을 허수아비로 만들어 버렸다.

탈출은 그때부터 가능했던 거다.

거처를 옮기는 것이 현문의 추적 때문이라면 탈출은 더 쉬워진다. 그냥 이대로 배를 멈추고 따라가지 않겠다고 말만 하면 된다.

만무타배와 요지성녀는 더 이상 위협이 될 수 없다.

그래도 결단을 내리지 못하고 망설였다.

삼지가 싸움을 권했을 때, 행낭을 꾸리라고 명을 내린 데는 이유가 있다.

마단과 현문, 그리고 독사 패거리의 얽히고설킨 인연은 반드시 매듭을 풀어야 한다. 서로 간의 인연이 매듭으로 옭아져 있는 한, 이곳에서 탈출을 한다고 해도 탈출한 것이 아니다.

독사 패거리는 안전한 장소라고 생각되는 곳에 안주를 해도 낯선 사람만 보면 마음을 졸일 게다. 또한 그냥 물러서기에는 멸혼촌과 유심동에서 죽은 사람들의 원한이 너무 깊다.

지난 반년간 독사의 생각은 많이 변해 있었다. 아니다. 변했다고 할 수 없다. 마단의 저력이 워낙 강력해서 잠시 주춤했을 뿐, 원래의 생각이 변한 것은 없다.

무림에서 무림인으로 살기를 작정했으니, 원래 생각했던 대로 '촉'이라는 나라를 세우리라. 첫 상대가 마단이라 벅차기 이를 데 없지만 뚫고 나가야 한다면 뚫어버리겠다.

생각이 변한 부분은 주적(主敵)이다.

멸혼촌에 갇혀 있을 때만 해도 주적은 마단이었다. 한데 지금은 주적이 모호해졌다. 솔직히 마단이 적인지 현문이 적인지 명확히 짚어낼 수가 없다.

마단은 사람들을 백비로 유인해 골인으로 만들었고, 자유를 빼앗았으며, 삶과 죽음을 그들 마음대로 결정했으니 틀림없는 주적이다.

현문도 나쁘기는 마찬가지다. 무인들을 죽음으로 몰아넣었다. 골인들을 끊임없이 출행에 나서게 했다. 크게 생각하지 않고 독사 자신의 경우만 살피더라도, 사부의 행동을 이해할 수 없다.

골인들은 마단과 현문이라는 고래 싸움에 등 터진 새우다.

그래서 독사는 비교적 안전한 마단 쪽을 택한 것이다. 마단은 그들이 절대무를 완성하지 않는 한 지금의 상태를 유지시켜 줄 테니까. 그동안 착실히 무공을 수련하고, 힘을 기르며, 마단의 허실을 탐지할 수 있을 테니까.

독사는 그런 생각에서 만무타배와 동행할 것을 결정했는데, 삼지는 여전히 탈출을 권하고 있다.

'이들에게 필요한 건 속박이란 굴레에서 벗어나는 것일지도 모르겠군. 잠시겠지만 완전한 자유를 누리고 싶은 거지.'

생각에 잠긴 독사를 대물이 깨웠다.

"대형, 옛날 대형이 한 말이 생각나네. 옛날에 우린 영은촌을 지배할 생각이 없었잖아? 그냥 마음 내키는 대로 사는 것뿐이었는데. 돌주먹, 저 미련한 놈은 자기 영역에서 독버섯이 자라는 줄 알았나 봐. 그러니 가만히 있는 사람을 치고 들어왔지."

그랬다. 돌주먹과의 인연은 싸움에서 비롯되었다. 당시 독사는 패거리라고 할 것도 없는, 친한 벗들 몇 명이 어깨를 같이했을 뿐이다. 싸움을 잘하기는 했지만 무리를 이끌고 영은촌의 어둠을 장악하겠다는 생각 따위는 추호도 없었다.

그러나 돌주먹은 그렇지 않았다.

술집에서 얻어맞은 수하들, 주먹에 눌려 원하는 여자를 품지 못한 수하가 내뱉는 하소연.

자기 영역에서 자기 패거리가 아니면서 활개를 치고 다니는 작자들이 있다는 것 자체를 중대한 도전으로 간주했다.

돌주먹은 사십 명이나 되는 패거리를 동원하여 치고 들어왔다.

승산이 없었다. 싸움을 잘한다지만 상대도 싸움에 이골이 난 자들이다. 그리고 인원도 많아서 사십여 명이나 된다.

독사는 선택을 강요받았다.

부딪쳐서 피곤죽이 되도록 얻어터진 끝에 반병신이 되던가, 돌주먹의 눈길이 미치지 않는 곳으로 도망가서 꽁꽁 숨어 살던가, 아니면 머리를 숙이고 그의 수하로 들어가는 것.

도망가서 숨어 사는 것은 선택에서 제외되었다.

독사나 불곰이나, 돌주먹과의 싸움에서 쇠스랑이라는 별호를 얻게 된 쇠스랑이나 꽁무니를 보이는 것은 생각도 하지 않았다.

부딪치던가, 머리를 숙이던가…… 양자택일(兩者擇一)의 갈림길.

"그때 대형이 한 말은 아주 명언이었어. 깨질래, 기어들어 갈래. 그때는 우리가 선택했지만 지금은 대형이 선택해야 될 것 같은데? 깨질 거야, 기어들어 갈 거야?"

그 싸움은 독사가 이겼다. 돌주먹은 의기양양하게 걸어왔던 것과는 반대로 독사에게 머리를 숙였다. 그야말로 전신이 피투성이가 되는 혈투(血鬪)를 치른 끝에.

파락호와 무인은 경우가 다르다.

당시 상황과 지금 상황이 같을 수도 없다.

대물이 그런 점을 모르고 말한 것은 아니다. 알면서도 말한 것이다. 사람들과 어울려 지낸 지는 얼마 되지 않지만, 독사 패거리가 가장 갈망하는 것이 무엇인지 알기 때문에. 정확히 말하자면 골인들이 평생 소원이나 된 듯이 원하는 것을 잘 알기 때문에.

자유!

마단과 싸워 몰살되는 한이 있더라도, 이름 모를 골짜기에서 벗어나 사람 사는 땅을 밟아보고 싶다는 욕구. 몽환소에 중독되는 순간부터, 골인이 된 사람들을 보는 순간부터 포기해야 했던 사람 사는 곳.

독사는 결정을 내렸다.

자신의 생각이 틀렸다고는 생각지 않는다. 하지만 이들이 갈망하는 것도 들어줘야 한다. 어쩌면 이들은 마단과 싸우는 것보다 자신들이 활보했던 땅을 한 번이라도 밟아보는 것이 더 큰 소원일지도 모른다.

"만무타배가 성질나겠군. 여기까지 와서."

"헐헐헐……! 저 세 명이 자네 두뇌군."

만무타배는 독사와 삼지가 가까이 다가서자마자 말했다.

"저 여잔…… 절대무를 완성한다면서 데려온 여자인 것 같은데, 저 친구도 그렇고. 두뇌를 데려왔군. 현명한 선택이야."

"이미 파악한 일 아니오."

"헐헐헐!"

"저 앞에서 길이 갈라지죠. 우린 좌측으로 갈 테니, 당신들은 우측으로 가시오."

"지형을 파악해 냈군. 헐헐! 뛰어난 자들을 곁에 두었어. 하기는…… 멸혼촌이나 유심동에 들어온 사람치고 사연없는 사람이 없겠지. 개중에는 뛰어난 사람도 있을 터이고. 독사, 자네도 무리를 이끌고 있으니 알겠지만, 수하 된 자에게는 생각할 권한이 없는 거라네. 결정할 권한은 더욱 없지. 명을 받으면 그대로 이행하는 것이 수하의 운명이지 않은가."

배는 천천히 흘러갔다.

노를 젓는 사람은 없었다. 다른 소선에 타고 있는 사람들도 독사와 만무타배가 중대 사안을 논의하고 있다는 것을 알아챘다. 그들의 가장 큰 관심사를.

모두 노를 놓고 귀를 기울였다. 소선은 강물이 밀어대는 대로 출렁이며 밀려갈 뿐이다.

"현재 상황은 우리가 유리한 것 같소. 하지만 마단과의 약속을 저버릴 뜻도 없소."

"……?"

"총단의 위치를 알려주던가, 마단과 연락할 수 있는 방도를 알려주시오."

"헐헐헐! 어느 것도 알려줄 수 없네. 그리고…… 자넨 한 가지 잊어

버린 점이 있네. 여기가 강이라는 것. 여기서는 자네가 유리하지 않네. 우리가 유리하지."

"지나친 자신은 금물이오."

"시험하지 말게. 내 말은 사실이니까. 저길 보게."

만무타배는 턱 끝으로 현문 고수들을 가리켰다.

"우리가 저들을 오십사천이라고 부른다는 것은 배를 타기 전에 말해 줬으니 알고 있을 테지. 잘 보게. 저들이 몇 명이나 되는 것 같나?"

"스무 명."

독사는 헤아려 보지도 않고 대답했다. 현문 고수들의 숫자는 이미 한 시진 전에 헤아렸다.

"그렇지? 스무 명이야. 저 사람들은 한 번 곤욕을 치렀네. 암신과 일암마가 길을 막아섰지. 암신이 저들을 몇 명이나 죽였을 것 같나?"

"……."

"한두 명이면 제 몫을 못한 거지. 네다섯 명이면 평작(平作). 예닐곱 명이면 아주 잘한 거야. 아주 잘했다고 치고, 그러면 마흔일곱 명은 남았어야 해."

"준비를 하고 있단 말이오?"

만무타배는 쭈글쭈글한 주름살을 잔뜩 찡그리며 웃었다.

"헐헐헐! 암신을 보낼 때는 칠잔앙이 오지 않기를 바랐지. 그 사람들은 모두 다리가 절단된 불구자들이거든. 제대로 된 무공도 펼치지 못하니 와봤자 오히려 짐만 되지. 그랬다면 저들과의 만남은 암신으로 끝났을 거야."

독사는 암신이 죽었다는 것을 감지했다.

"칠잔앙이 나왔다는 말을 들었으니 그에도 대비를 해야겠지? 칠잔앙은 우리와 싸워본 사람들이라 우리의 장기가 무엇인지 잘 알지. 아마도 십일대 제자들이 실패할 것에 대비해서 목을 지키고 있었을 거야. 한 군데만 지키면 되니까 어려운 일도 아니고. 어려운 일은 어려운 일이지. 우리 장기를 아는 사람만 생각할 수 있는 목이니까."

"이 밑…… 강 밑에 있는 자들을 말하는 거요?"

"헐헐! 바로 맞췄네. 물속에서는 이들이 왕이지. 믿게. 낯살이나 먹은 사람의 말은 들어두는 게 좋아."

"후후! 현문도 이들을 알고 있고, 마단이 이들을 이용할 것을 생각했다면 얼마 안 있어서 한바탕 싸움이 일어나겠군."

"헐헐! 그럴 걸세."

"현문이 이들을 알고 있는데도 자신있단 말이오?"

"물속에서는 왕이라고 말하지 않았나."

만무타배와 요지성녀는 걱정을 하지 않았다.

현문을 잘 알고 있는 사람들, 그리고 현문도 물속에 있는 사람들을 알고 있고 충분히 대비해 왔으리란 점까지 예측하면서도 태연한 사람들.

어느 한쪽은 실수를 하고 있는 것이다.

"우린 말한 대로 좌측으로 갈 것이오. 우측으로 가지 않고 우릴 따라오면 현문과 싸우기 전에 우리하고 먼저 싸울 것이오. 선택할 수 있는 것은 한 가지뿐이오. 연락할 수 있는 방법을 가르쳐 주던지, 적으로 돌아가던지."

"헐헐!"

만무타배는 웃었다. 요지성녀는 어린아이들의 재롱을 즐기는 듯 옅은 웃음을 띠었다.

2

독사는 만무타배와 요지성녀에게 선택을 강요했지만, 그들은 오히려 독사에게 선택권을 주었다.

"네놈 뜻대로 해. 네놈이 좌우측을 말했으니 그 말을 좇도록 하지. 내가 앞서 가겠네. 나를 따라오면 목숨은 구명하는 것이고, 반대 길로 가면 적이 되는 것으로 간주하지. 충고하건대 이들을 얕보지 마. 오공사수 사형도 강에서는 몸을 사리는 자들이니까. 헐헐."

만무타배와 요지성녀는 아무 망설임 없이 앞으로 나갔다.

반 각이라는 시간은 길다면 길고 짧다면 무척 짧다.

독사에게는 일수유처럼 짧은 시간이었다.

"대형, 너무 간단히 생각했나 봅니다. 무리할 필요는 없습니다."

마천옥이 한 걸음 물러섰다.

강 속에 숨어 있는 존재에 대해서는 알고 있다. 그들이 뛰어난 자들이라는 것도. 마단과 현문이 서로 자신을 하듯이 삼지도 승산있는 계획을 가지고 있다.

자신있다는 말은 자신에 대한 확신이기도 하지만 지금과 같은 상황에서는 상대를 정확히 알지 못하고 있다는 말과도 상통한다.

하기는 싸움이 원래 그렇다. 자로 잰 듯이 상대를 알고 있다면 여간해서는 싸움이 일어나지 않을 것이다. 서로 자신이 있어서 해볼 만하다고 생각하기에 싸움이 일어나는 게다.

확실과 불확실 사이의 결정은 독사가 해야 한다.

"일지답지 않은 말."

독사는 불확실을 선택했다.

"마단과 돌아올 수 없는 강을 건널 생각이시라면 방법이 전혀 없는 것은 아닙니다."

"방법이 있다?"

"간단합니다. 이번 난관은 당문삼기가 헤쳐 줄 겁니다. 모두들 무공 수련에 전념하고 있을 때, 당문삼기는 암기와 독을 만들면서 수중왕이라는 괴물 또한 염두에 두었으니까요."

독사는 당문삼기를 쳐다봤다.

당문삼기는 한 배에 타고 있었다. 소선 안에는 수레에 실어두었던 암기들이 수북이 쌓여 있었다. 그러나 정작 지금 필요한 것은 암기가 아니라 독이다.

당호가 고개를 끄덕였다.

수중괴물들을 상대하는 게 독이라는 것은 쉽게 파악된다.

독사는 이번에는 귀주사괴를 쳐다봤다.

독사의 눈길을 의식한 신령이 딱딱하게 굳은 얼굴로 말했다.

"아주 불길한 놈들이야. 소름이 오싹 끼치는구먼. 지독하다 잔인하다 온갖 놈들을 만나보았지만 내 생전 이놈들처럼 불길한 놈들은 처음 접하는 것 같아."

신령의 말은 만무타배의 여유만만함에 이유를 붙여줬다.

미래를 예감하는 사람, 그가 앞날을 점치지 못한다.

수중괴물에 대해서 조금이라도 알고 있다면 불안감이 훨씬 덜할 텐데, 아무것도 모르고 있으니 답답하기만 하다.

수중괴물들은 독사의 암혼사에도 걸려들지 않았다.

혼연일체(渾然一體), 강칙혼연의철(鋼則渾然擬鐵).

내쉬는 숨 한 모금, 들이쉬는 숨 한 모금으로 자연과 육신이 하나가 되면 쇠의 단단함도 헤아릴 수 있다.

독사가 감지하지 못하는 기운은 없었다. 하지만 살아 있는 생물과 마찬가지인 물로 전신을 둘러싼 수중괴물의 존재는 탐지해 내지 못했다.

사람이라면 호흡을 해야만 하고 어떤 방식으로든 움직임이 있어야 하는데, 흘러가는 물살 외에는 아무것도 느껴지지 않았다.

"어떻게 하시겠습니까? 가부만 결정해 주십시오."

모두들 싸울 준비가 끝나 있다. 마천옥이 물러선 것도 독사 자신에게 부담을 주지 않으려는 것뿐, 그의 내심은 싸우는 쪽으로 기울어져 있다.

독사는 혜월에게 물었다.

"소저, 도와주시겠소?"

"……."

혜월은 여전히 다른 곳만 쳐다볼 뿐 말이 없었다.

"싸움을 언제 시작하는 게 좋겠소?"

독사는 마천옥에게 물어도 좋을 말을 혜월에게 물었다.

마단과 현문이 서로를 노리고 있는 상황이라면 먼저 싸움을 시작할 필요가 없다. 잘하면 싸우지 않고도 빠져나갈 수 있는 방도가 있지 않을까?

독사가 생각할 수 있는 일을 마천옥이나 혜월이 생각하지 않았을 리 없다.

그래서 물었다.

마천옥이 아니라 혜월에게 물은 이유도 있다.

어쩌면 이런 일은 혜월보다는 마천옥의 생각이 더 나을 수도 있지만, 어차피 생사고락(生死苦樂)을 같이해야 하고, 위험에 직면해 있는 것도 마찬가지이니 냉담한 관계를 이 기회를 빌어서 풀어보자는 의도였다.

사람은 자신이 효용 가치가 있을 때 자발적으로 나서서 일하게 되어 있다. 앵돌아진 마음도 일을 같이하다 보면 풀리게 되어 있다. 특히, 생사를 점칠 수 없는 위험천만한 사지(死地)를 같이 걸을 때의 유대감은 공고하기 이를 데 없어서, 부모를 죽인 불구대천지수(不俱戴天之讎)조차도 손을 맞잡게 만든다.

한림을 죽인 원한은 씻을 수 없겠지만, 지금은 뜻을 같이하자는 우호적인 손짓이었다.

마천옥도 그런 점을 읽었는지 옅은 웃음만 배어 물었다.

혜월이 딱딱 부러지는 음성으로 말했다.

"이런 싸움은 마 사형이 전문이에요. 사람을 아직 모르나요?"

"소저에게 듣고 싶소."

"태평하군요. 모두 물귀신이 될지도 모를 판국에."

"사람을 옆에 둔다는 것은 간단한 것이 아니오. 어떤 때는 목숨까지 담보로 맡겨야 할 상황에 직면할 수도 있소. 그만한 믿음이 없다면 처음부터 옆에 두지 말았어야 할 것이고."

"제게 목숨을 맡긴단 말인가요? 호호……!"

독사가 혜월의 웃음을 잘랐다.

"오빠에 대한 원한을 잊지 않고 있소. 언젠가는 소저가 쳐놓은 그물에 걸려들 것이라는 것도. 하지만 지금은 아닌 것 같소. 이번 일은 모두가 예상했던 일. 예상했던 일에 덫을 놓을 만큼 우둔한 사람은 아니잖소. 소저가 덫을 놓는다면 아닌 밤중에 홍두깨 격으로 느닷없이 뒤통수를 얻어맞게 될 테지. 자! 시간이 없소. 언제 싸움을 시작하는 게 좋겠소?"

혜월이 고개를 돌려 독사를 바라봤다.

그녀의 눈빛은 호수처럼 잔잔해서 속내를 읽을 수 없었다.

"만무타배를 따라가요."

"따라가라?"

"현문과 마단의 싸움이 시작되면, 최대한으로 노를 빨리 저어서 섬으로 올라가요."

"……?"

혜월은 물길이 양 갈래로 갈라진 다음에 현문의 공격이 시작될 것으로 생각했다.

"현문은 이곳을 잘 알고 있어요. 우린 그에게 우측으로 가라고 강요했지만, 원래 그는 우측으로 갈 예정이었어요. 우측으로 가면 강폭이 점점 좁아질 거예요. 그건 급류가 형성된다는 말이고, 강폭에 따라서는 노를 저어서 배를 제어할 수 없는 상태까지 될지도 몰라요. 틀림없이 그런 상태가 될 거예요. 물살이 이끄는 대로 따라갈 수밖에 없는 상태. 현문은 그곳에서 기다리고 있어요.”

“우리가 반드시 우측으로 간다는 보장을 못할 텐데?”

“현문도 같은 생각이에요. 그래서 사람을 반으로 갈라 좌우측에서 따라오는 거죠. 하지만 현문도 좌측 강에서 싸울 의도는 없어요. 그들은 십중팔구 우측 강으로 갈 것이라 생각하고 있어요. 물속에 있는 괴물들을 잘 알고 있고, 괴물들이 싸우기에 가장 유리한 지형이 급류 쪽이니까요. 누구나 유리한 지형을 찾게 되는 법이죠.”

“그런 곳에서는 싸우는 법이 아닌데…… 급류에 떠밀려 가는 배를 섬에 붙이겠다고 아등바등거리다가는 혼란에 빠질 게 뻔하고.”

대물이 고개를 갸웃거리며 말했다.

혜월은 대물의 말을 가로막지 않았다. 오히려 다음 말을 이어보라는 듯 자신의 말을 죽였다.

대물이 무언의 재촉을 받고 자신의 생각을 피력했다.

“나 같으면…… 최대한 빨리 급류를 빠져나간 다음에 강폭이 넓어지는 곳에서 빠져나가는 쪽으로…… 강폭이 좁아지면 넓어지는 곳도 나오는 법이니까…….”

“그래요. 맞아요. 급류에서는 떠밀려 가는 쪽이 불리해요. 거기서는 물속에 있는 수중왕이라는 자들이 싸워줄 테니, 우리는 만무타배를 따라서 최대한 빨리 빠져나가면 돼요. 대물 말대로 급류를 빠져나간 다음에 섬으로 올라서는 거예요. 언제 싸워야 하냐고 물었죠? 그때부터예요.”

먼저 행동을 일으켜서 수중괴물들과 직접 싸울 필요는 없었다.

“그런데 소저…….”

사팔이 눈알을 중앙으로 모은 채 혜월에게 말했다.

"방금 저놈을 보고 대물이라고 불렀는데…… 대물이 무슨 뜻인지 알고 있는지……."

"……?"

혜월의 안색이 싸늘하게 굳어졌다.

그녀도 영은촌 사람이다. 오빠가 독사 패거리에게 죽었으니, 독사 패거리에 대해서는 낱낱이 알고 있다. 대물이 지닌 뜻…… 정숙한 여인이 입에 담기 힘든 말이다.

혜월이 무서운 눈으로 노려보자, 사팔이 찔끔해서 고개를 돌렸다.

계두가 옆에서 한마디 했다.

"거봐. 알고 있다고 했잖아. 넌 이제 찍혔다."

"모를 줄 알았지."

"허! 허허! 허허헛!"

지천도가 기어이 웃음을 터뜨리고 말았다. 혜월의 입장을 생각하면 웃음을 참는 게 도리지만…… 계두와 사팔이 웃음을 참도록 내버려 두지 않았다.

혜월의 안색은 싸늘하게 굳어졌고, 대물의 뜻을 알고 있는 사람들은 피식피식 볼 근육을 비틀었다. 그런데,

"대물이 무슨 뜻이에요? 전부터 알고 싶었는데……."

은초홍은 한술 더 떴다.

쏴아아아……!

물줄기가 급격하게 빨라졌다.

모래시계처럼 허리를 잔뜩 졸라맨 강은 여타의 움직임을 배제한 채

오직 나아가는 것만을 요구했다.

"섬으로 올라설 곳도 없어!"

"강안도 마찬가지야! 이거야 원…… 물살은 천장폭보다도 더 급한 것 같은데."

묘한 지형이었다.

강안이나 섬, 양쪽 모두 단단한 암벽으로 이루어졌고, 높이도 급격하게 높아졌다.

강에서 본 협곡은 마치 작은 바위산을 대한 느낌이었다.

산 한가운데를 수직으로 싹둑 잘라내어 그 사이로 물길을 만들어놓은 듯한 형상. 섬과 육지가 하나로 붙어 있었는데, 장난기 심한 천신(天神)이 허리를 깎아냈다고 해야 할까?

협곡의 강폭은 십 장을 넘어서지 못했다.

"벼랑에 부딪치지 않도록 조심해. 앗차! 하면 산산조각나겠어."

지천도가 소리칠 필요도 없었다.

모두들 바짝 긴장한 채 노를 굳게 잡았다. 특히 천장폭에서 급류를 경험해 본 무인들의 긴장은 한결 더했다. 그때,

"엇!"

일수일살이 무심히 고개를 돌리다 강안 쪽 벼랑 위에 사람들이 나타나 있는 모습을 보고 경악했다.

벼랑 위에는 언제 나타났는지, 흰색 무복을 입은 무인들이 쭉 늘어서 있었다. 더욱 경악할 노릇은 그들이 손에 무척 강한 위력이 있을 것 같은 강궁을 들고 있다는 점이다.

"저놈들…… 직접 공격하는 게 아니라 화살을 날릴 것 같은데!"

독사 패거리 중에는 강궁의 공격에 위협을 받을 사람이 몇 명 있다.

귀주사괴가 그렇고, 삼지가 그러며, 아직도 무공을 수련 중인 쇠스랑, 계두 등이 그렇다.

"걱정할 것 없엇! 배만 부딪치지 않도록 주의햇!"

싸움에 직면하자, 잔잔하던 독사는 사라지고 독기만을 내뿜는 독사가 나타났다.

독사의 명령은 간단명료했다.

독사는 일면 고함을 지르면서 다른 일면으로는 수중괴물들의 움직임을 탐지해 냈다.

지금까지 흔적도 없던 자들이 느닷없이 나타나 물속을 헤집고 다녔다. 그들의 움직임은 물고기처럼 민활했다. 빨랐다. 뭍에서 절정고수가 신법을 펼치는 것처럼 물속을 자유자재로 돌아다녔다.

움직임은 크게 두 가지로 구분되었다. 하나는 절벽을 향해 다가붙었고, 다른 하나의 움직임은 소선 밑바닥에 달라붙었다.

독사 패거리 중 많은 사람들이 느낌조차 감지하지 못한 짧은 순간에 벌어진 행동이었다.

'이들은 배를 보호하려고 해.'

만무타배를 따라가는 동안은 걱정할 필요가 없었다.

쏴아아아……!

급류는 소선을 사정없이 빨아 당겼다.

패앵! 팽팽팽! 슈욱! 파아아앗!

화살이 허공을 난무했다.

일대장관, 협곡에 벌 떼가 가득 들어찬 것처럼 크고 작은 화살들이 빼곡하게 날아다녔다.

쒜에엑……! 파파파팟……!

현문 고수들이 쏘아낸 화살들은 눈으로 식별할 수 없을 만큼 빨랐다. 뿐만 아니라 바위도 부술 만큼 강했다.

퍼억!

뱃전에 틀어박힌 화살은 틀어박히는 것으로도 모자랐는지, 자그마한 구멍을 뚫어버리며 강물 속으로 파 들어갔다.

퍽퍽퍽! 퍽퍽!

화살이 쉴 새 없이 쏟아져 들어왔다. 그리고 그때마다 소선의 나무를 한 움큼씩 뜯어갔다.

공격이 시작된 지 찰나에 불과한데 소선은 걸레나 다름없이 너덜거렸다.

"물을 막앗!"

"제길! 이 와중에 어떻게 물을 막앗!"

귀주사괴는 연신 쩔쩔맸다. 그들에 비하면 영은촌에서 데려온 독사패거리는 침착했다.

그들 네 명은 손을 붕대로 친친 동여감고 있었다.

그들의 손은 짓물렀고, 썩어 들어갔다. 그런 손으로 하루도 쉬지 않고 팔팔 끓는 철사(鐵砂)를 두들겨 댔다.

약물의 도움과 극한의 고통을 참아내는 인내력이 없었다면 벌써 양손을 잘라냈어야 할 상처다.

"계두는 노를 잡아. 쇠스랑은 뱃전을 맡아. 물이 스며들지 않도록 어떻게든 해봐. 사팔은 오른쪽을 맡고, 난 왼쪽을 맡을게."

"화살은?"

"바보야, 이게 화살을 막아주고 있잖아!"

돌주먹이 버럭 고함을 질렀다.

물속에 숨어 있던 물고기들은 공격이 시작되기 무섭게 모습을 드러냈다.

전신을 드러낸 것은 아니다. 팔 그림자가 보인다 싶은 순간, 커다란 보자기가 독사 패거리 머리 위로 덮어졌다.

헝겊은 아니고, 가죽도 아니고…… 미끈거리면서 끈적끈적한 것이 묻어났다. 그것까지는 참을 수 있겠는데, 홍어가 썩은 것처럼 역겨운 냄새가 쏟아져서 숨을 쉴 수가 없었다.

다행히도 성능은 뛰어났다.

닿는 것은 모조리 뚫어버리는 것이 아니라 부숴 버리는 강궁의 위력에서 목숨을 부지시켜 주었다. 하지만 화살이 뚫지 못하도록 막아주기만 할 뿐, 강궁의 위력은 고스란히 전해졌다. 몸에라도 부딪칠 때는 쇠몽둥이로 얻어맞는 듯한 충격에 이를 악물어야 했다.

현문 고수들은 배만 노린 것이 아니다.

그들은 아예 처음부터 강물 속을 향해 화살을 쏘아 넣기도 했다.

아니다. 순서가 뒤바뀌었다. 현문 고수들의 주요 공격 목표는 강물 속이었고, 소선은 부가적인 목표일 뿐이다. 남의 팔이 잘린 것보다 내 손톱 밑에 박힌 가시가 더 아프다고, 당장 자신들이 당하는 공격에 수중괴물들의 현황을 살필 겨를이 없을 뿐이다.

수중괴물들의 반격도 심상치 않았다.

파아앗! 쒜에엑!

물속에서 거품이 일어난다 싶은 순간이면 어김없이 화살이 쏟아져 올라갔다.

수중괴물들이 물속에서 화살을 쏘아낸 것이다.

물속에서 쐈다고는 하지만 위력은 명궁(名弓)이 지상에서 쏘아낸 것
과 조금도 다를 바 없었다.

수중괴물들이 사용하는 화살은 현문 고수들 것과 비교하면 딱 절반
이었다.

길이도 절반, 두께도 절반.

위에서 쏟아져 내리는 큰 화살과 물속에서 쏘아진 작은 화살이 어우
러지며 작은 협곡은 화살 천지가 되었다.

'알고 있었어. 이들의 병기가 활이란 걸. 그래서 대응할 만한 수단
으로 활을 선택한 거야. 물속에 있는 적을 죽이려니 강궁이 필요했겠
지. 현문과 마단…… 이들의 싸움은 예상보다 훨씬 오래전부터 시작되
었는지도 모르겠군.'

독사는 수중괴물이 덮어씌워 준 비늘막 속에서 난무하는 화살을 주
시했다.

그의 눈길은 화살에만 머물지 않았다. 강궁을 날리는 현문 고수들의
움직임도 주시했고, 물속에 있는 수중괴물들의 움직임도 낱낱이 살폈
다.

숨어 있을 때는 파악하지 못했지만 지금처럼 부산하게 움직이고 있
을 때는 숨소리까지도 가늠할 수 있다.

수중괴물은 무려 오십여 명에 이른다. 반면, 현문 고수들은 절반 수
준이다.

그런데도 상황은 비슷했다.

수중괴물은 바쁘게 화살을 쏘아댔지만, 현문 고수들을 잡아내지는
못했다. 현문 고수들은 화살이 날아올 적마다 한 걸음 뒤로 물러서서
벼랑 저쪽으로 몸을 숨겨 버렸다.

수중괴물들도 당하지 않았다.

그토록 위력적이던 강궁도 물속을 파고든 다음에는 위력이 절반이나 감소되었다. 정확히 말하면 강궁의 위력은 물과 부딪치는 순간에 최고조로 올라섰고, 화살촉이 물속에 잠기는 순간부터 속도와 위력이 급격하게 떨어졌다.

물론 평범한 사람들의 눈에는 그게 그거라고 보일 것이다. 물속을 파고들기 전이나 후의 변화를 판가름하기는 쉽지 않다. 속도와 위력이 떨어졌다고 해도 실낱같은 차이일 뿐이니.

하지만 바로 그 실낱같은 차이에 목숨을 맡긴 무인들의 눈에는 커다란 차이다.

수중괴물들은 현란한 잠영(潛泳)으로 강궁을 피해냈다.

그들은 서두는 기색이 없었다. 행동이 일사불란했고, 대형이 흐트러지지 않았다.

현문 고수들이 준비를 했다고 하지만 완벽한 준비는 되지 못했다.

이 싸움이 이대로 끝나면 현문 고수들은 조금 더 깊이 연구를 할 것이다. 그리고 다음 싸움에서는 수중괴물들이 피할 수 없을 정도의 강궁을 들고 오리라. 무엇인지 알지도 못하는 비늘막만 해도 그렇다. 지금은 뚫지 못하지만 다음에는 반드시 뚫어낼 게다.

수중괴물들의 궁사(弓射)가 변했다.

허공으로 쭉 올라간 화살이 주춤거리는가 싶더니 아래를 향해 쾌속하게 떨어져 내렸다.

벼랑 위에 있는 현문 고수들을 노린 궁사다.

현문 고수들의 궁사도 변했다.

그들은 지금까지의 강궁을 버리고 다른 강궁을 손에 들었다.

검은 윤기가 번뜩이는 철궁(鐵弓).

그들은 활을 잡아당기는 데도 최대한 진력을 이끌어내야만 했다. 활은 쉽게 당겨지지 않았다. 지그시 마음을 고르는 사람처럼 약간의 뜸을 들인 다음에야 팽팽하게 당겨냈다.

쒜에엑……!

철궁에서 쏘아진 철시(鐵矢)는 지금까지 쏘아낸 화살과는 전혀 달랐다.

파앙!

철시와 물이 부딪치는 순간 쇠와 쇠가 부딪치는 격음(激音)이 터져 나왔다.

수중괴물들의 궁시는 전보다 훨씬 많은 화살을 요구했다.

물속에서는 쉴 새 없이 화살이 솟구쳤고, 하늘에는 수천 마리의 기러기가 꼬리를 물고 날아가는 환상을 그려냈다.

현문 고수들의 궁시는 일발필살(一發必殺), 많은 양의 화살이 필요없었다.

겉보기에 주도권은 수중괴물들이 장악했다.

세상을 가린 것은 수중괴물들의 작은 화살들이다. 현문 고수들의 철시는 마지못해 반격을 한다는 식으로 간간이 쏘아질 뿐이다.

그러나 상황은 만만치 않았다.

철시가 물속을 파고든 순간이면 어김없이 붉은 핏물이 솟구쳐 올라왔다. 그리고 시간이 조금 더 흐른 뒤에는 몸에 구멍이 뻥 뚫린 시신이 불쑥 솟구쳐 올라왔다.

수중괴물은 인간이었다.

머리끝부터 발끝까지 독사 패거리에게 덮어씌운 것 같은 비늘막 옷을 입은 무인.

그들은 무려 십여 개가 넘는 시통(矢筒)을 지녔다.

화살이 가느다랗고 폭이 좁다는 점을 감안할 때 시통 한 개에 백여 개는 들어감 직했다.

당문삼기와 싸웠다면 좋은 적수를 이뤘을 것이다.

예상했던 대로 암기로는 상대할 수 없다. 다른 사람들이 없다면 암기로도 충분히 싸울 수 있지만, 군식구를 주렁주렁 매달고서는 싸움이 시작되자마자 피보라가 튕길 것이다.

이들은 역시 당호의 독으로 상대해야 한다. 부균독이 얼마만한 위력을 발휘할지 모르지만, 위력만 발휘된다면 최소한의 희생으로 싸움을 끝낼 수 있다.

현문 고수들의 상황은 독사도 파악해 내지 못했다.

그들은 당했다고 하더라도 벼랑 저쪽에서 당했을 터이니 협곡에서는 알 도리가 없었다.

위험은 독사 패거리에게도 닥쳐왔다.

슈욱! 슉슈욱슉!

작은 화살에 가려 보이지도 않는 철시가 비늘막을 뚫고 들어왔으며, 다시 뱃전을 뚫고 물속으로 사라졌다.

"아이쿠!"

대물이 신음을 토해내며 허리를 구부렸다.

그의 옆구리에서는 붉은 피가 철철 흘러나왔다. 다행히 몸통에 맞지는 않아 생명을 구할 수 있었지만, 위험천만한 순간이었다.

마천옥과 혜월은 대물이 당했다는 것을 알면서도 돌볼 겨를이 없었다. 무엇보다 지금은 협곡을 벗어나야 할 때다. 그렇지 않는 한, 대물뿐만이 아니라 모두가 위험에 빠질 수 있다.

협곡을 빠져나올 때까지 소선은 한 척도 가라앉지 않았다. 하지만 금방이라도 가라앉을 듯 위태로웠다. 일수일살과 냉설이 타고 있는 소선은 절반이나 물에 잠겨 있어서, 일수일살은 노를 젓고 냉설은 웃옷을 벗어서 물을 퍼내는 지경이었다.

"당문삼기, 중앙으로!"

독사도 부지런히 노를 저으며 소리쳤다.

당문삼기가 노를 빠르게 저어 한가운데로 들어섰다.

다른 사람들도 배를 움직여 모여들었다. 경황이 없는 외중이지만 지금부터는 현문과 마단의 싸움이 아니라 자신들의 싸움이니 정신 똑바로 차려야 한다.

모두들 당문삼기의 소선을 보호하는 형태로 둥글게 모여들었다.

물살은 아직도 빨랐다. 좌우가 모두 암석으로 이루어져 있어서 배를 댈 처지도 아니었다. 모두들 일반적인 섬으로만 생각했지 이런 지경일 줄은 예측하지 못했다.

상황은 더욱 나빠졌다.

암석으로 이루어진 협곡이 끝나고, 다시 강이 넓어진 곳에는 제법 큼직한 배 한 척이 둥실 떠 있었다.

마단에서 마중 나온 배라는 것은 느낌만으로도 알 수 있다.

선수(船首)와 선미(船尾)가 소선처럼 뾰족하여 소선을 닮은 배. 크다는 것 외에 다른 점이라면 돛이 달려 있다는 점이다.

돛과 노를 병행하고 있으니 빠르기는 쏜살같을 게다.

"섬으로는 올라갈 수 없습니다. 강안으로 붙여야겠습니다. 아직 현문은 적이 아니니까요. 저들이 우릴 공격한 것은 우리가 마단 무인인

줄 알았기 때문입니다. 멸혼촌 골인들, 그리고 현문 때문에 멸혼촌에
들어온 무인들이라고 하면 사정이 달라질 수 있습니다.”

마천옥이 배 댈 곳을 찾으며 말했다.

독사는 고개를 저었다.

“섬으로 댄다. 배 댈 곳을 찾아봐.”

“대형, 섬으로는…….”

그때 혜월이 마천옥의 말문을 자르며 끼어들었다.

“독사는 독립하고 싶은 거예요.”

“뭐라고?”

“섬으로 배를 대라는 데는 두 가지 이유가 있죠. 지금 강안으로 배
를 대면 목숨은 구할 수 있어요. 마단에서 빠져나올 수도 있고. 하지만
현문에 얽매이게 되죠. 현문도 멸혼촌의 존재를 알고 있었으니, 그곳
에서 살아 나온 우릴 가만두지 않을 거예요. 목숨은 해치지 않더라도
자유는 기대할 수 없죠. 결국 싸움이에요.”

“나도 그 점을 생각했어. 하지만 지금은…….”

“또 한 가지 이유는…… 독사는 현문과 어울릴 생각이 없어요. 보세
요, 복면. 현문 사람 중에 보고 싶지 않은 사람이 있는 거죠.”

“으음……!”

“마지막 이유가 또 있어요.”

혜월은 독사를 뚫어지게 쳐다보며 말했다.

“마단과 약속을 지키려는 거죠.”

“…….”

독사는 미동도 하지 않았다. 그는 섬을 쳐다보고 있었다. 배를 댈 만
한 곳…….

"독사는 마단과 현문, 어느 쪽도 용서하지 않아요. 그들 두 문파를 적으로 돌려세운 거예요. 현문과는 어떤 방식으로 싸울지 모르지만, 마단과는 싸울 방법을 정했어요. 절대무라고 했나요? 완성된 절대무를 꺾어서 그들의 이상이 헛됐다는 걸 일깨워 주는 싸움. 지금까지 제가 파악한 바로는 마단 무인들을 모조리 죽여 없앤다고 해도, 절대무를 꺾지 않는 한 그들은 웃으면서 죽어갈 거예요. 독사는 그들에게 편안한 죽음을 안겨주지 않으려고 해요. 이상을 잃은 사람은 살아 있어도 죽은 것. 그렇게 만들려는 거예요. 잔인한 사람이죠. 제 말이 틀렸나요?"

"저쪽으로 댄다."

독사가 섬 한 지점을 가리켰다.

벼랑으로 이루어져 있기는 마찬가지이지만 약간 안으로 움푹 들어가서 신법을 전개하면 벼랑에 달라붙을 수 있을 것 같다. 배가 벼랑에 부딪쳐 산산조각나는 순간에.

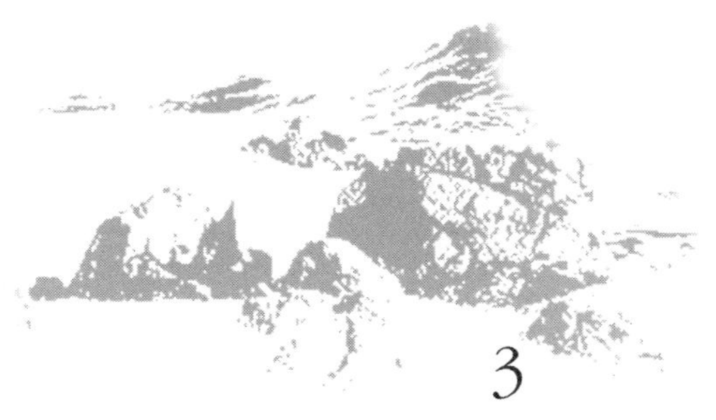

3

협곡(峽谷)을 지나면

승자도 패자도 없는 무모한 싸움은 한 시진이 채 되지 않는 사이에 끝났다.

"남천(嵐天)과 육천(戮天)이 죽었습니다."

쾌천검객의 말에 빙천검객은 인상을 찡그렸다.

어찌 평생 무공만 갈고닦았다는 사람들이 화살 한 개를 피해내지 못했단 말인가.

현문 고수들은 수중의 왕, 마수귀(魔水鬼)의 곡사(曲射)에 대해서 알고 있었다.

곡사의 무서운 점은 화살촉에 있다.

허공으로 쏘아 올려진 화살은 아래로 방향이 꺾이는 순간 화살촉이 날개를 펴며 회전한다.

쏘아 올려질 때보다 배는 빠르게 내리꽂히게 되는 것이다.

더 무서운 점은 그 뒤에 일어난다.

오 장쯤 내리꽂힌 화살은 촉에서 날개를 분리시켜 버린다. 다섯 개의 날개 하나하나가 전부 암기로 변해 쏘아지는 것이다. 더군다나 암기에는 극독이 묻어 있어 살갗에 스치기만 해도 즉사하고 만다.

어떤 면에서는 화살보다도 화살촉에서 떨어져 나온 날개가 치명적이라고 할 수 있다.

실제로 화살에 당해서 죽은 남천검객과 육천검객은 화살에 맞지 않았다. 단지 떨어져 나온 날개에 살짝 긁혔을 뿐인데 절명하고 말았다.

모르고 당했던 옛날과는 많이 다르다. 지금은 알면서도 당하고 말았다.

"겨우 열댓 명 죽이는 데 남천과 육천이라니. 희생이 너무 큽니다."

뇌천검객이 급류를 쳐다보며 말했다.

칠잔앙은 이런 소리도 하지 못했다. 영자배(影字輩) 칠잔앙이 싸울 때는 마수귀를 한 명도 죽이지 못했다. 물속에서는 아무도 그들을 따라잡지 못했고, 멀리서 쏘아대는 화살을 피할 수 없었다. 당시, 물은 현문 고수들의 무덤이었다.

수공(水功)을 염두에 두지 않은 치명적인 실수였다.

지금도 수공에는 자신이 없었다. 마수귀는 태어나면서부터 오로지 수공만 수련해 온 물귀신들이다.

더군다나 그들이 입고 있는 어선갑(魚鮮鉀)은 가볍고 물의 흐름에 유연하게 작용하여 유영(遊泳)을 배는 빠르게 해준다. 뿐만이 아니라 질기고 신축성까지 있어서 웬만한 병장기는 모조리 퉁겨내 버린다. 그들을 죽이는 방법은 병기의 효용을 빌리는 것보다는 내력으로 오장육부에 타격을 가하는 쪽이 빠르다.

그러나 그것도 따라잡을 수 있을 때 말이지.

암기도 사용해 봤지만 물속에서는 절반의 위력도 나오지 않았다. 물의 저항은 초절정 현문 고수들을 일류고수쯤으로 전락시켜 버렸다.

현문은 수공만 전문적으로 연성한 무인이 필요했다. 그들은 오십사천 중에서도 칠수천(七水天)이라는 색다른 명호를 지니고 있다. 그리고 지금 그들은…….

"이해를 할 수 없군요. 저들이 왜 섬으로 올라갔는지…… 이해를 할 수 없습니다."

뇌천검객은 섬으로 올라선 일단의 무리를 보면서 고개를 갸웃거렸다.

섬으로 올라선다는 것은 스스로 외통수로 걸어 들어가는 꼴이 된다. 조금이라도 앞날을 내다보는 사람이라면 아무리 곤궁한 처지에 처했어도 섬으로 올라서지는 않으리라. 더군다나 지금은 곤궁한 처지도 아니다. 마단 무인들은 협곡을 벗어났으며, 앞에는 배가 기다리고 있다. 조금만 더 나아가서 배에 올라타면 벗어날 수 있는데.

"찜찜합니다. 영 찜찜해요. 섬으로 올라간 저 사람들…… 어쩐지 마단 무인들이 아닌 것 같다는 생각이 들어요. 일부는 무공이 고절한데, 그렇지 않은 자들도 있고. 여인네도 있는 것 같고."

소천검객이 위태롭게 벼랑을 기어오르고 있는 일단의 무리를 보면서 말했다.

그들이 있는 곳에서는 거리가 너무 멀어 사람 모습이 도토리 크기만 하게 보였다. 하지만 그 정도의 윤곽만으로도 무공 정도나 성별을 구분해 내는 것은 어렵지 않았다.

"저들이 누구이건 간에 살려둘 필요는 없다고 봅니다."

뇌천검객이 결단을 촉구했다.

빙천검객은 고개를 가로저었다.

"소천 말이 맞네. 마단 무인들이 아냐. 쯧! 애꿎은 사람들에게 화살 세례를 퍼부었군. 용케도 버텨냈어. 아무리 어선갑을 둘러썼다고 해도 철시는 피하기 힘들었을 텐데. 마단 무인들이 아니면서도 마단 무인들에게 보호를 받는 자들이라……."

생각할 수 있는 것은 하나였다.

절곡에는 세 무리밖에 없었다. 마단 무인들과 멸혼촌, 유심동 골인들, 그리고 제일 마지막으로 현문에서 들여보낸 무인들.

삼비마룡의 보고에 따르면 둘째 부류는 전멸했다. 셋째 부류 중 몇 사람이 살아남았지만 강변 싸움을 통해 모두 죽었다.

저들은 얼마 전에 마단 무인들이 중원에 나와 데려간 자들일 게다. 쓰임새는 모르지만 마단에는 무척 중요한 자들이겠지.

"재미있겠군. 쾌천, 파천. 또 누가 갈까? 사제 서넛 추려서 갔다 오게. 될 수 있으면 무공을 사용하지 말고 좋게 타일러서 데려와."

만무타배와 요지성녀는 독사 패거리가 섬으로 올라가는 것을 봤으면서도 태연하게 배에 올랐다.

섬에서는 빠져나갈 구멍이 없다. 물로 둘러싸였기 때문이다. 물속에서는 왕이라는 마수귀가 건재하지 않는가.

그러나 그런 태연함은 배에 올라서는 즉시 버려야만 했다.

"뭐야! 그 말이 사실인가!"

"사실입니다. 마수귀는 몸을 뺄 수 없습니다."

"으음……!"

신음이 절로 터져 나왔다.

현문을 우습게 본 적은 없지만, 설마 마수귀에 대항할 만한 수공 고수를 양성해 낼 줄은 몰랐다.

마수귀의 수공에는 백 년 세월이 집약되어 있다. 백 년이란 장구한 세월에 걸쳐서 가다듬고 또 가다듬어 수중왕을 탄생시켰다.

뒤늦게 출발한 현문이 마수귀와 버금가는 수공 무인을 탄생시키다니.

그나저나 마수귀가 몸을 뺄 수 없는 처지라면, 독사 패거리를 데려갈 수는 없다. 그들 스스로 배에 올라타지 않는 한, 섬에서 데려올 방도도 없다.

만무타배가 취할 수 있는 행동도 마수귀와 현문 수공 고수와의 싸움이 끝난 다음에야 정할 수 있다. 아니다. 시간이 그렇게 넉넉하지 않다. 현문 무인들이 작심하고 달려드는 이유는 오로지 자신을 잡아서 현문 총단의 위치를 캐묻겠다는 것.

의지로는 입을 다물 수 있지만, 현문에는 의지를 꺾을 수 있는 무엇인가가 있으리라.

잡히면 불게 되어 있다. 마단에 잡힌 사람들이 자신의 무공을 술술 불듯이.

현문에서 수공 고수를 양성했다면 자신이 타고 있는 배 또한 안전하다고 할 수 없다. 어쩌면 벌써 배 밑에서 수작을 부리고 있을지도 모른다.

"헐헐! 사형에게 치도곤을 당하겠군. 다 늙어서 무슨 망신이람."

만무타배는 옷자락을 쭉 찢어 선상에 펼쳐 놓았다. 그리고 검지손가락을 깨물어 혈서(血書)를 적어 내려갔다.

배에는 지필묵(紙筆墨)이 있지만 먹을 갈 시간조차도 없을 만큼 급박
했다.

"저 섬에 누군간 가야겠지?"

요지성녀가 벼랑을 타고 올라가는 독사 패거리를 보며 중얼거렸다.

"화살을 날리면 될 것을 뭐 하러…… 혹! 예광이란 그 골인! 헐헐!
요지성녀의 마음을 빼앗아간 여자 골인이라. 헐!"

"주둥이 함부로 놀리지 마. 찢어지는 수가 있어."

"헐! 입장이 바뀐 것 아닌가? 지금은 내게 잘 보여야 될 텐데?"

"마단과 연락을 취하려면 한 사람이 가야 될 것 아냐. 내가 갈게."

"……."

"너만 눈감아주면 되잖아."

"헐헐!"

"나 갖고 싶다고 했지?"

"헐! 젊었을 때 일이지. 다 늙어서 뭘. 이놈의 물건이 축 늘어진 지
도 오랜데."

"돌아오면 같이 자자. 한 입으로 두말하지 않는 것 알잖아."

만무타배는 혈서를 마무리했다. 그리고 곱게 접어 요지성녀에게 건
넸다.

"예광이란 여자가 사저(師姐)를 죽음으로 끌어들이는군. 헐……! 아
마도 이게 마지막이 아닐까 싶네. 독사는 만날 수 있어도…… 성녀는
만나지 못할 것 같아. 헐헐헐!"

만무타배는 사저라는 호칭 대신 성녀라는 말을 사용했다.

"고마워."

"섬에서 어떻게 빠져나갈지 모르지만…… 독사라면 빠져나가겠지.

놈은 반드시 돌아올 거야. 마단과 떨어져 있어도 결코 잊을 놈이 아니
지. 헐헐! 우리가 찾지 않아도 제 스스로 기어들어 올걸? 아무 걱정 없
이 훌훌 떠날 수 있겠구먼."

"절대무…… 꼭 보길 바랄게."

"무슨 소릴…… 돌아와서 같이 봐야지."

요지성녀는 타고 온 소선에 올라탔다. 그리고 바람처럼 강을 거슬러
올라갔다.

만무타배는 한참 동안 지켜보다가 돌연 옆에 있던 무인의 검을 가로
챘다.

"왜……? 컥!"

무인의 얼굴에 떠오르던 의아함은 경악으로 뒤바뀌었다.

만무타배는 손속에 일말의 사정도 담지 않았고, 눈 깜빡할 사이에
승선해 있던 무인 열 명의 목숨을 거둬 버렸다. 검을 가로채고 채 두
호흡을 넘기기 전이다.

그들은 자신들이 무엇 때문에 죽는 줄도 모르고 죽었다.

만무타배가 실성했는가? 아니다. 지금 그들을 죽이지 않았으면 더
고통스럽게 죽어갔을지도 모른다. 그들을 생각해서 일부러 편안한 죽
음을 선물한 게다.

뜨드득……!

배 밑창이 뜯겨지는 소리는 만무타배처럼 고절한 경지에 이르지 못
한 자는 듣기 어려울 만큼 작았다.

요지성녀는 강을 거슬러 올라가 벼랑에 달라붙었다.

"다행이군. 헐헐! 다행이야……."

중간에 피습을 받았다면 요지성녀의 운명도 달라질 것이 없다. 현문

이 작심하고 양성한 수공 무인이라면 요지성녀의 고절한 무공도 무용지물로 만들어 버릴 테니까. 물속에서의 싸움이 지상에서의 싸움과 전혀 다른 싸움이란 것은 잘 알고 있지 않은가.

만무타배는 독단을 꺼내 어금니 안쪽에 끼워 넣었다. 만일…… 만일…… 최대한 싸워 한 명이라도 동반자를 만들어놓고…… 그래도 힘에 부치면…….

'성녀…… 헐헐! 꼭 살아서 절대무를 봐야지. 나이 생각도 좀 하고. 그 나이에도 색욕(色慾)을 버리지 못하면 어쩌나. 쯧!'

배가 점점 가라앉았다. 배 밑바닥을 가득 채운 강물은 선상까지 기어오르기 시작했다.

만무타배는 피로 물든 검을 들어 올렸다.

최후의 초식이 될지도 모르는데, 어떤 무공을 펼칠까.

그가 수련한 무공은 예순여섯 문파의 절학으로 무공의 가짓수만 논하자면 사백오십여 가지나 되었다.

바깥 무림인들의 상식으로는 도저히 불가능한 수련이나 그는 해냈다. 그뿐만이 아니다. 전대의 만무타배도 해냈고, 마단에 있는 차기 만무타배도 수련 중이다.

흡흠신공(吸歆神功)이 존재하지 않았다면 만무타배가 스무 명이 있어도 불가능했을 것이다.

흡흠신공은 제일대 마단주가 창안한 절공으로, 한때는 절대무이지 않을까 하는 기대마저 끌어 모았던 신공이다.

결국 아닌 것으로 판명되었다.

흡흠신공은 절학만 전수받을 수 있다면 세상에 존재하는 어떤 무공이라도 수련해 낼 수 있다. 여인만이 수련할 수 있다는 음환공(陰紈功)

조차도 수련할 수 있다.

성취도도 최고의 경지까지 끌어올릴 수 있다.

끈끈이처럼 찰싹 달라붙는 신공으로 원정(原情)을 보호하여 속을 만들고, 성격이 다른 신공은 겉으로만 맴돌게 하면 가능하지 않을까 하는 생각에서 창안된 절기.

무려 이백여 명의 죽음을 딛고 창안된 절기이기도 하다.

결과는 먼저 말했듯이 놀라웠다. 어떠한 신공이라도 습자지에 물이 스며들듯 빨아들였다. 무리(武理)에 대한 오의(奧義)도 깊어지고, 오의가 깊어질수록 무공은 더욱 강해졌다.

절대무의 탄생이다.

하지만 흡흡신공은 절대무로서의 위치를 고작 사 년밖에 누리지 못했다.

현문의 단파는 놀라운 위력으로 흡흡신공을 깨고 들어와 원정을 깨뜨려 버렸다.

현문과의 악연은 그때부터 시작되었다.

만무타배는 흡흡신공을 관찰했다.

아직도 존재한다. '아직도' 라는 말에는 어폐가 있다. 흡흡신공은 항시 존재해 왔으나 잊어버리고 있었다. 여타의 신공처럼 내력을 증진시켜 주는 신공이 아니라 원정을 보호해 주는 신공이기 때문에 세월이 흐름에 따라 본인 스스로도 망각해 버렸다.

'무심(無心), 부동심(不動心), 무아(無我), 공(空). 그렇지. 무심검결(無心劍訣)이 있었군. 무심검결이 좋겠어.'

진기를 휘돌려 무심검결을 운용했다.

전신이 이완되며 나 자신이 망각되었다. 그러자 진기도 사라졌다.

무심검결로 운용한 진기조차도 한 줌 남지 않고 사라졌다. 육신도 없다. 손에 검이 쥐어져 있건만 검을 잡고 있다는 감각조차 남아 있지 않았다.

제이대 마단주가 절대무가 될 것이라고 확신하며 창안한 절기.

제일대 마단주는 흡흡신공 하나만을 완성했으나, 이대 마단주는 무려 여덟 가지나 창안해 냈다. 그는 자신의 절기를 수하들에게 전수했으며, 각기 실전비무를 시켜 단 한 사람만 살아남게 만들었다.

그 싸움에서 살아남은 사람은 없다.

여덟 명 모두가 최고조로 신공을 끌어올렸고, 한 치의 양보도 없는 싸움은 그들 모두를 동귀어진(同歸於盡)으로 끌고 갔다.

결국 이대 마단주도 절대무의 창안에는 실패하고 말았다.

그 후, 무심검결은 많은 사람에게 파해되었다. 만무타배를 단 십 초만에 제압한 오공사수도 무심검결을 깬 사람 중에 한 명이다. 그렇지만…… 무심검결은 아직도 절공이다.

파아앗!

만무타배의 신형이 허공으로 솟구쳤다.

먹이를 노리는 새처럼 훨훨 날았다. 그가 노리는 곳은 강물 속.

풍덩!

물보라는 일어나지 않았다. 마치 물속에 종이를 담근 것처럼, 진흙 수렁에 빠진 사람처럼 스르륵 빨려들었다.

쒜에엑! 쒜엑!

역시 현문에서 탄생시킨 수공의 달인들은 빠른 검을 지녔다. 마수귀들과 상대해도 추호도 부족하지 않다. 아니, 더 나은 것 같다.

파라락……!

신형을 빙글 돌렸다.

한 바퀴, 두 바퀴, 세 바퀴……

검이 물살을 가르고, 몸이 소용돌이를 일으킨다. 그 외의 것은 모두 잊었다. 자신이 소용돌이를 일으키고 있다는 것도 잊었다. 다가오는 검을 맞이한 직관이 몸에 명령을 전달했고, 몸은 명령에 따라 움직일 뿐이다.

파앗! 까가가강……!

피보라가 일어났다. 붉은 피가 강물을 붉게 물들였다. 엄청나게 쏟아져 나온 핏물이지만…… 강에 흘러드니 그저 염료를 조금 뿌려놓은 것에 불과하다.

만무타배는 숨이 막혀오는 것을 의식하며 무심검결에서 깨어났다.

무심검결의 유일한 단점이라면 내력 소모가 극심하다는 것. 그야말로 절대지존의 내력을 지니고 있지 않는 한 함부로 시전하기가 꺼려지는 검공이다.

물속이지만 여기저기 잘려진 팔다리가 보인다. 물살에 휩쓸려 떠내려가면서 서서히 가라앉는다. 어떤 육신은 둥실 떠오르고 있다.

'세 명. 적당하군.'

순간, 만무타배는 등 뒤를 찢고 들어와 배 앞으로 삐져 나온 검날을 보았다.

무심검결이 깨지는 순간, 진기를 다시 회복하기까지는 찰나의 순간이 필요하다. 그 틈을 놓칠 현문 고수가 아니다.

'맞았어. 역시…… 성녀…… 다시 못 볼 운명이었어.'

만무타배는 어금니를 힘껏 깨물었다.

현문 고수는 자신을 물 밖으로 끄집어낼 게다. 검이 몸을 관통했지만 목숨만 부지시키려고 한다면 충분히 가능한 일. 그 후, 마단 총단의 위치를 캐내려고 하겠지.

그럴 수는 없다. 기필코.

벼랑에 올라선 독사는 침몰해 버린 배를 봤다.

배는 돛대 끝자락만 남긴 채 완전히 물속으로 사라져 버렸다.

다른 배도 봤다. 그 배 역시 밑바닥이 뚫려 서서히 가라앉고 있었다.

'요지성녀.'

벼랑에 요지성녀가 달라붙어 기어올라 오고 있다.

뜻밖의 반전이다. 협곡을 지나온 것으로 마단과 현문의 싸움은 끝났다고 생각했는데, 탈출을 도모해 줄 배가 가라앉다니.

독사는 살아남은 사람들이 있나 강 이곳저곳을 살펴봤지만 만무타배의 모습은 끝내 보이지 않았다.

마단 무인들 중 살아남은 사람은 요지성녀뿐이다. 하기야 눈으로 본 무인은 만무타배와 요지성녀 단 두 명뿐이지만.

"헉헉! 지금! 지금이에요!"

혜월이 벼랑에 올라서기 무섭게 외쳤다.

『대형 설서린』 제8권으로…